封神演義の基礎知識

PARCO出版

装画　七原しえ
装丁　福ヶ迫昌信

目次

解説索引

殷

闡

截

他

封神演義の基礎と歴史

封神演義とは？

『封神演義』は、中国の明《みん》（一三六八～一六四四年）の時代に作られた物語です。明といえば、『三国志演義《さんごくしえんぎ》』や『西遊記《さいゆうき》』が書かれた時代でもあります。とくに『西遊記』には、『封神演義』の主要人物でもある**哪吒**《なた》が登場しています。

中国でもよく知られた物語であり、登場人物は人間だけでなく、神や仙人、**道士**《どうし》、妖怪などさまざまです。仙人が作り、不思議な力を持つ宝物「**宝貝**《ぱおぺえ》」を使った戦闘シーンでは、魔法のように実際ではあり得ないことが次々に起こります。

この物語の舞台は紀元前十一世紀頃。中国では殷《いん》という王朝が滅びようとしていた時期です。当時、殷には**紂王**《ちゅうおう》という残虐な王がおり、人々は疲弊していました。一方で、西《せい》岐《き》という土地に**姫昌**《きしょう》という徳のある人物が現れます。姫昌は紂王から**文王**《ぶんおう》の称号をもらい、姫昌の子、**姫発**《きはつ》は**武王**《ぶおう》を名乗りました。武王は紂王を倒し、周《しゅう》という王朝を開きます。殷の紂王や姫昌（文王）、姫発（武王）は実在の人物ですが、**雷震子**《らいしんし》や**黄飛虎**《こうひこ》、**聞仲**《ぶんちゅう》のように、架空の人物も登場します。

『封神演義』の主な話の筋は二つあります。殷から周に変わる時期に多くの戦いがあり、その中で数多《あまた》の人が死んでいったというのが、一つ目。もう一つは、殷から周に変わる時期に合わせて、仙人たちの世界でも闡教《せんきょう》と截教《せっきょう》という二つの教義に属する仙人たちが殺し合いをし、最終的に闡教が截教に勝つ、というものです。この二つの話の流れの中で**姜子**《きょうし》

道士　『封神演義』に出てくる道士は、主に俗世から離れた自然の中で不老不死の仙人になるための修行をしており、占いをしたり、超人的な力を持ったりしている。

宝貝　仙人が錬成したりして作ったものなどがある。使うと風を起こしたり、相手を絡め取ったりと、さまざまなことができる。那吒が乗っている風火輪《ふうかりん》や、楊戩《ようせん》が連れている哮天犬《こうてんけん》も宝貝。

牙《が》（**太公望**《たいこうぼう》）が封神榜《ほうしんぼう》に記載された人物たちを神に封《ほう》じ、物語の幕は閉じるのです。

物語の中では姜子牙は道士ということになっており、また、神は仙人よりも低い地位にあると考えられているようです。ただ、実際の殷、周の時代には、まだ道教《どうきょう》は成立していなかったので道士が主要な登場人物である設定には無理があります。

また、『封神演義』は道教だけでなく、仏教の影響も受けています。哪吒は**毘沙門天**《びしゃもんてん》の息子をモデルとしています。もちろん、釈迦《しゃか》は殷の時代にはまだ生まれていません。しかし、このような歴史を無視した設定を持つファンタジーだからこそ、多くの仙人や道士による宝貝を使った戦いを描くことができたともいえます。

それだけでなく、『封神演義』の物語で封神されたのがきっかけで、神に結びつけられた人もいます。たとえば物語上の人物であるはずの黄飛虎もその一人で、泰山《たいざん》の神である**東岳泰山天斉仁聖大帝**《とうがくたいざんてんせいじんせいたいてい》として扱われています。泰山は死者の魂が裁きを受けるところとされ、中国でも有名な霊山なのです。

周が殷に代わる時期を舞台にしているとはいえ、歴史上あり得ない設定がたくさんある『封神演義』。しかし、個性的な登場人物や宝貝のユニークさからか、人々に受け入れられ、ドラマやアニメ、マンガなどになっています。

封神榜　殷周革命《いんしゅうかくめい》や闡教・截教間の戦いで死ぬことが定められた者の名前を記したリスト。

封じる　神として管轄《かんかつ》するものを決めて任命すること。たとえば、雲や雨を呼ぶ役割のある神、輪廻《りんね》転生《てんしょう》を司る神など、神としてどのような仕事をするのか定める。

道教　中国で生まれた不老長生を目的とする宗教。自然信仰や神仙思想に、春秋戦国時代に成立した思想などが加わっている。また、仏教の影響も受けている。

釈迦　仏教を開いた人物。ゴータマ・シッダールタ。ブッダとも言われる。紀元前6世紀から4世紀頃の人と言われている。

泰山　標高1545mの山で世界遺産に登録されている。五岳《ごがく》という、道教の聖地の一つ。泰山は東岳とされ、天地を祀《まつ》る封禅《ほうぜん》の儀が行われてきた。ちなみに、五岳のうち、南岳は衡山《こうざん》、中岳が嵩山《すうざん》、西岳が華山《かざん》、北岳が恒山《こうざん》。

封神演義のあらすじ

紂王《ちゅうおう》が色に狂って、太公望《たいこうぼう》がやってきた

殷《いん》といえば、甲骨《こうこつ》文字で有名な中国の古代王朝の一つ。紀元前十六世紀から紀元前十一世紀まで続いた長寿王朝です。最後の王様は**紂王《ちゅうおう》**。落ちてきた梁《はり》を両腕で受け止めるという怪力の持ち主でもあります。即位当時はそれなりに賢い王様で、太師《たいし》の**聞仲《ぶんちゅう》**、鎮国武成《ちんごくぶせい》王《おう》の**黄飛虎《こうひこ》**たちにも支えられ、国も平和に包まれていました。

ただし、とても女好きの王様でした。聞仲が留守中のある日、紂王は女媧《じょか》という女神を祀《まつ》った宮を訪れ、宮殿内の女神像に一目惚れ。みだらな詩を壁に書きつけてしまいます。これを見た女媧は怒り、**千年狐狸精《せんねんこりせい》**や**九頭雉鶏精《きゅうとうちけいせい》**、**玉石琵琶精《ぎょくせきびわせい》**を呼び出し、紂王をメチャクチャにしてしまえ、と命じました。その後、狐狸精は**蘇妲己《そだっき》**という美しい娘の体を乗っ取り、妃となって、紂王を惑わせたのです。

殷（商）歴代王

帝嚳《ていこく》（黄帝《こうてい》の曾孫）─子契《しせつ》（帝舜《ていしゅん》より商に封じられる）…（十二代）…成湯《せいとう》（夏《か》・桀王《けつおう》を倒す）（商王朝初代）─外丙《がいへい》─太甲《たいこう》（太宗）

沃丁《よくてい》─太庚《たいこう》─小甲《しょうこう》─雍己《ようき》─太戊《たいぼ》（中宗）─中丁《ちゅうてい》

外壬《がいじん》─河亶甲《かだんこう》─祖乙《そいつ》─祖辛《そしん》─沃甲《よくこう》

祖丁《そてい》（帝南庚《ていなんこう》）─陽甲《ようこう》…（中丁以来九代乱れる）…盤庚《ばんこう》─小辛《しょうしん》

小乙《しょういつ》─武丁《ぶてい》（高宗）─祖庚《そこう》─祖甲《そこう》─廩辛《りんしん》─庚丁《こうてい》

武乙《ぶいつ》─太丁《たいてい》─帝乙《ていいつ》─帝辛《ていしん》（紂王）

女媧　泥で人間を作ったといわれる神様。

紂王は、妲己に言われるままに処刑道具の**炮烙《ほうらく》**や**蠆盆《たいぼん》**を作ったり、**姜皇后《きょう》**を詰問《きつもん》して目をえぐり出させたりと悪逆非道の限りを尽くします。このことがきっかけで、二人の息子たちも紂王のもとから逃げ出しました。さらに紂王は、**四大諸侯**が謀反《むほん》を起こすのを恐れ、呼び出してまとめて殺そうとします。この時、西伯侯《せいはくこう》であった**姫昌《きしょう》**は黄飛虎たちの嘆願もあって生き延びますが、幽閉されました。

さて、仙人の世界には、闡教《せんきょう》、截教《せつきょう》という二つの派閥がありました。彼らの間では、「殷から周に変わる**易姓革命《えきせいかくめい》**のついでに、ちょっと出来の悪い仙人を神に封《ほう》じよう」という計画が持ち上がりました。

殷が滅びようとしている今が計画実行のチャンスです。仙人の世界の元締めの一人で闡教の教祖、**元始天尊《げんしてんそん》**は弟子の**姜子牙《きょうしが》**を呼び出し、「仙人の修行をやめて人間界で封神のために働いてこい」と命じます。四十年も修行してきた姜子牙が嫌がるのを「天命だ」と一刀両断。姜子牙は殷の都、朝歌《ちょうか》のそばで暮らすことになります。しかし、紂王のダメっぷりは一目瞭然。早々に朝歌を出て磻渓《ばんけい》で釣り糸を垂れ、とき

四大諸侯関係図

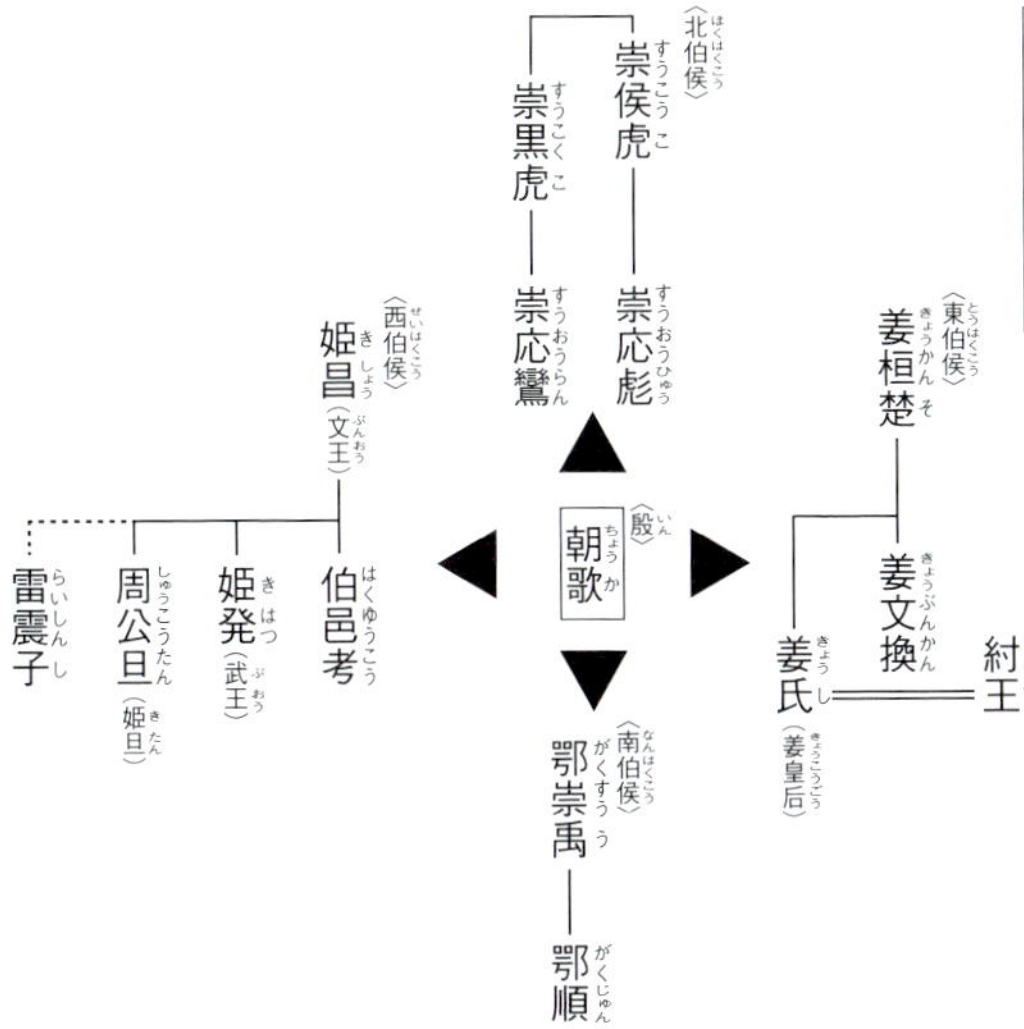

炮烙　金属製の柱を熱して鎖で抱きつかせるように縛りつけ、あっという間に人を灰と化す処刑道具。

蠆盆　大きな丸い穴に毒蛇を入れ、罪人を裸にして穴に落とすという刑。

四大諸侯　東伯侯《とうはくこう》、南伯侯《なんはくこう》、西伯侯、北伯侯《ほくはくこう》の四人。東伯侯の姜桓《きょうかん》楚《そ》は、姜皇后の父親。その他、南伯侯が鄂崇禹《がくすうう》、西伯侯が姫昌、北伯侯が崇侯虎《すうこうこ》。この時、東伯侯と南伯侯は殺され、西伯侯は幽閉されるが、北伯侯は、賄賂を贈っていたために命拾いした。

易姓革命　王の姓が変わる革命のこと。徳を失った王に変わって、別の姓の人が王朝を開くこと。ちなみに、徳を失った王は、打ち倒してもよいとされている。

を待つことにします。そこに、七年ぶりに釈放された西伯侯の姫昌がやってきました。そして姜子牙を賢人と認め、丞相《じょうしょう》に取り立てたのでした。そう、この姜子牙こそ太公望として知られる人なのです。

殷では鎮国武成王の黄飛虎が紂王を見限り、姫昌の治める西岐《せいき》に向かっていました。

西岐では**姫昌が亡くなり**、次男の**姫発**《きはつ》が後を継ぎ、周の**武王**《ぶおう》となります。

西岐《せいき》を討つぞ！　妖怪・仙人・道士大戦

遠征から帰って来た太師の聞仲は、炮烙を壊したり、酒池肉林《しゅちにくりん》をやめさせたりと大忙しでした。もちろん、元凶の妲己の身分を剥奪しようとしますが、紂王は聞き入れません。黄飛虎も西岐に行ってしまい、聞仲の焦りはつのるばかり。このままでは西岐が力をつけ、殷は滅びかねません。そこで、西岐を討伐するために軍を派遣します。

聞仲が派遣したのは、妖術使いや仙人、道士など、普通の人間ではかなわない相手ばかり。実は、聞仲は**道士として修行**をしていたことがあり、旧友を頼っていたのです。そのため、西岐でも**哪吒**《なた》をはじめとした仙人、道士たちが戦うことになりました。

西岐討伐軍には強敵もいました。**魔家四将**《まけよんしょう》は四人兄弟で、宝貝《ぱおぺえ》で地、水、火、風を操ります。姜子牙たちは**魔礼紅**《まれいこう》の宝貝である混元傘《こんげんさん》で自分の宝貝を奪われ、**魔礼寿**《まれいじゅ》の宝貝である人食い白象の花狐貂《かこちょう》に襲われ、やっとの思いで西岐の城に逃げこみます。勝てないと思った姜子牙は「免戦牌《めんせんぱい》」を掲げ、「俺は戦わないぞ」と宣言しました。

魔家四将に打つ手がないまま、時だけが過ぎる西岐城に、一人の道士が現れました。**楊**《よう》

姫昌が亡くなり　西伯侯の姫昌の死因は、処刑された崇侯虎の首を見て気持ち悪くなったこと。幽閉時代には長男・伯邑考《はくゆうこう》の肉を食べるはめになって、後から吐いている。

遠征　紂王が即位して七年目の二月、北海《ほっかい》の諸侯・袁福通《えんふくつう》らが反旗を翻したために遠征していた。帰って来た聞仲は、炮烙を見て、額にある第三の目を見開き、怒った。

道士として修行　截教の金霊聖母《きんれいせいぼ》の弟子だった。修行の折、「絶」という字は避けるように、と言われていた。避けろと言われていたと、この物語で触れられる、ということは、「絶」がついたところで、ひどい目に遭うという伏線でもある。

戩《せん》です。変化の術に長《た》けた天才道士として有名な人物なので、姜子牙も大喜び。免戦牌を外して、戦いを再開します。楊戩は混元傘を奪い取り、花狐貂も殺しました。そこへ黄飛虎の長男・**黄天化**《こうてんか》が鑚心釘《さんしんてい》を投げつけ、魔家四将はあっけなく倒されてしまいました。

怒った聞仲は自ら西岐に赴きますが、愛着のある武器、蛟龍金鞭《こうりゅうきんべん》を壊され、苦戦を強いられます。そこで修行時代の友達、**十天君**《じってんくん》に十絶陣《じゅうぜつじん》を布《し》いてもらいます。陣の中では雷が鳴ったり火が燃えていたり強風が吹いたりと、生きた心地のしないものです。

しかし、姜子牙は十絶陣を破るために崑崙山から下りてきた偉い十二人の仙人たちに助けられます。

焦った聞仲は、道士仲間の**趙公明**《ちょうこうめい》に助けを求めました。この趙公明は、**宝貝で目眩《めくら》まし**をしたり、**二匹の龍からなるハサミ**を振るったりします。

このままではとても勝てない、と思った姜子牙たちが使ったのは「呪い」。趙公明を二十一日かかって呪い殺し、勝利した、かと思われました。しかし、聞仲や趙公明の妹たちに弔《とむら》い合戦を仕掛けられたため、楊戩までも捕まってしまいます。

結局、**老子**《ろうし》や元始天尊といった仙人たちの師やその兄弟子が現れ、趙公明の妹たちを殺し、楊戩たちを救い出したのでした。

そして十絶陣も仙人たちに破られ、殷に三代仕えた太師・聞仲も、**雲中子**《うんちゅうし》の宝貝から出てきた龍に焼き殺されてしまいました。

宝貝で目眩まし　趙公明の宝貝のうち、「定海珠《ていかいじゅ》」というもの。

二匹の龍からなるハサミ　趙公明の宝貝のうち、「金蛟剪《きんこうせん》」というもの。妹の雲霄《うんしょう》が持っていたのを借りてきた。

昏君《こんくん》を倒して平和な世の中を！　紂王討伐

朝歌を攻める準備が整った周軍。進軍先にもやはり道士や仙人がいました。汜水関《しすいかん》を目の前にした姜子牙は、兵を三手に分けます。姜子牙らはそのまま汜水関に、**洪錦**《こうきん》は佳夢関《かぼうかん》に、黄飛虎は青龍関《せいりゅうかん》に当たります。佳夢関では、**火霊聖母**《かれいせいぼ》が敵の助っ人に現れますが、**広成子**《こうせいし》に助けられて突破。一方の黄飛虎も青龍関を攻め落としますが、相手を昏倒させる宝貝・紅珠《こうじゅ》を持つ**丘引**《きゅういん》に末の息子・**黄天祥**《こうてんしょう》を殺されてしまいます。

いよいよ汜水関での戦いが始まりました。相手は哪吒すらも傷つける宝貝の持ち主、**余**《よ》**化**《か》です。しかし、西岐には楊戩という絶対に敵には回したくない道術の天才がいます。彼は変化の術を用いて哪吒らを助ける薬を手に入れると、余化を殺してしまいました。

こうして汜水関を落とした周軍。次の穿雲関《せんうんかん》では細菌兵器のエキスパート、**呂岳**《りょがく》の布いた瘟癀陣《おんこうじん》に姜子牙が百日も閉じこめられてしまいます。ようやく助け出されたものの、ヨロヨロの姜子牙。そこへ、仙人・雲中子がやってきて、「次、万仙陣《ばんせんじん》が布かれた時に会いに来るよ」と一言。仙人や道士がらみの戦いは、まだ序の口だったのです。

さて、周軍は潼関《とうかん》にやってきました。ここで一行は高熱と体中の痛み、水ぶくれになる伝染病にかかりますが、これも**敵の道士の仕業**。ここでも楊戩が**神農**《しんのう》のもとに薬をもらいに行き、人々を回復させたのでした。

ところで、封神演義は「神に封《ほう》ずる」お話。封神榜《ほうしんぼう》に載った仙人や道士が一旦殺され、神として任命されるというのですが、犠牲者は殷側についている**截教の者**が多いのでした。截教が軽んじられていると思った截教の教祖、**通天教主**《つうてんきょうしゅ》は万仙陣を布き、闡教の仙人たち

敵の道士の仕業　余徳《よとく》がまいた毒《どく》痘《とう》によるもの。痘とは天然痘《てんねんとう》を表す漢字。楊戩が持ってきた薬で治癒した西岐の面々だが、顔にあばたが残ってしまい、恨んでいた。

截教の者　闡教に比べて、琵琶な

封神演義・関係地図

と戦います。味方に犠牲を出しても、まだ闡教への怒りが冷めない通天教主でしたが、師匠の鴻鈞道人《こうきんどうじん》に諭され、戦いをやめました。

　仙人たちの戦いに決着がついた後、姜子牙たちは朝歌に攻め上り、臨潼関《りんどうかん》、澠《べん》池県《ちけん》、孟津《もうしん》へと軍を進めます。滅びを悟った紂王は妲己たちと別れの杯を交わしました。妲己たちも狐の精として住んでいた巣へと戻ろうとしますが、楊戩たちに捕らえられ、殺されてしまいました。

　紂王もこれまで殺した者の亡霊に罵《のの》られながら、摘星楼《てきせいろう》に登ります。天子の装束を身につけ、宝石を体に巻いた紂王は、摘星楼に火をつけさせ、果てたのでした。

　易姓革命は終わり、周王朝が始まりました。そして、姜子牙は封神台に上り、この戦いで犠牲になった仙人や道士の魂を、神に封じたのでした。

どの物や、動物が修行して道士や仙人になった者が多い。例を挙げると、亀霊聖母《きれいせいぼ》は原形が大亀であった。また、琵琶などの物は、長い間日月の光を浴びることで人の姿になることができるとされた。仙人になるためには仙人骨《せんにんこつ》というものが必要だが、闡教の教主である元始天尊らは、集まった截教の者たちを見て、「仙人を名乗っているが、誰も仙人骨を持っていない」と手厳しいことを言っている。

周王朝
封建制度で知られる王朝。紀元前十一世紀から紀元前二五五年まで続いた。紀元前七七〇年以後は、東周という。姫昌や姫発のころは、鎬京《こうけい》に都があったが、東周では、洛陽《らくよう》の辺り（「封神演義・関係地図」の孟津《もうしん》の南西辺り）に都を遷《うつ》した。

封神演義の神々

『封神演義』では、周《しゅう》軍と殷《いん》軍の戦い、それも武人たちだけではなく、仙人や妖怪をまじえた戦いが見どころの一つとなっています。しかし、史書である『史記《しき》』では殷周革命は牧野《ぼくや》の戦いが描かれるのみで、両者の戦いに割《さ》かれる文字数は多くありません。

また、炮烙《ほうらく》という刑具についても、『封神演義』では二丈の銅柱を真っ赤になるまで熱して犯罪者を抱きつかせる、というものであるのに対し、『史記』に描かれる炮烙はたき火の上に油を塗った銅の柱を渡して歩かせるものとされており、残酷さは同じですが内容は違っています。また、舞台となった紀元前十一世紀には生まれてもいないはずの人物が登場するなど、実際の話とは掛け離れている部分があります。

一方、『封神演義』では戦いに敗れた登場人物たちが最後に神に封じられていますが、これは物語上だけのことではありません。実際に現在も廟《びょう》に祀《まつ》られるなど、あがめられている人物もたくさんいます。

たとえば、「**金龍如意正一龍虎玄壇真君**《きんりゅうにょいしょういつりゅうこげんだんしんくん》」に封じられた**趙公明**《ちょうこうめい》は、現在でも福の神として知られています。**雲霄**《うんしょう》・**瓊霄**《けいしょう》・**碧霄**《へきしょう》の三姉妹は「**感応随世仙姑正神**《かんのうずいせいせんこせいしん》」に封じられていますが、台湾では妊娠や出産を司る神の「**註生娘娘**《ちゅうしょうにゃんにゃん》」として有名です。また、『封神演義』では仙人たちや宝貝《ぱおぺえ》を吸い取る強力な宝貝として描かれている混元金斗《こんげんきんと》は、産まれる人は

『史記』での登場人物　『封神演義』では東西南北の各地域を管轄《かんかつ》する「四大諸侯」が出てくるが、『史記』では、西伯昌《せいはくしょう》と九侯《きゅうこう》、鄂侯《がくこう》という人物が出てくるのみ。このうち九侯は娘が紂王《ちゅうおう》に嫁ぎ、殺されていることから、姜皇后《きょうこうごう》の父である東伯侯《とうはくこう》・姜桓楚《きょうかんそ》のモデルと考えられる。また、鄂侯は九侯の出来事を紂王に諫《いさ》めて殺されているので、南伯侯《なんはくこう》・鄂崇禹《がくすうう》のモデルと考えられる。

丈　長さの単位で、周の頃は二二五センチメートル程度。『封神演義』が成立した明《みん》代では三一〇センチメートル程度。

必ず入る器とされています。そのほか、**魔家四将**《まけよんしょう》はそれぞれ**増長天王**《ぞうちょうてんのう》、**広目天王**《こうもくてんのう》、**多文天**《たもんてん》**王**《のう》、**持国天王**《じこくてんのう》に封じられましたが、中国の寺院の**四天王**（増長天・広目天・多聞天・持国天）の像は魔家四将が持っていた宝貝のように琵琶《びわ》や傘を持っているということです（日本では増長天や持国天は刀などの武器、広目天は筆や巻物、多聞天は宝塔《ほうとう》などを持っている像が寺院で見られます）。

もちろん、**元始天尊**《げんしてんそん》や**老子**《ろうし》（**太上老君**《たいじょうろうくん》）も道教の神としてあがめられていますし、そのほかの封神されていない登場人物も廟が建てられるなど、人々の信仰の対象となっています。主な例としては、姜子牙《きょうしが》のもとで働いた強力な道士、**哪吒**《なた》と**楊戩**《ようせん》が挙げられます。二人はそれぞれ**中壇元帥**《ちゅうだんげんすい》、**二郎神**《じろうしん》としてあがめられていますし、哪吒の父である**李靖**《りせい》は**托塔**《たくとう》**天王**《てんのう》として祀られています。この托塔天王は**毘沙門天**《びしゃもんてん》とされ、手には塔を持っています。仏教では哪吒は毘沙門天の第三王子とされています。

また、十絶陣《じゅうぜつじん》で仙人たちを束ねる**燃灯道人**《ねんとうどうじん》は仏教の**燃灯仏**ですし、陣破りに下山した仙人の**文殊広法天尊**《もんじゅこうほうてんそん》や**普賢真人**《ふげんしんじん》もそれぞれ**文殊菩薩**や**普賢菩薩**であるなど、四天王や毘沙門天以外にも仏教で崇拝されている人物も登場しているのです。

不思議な力を持っている宝貝や霊獣を登場させ、多種多様な戦闘シーンを描いている『封神演義』。フィクションが多い物語でありながら、実際に祀られている神様が登場するなど、現実世界とつながっている小説でもあるのです。

魔家四将　『封神演義』では、殷の将軍である四兄弟であり、魔礼《まれい》青《せい》が増長天王で宝剣を与えられ、魔礼紅《まれいこう》が広目天王として琵琶を与えられ、魔礼海《まれいかい》が多文天王として混元珍珠傘《こんげんちんじゅさん》を与えられ、魔礼寿《まれいじゅ》が持国天王として花狐貂《かこちょう》を与えられた。中国の四天王とは持ち物が入れ替わっているなどの違いがある。

四天王　多聞天《たもんてん》と多文天《たもんてん》など、仏教上の名称と『封神演義』で用いられる名称が微妙に異なったり、また一度死んだはずの人物が再登場したり、同じ名称の宝貝《ぱおぺえ》がいくつも出てきたりと、『封神演義』には名称などの取り扱いで多くの混乱がみられる。

中壇元帥《ちゅうだんげんすい》　太子爺《たいずいえ》、哪吒三太子とも呼ばれる。

二郎神《じろうしん》　清源妙道真君《せいげんみょうどうしんくん》とも呼ばれる。

闡教関係図

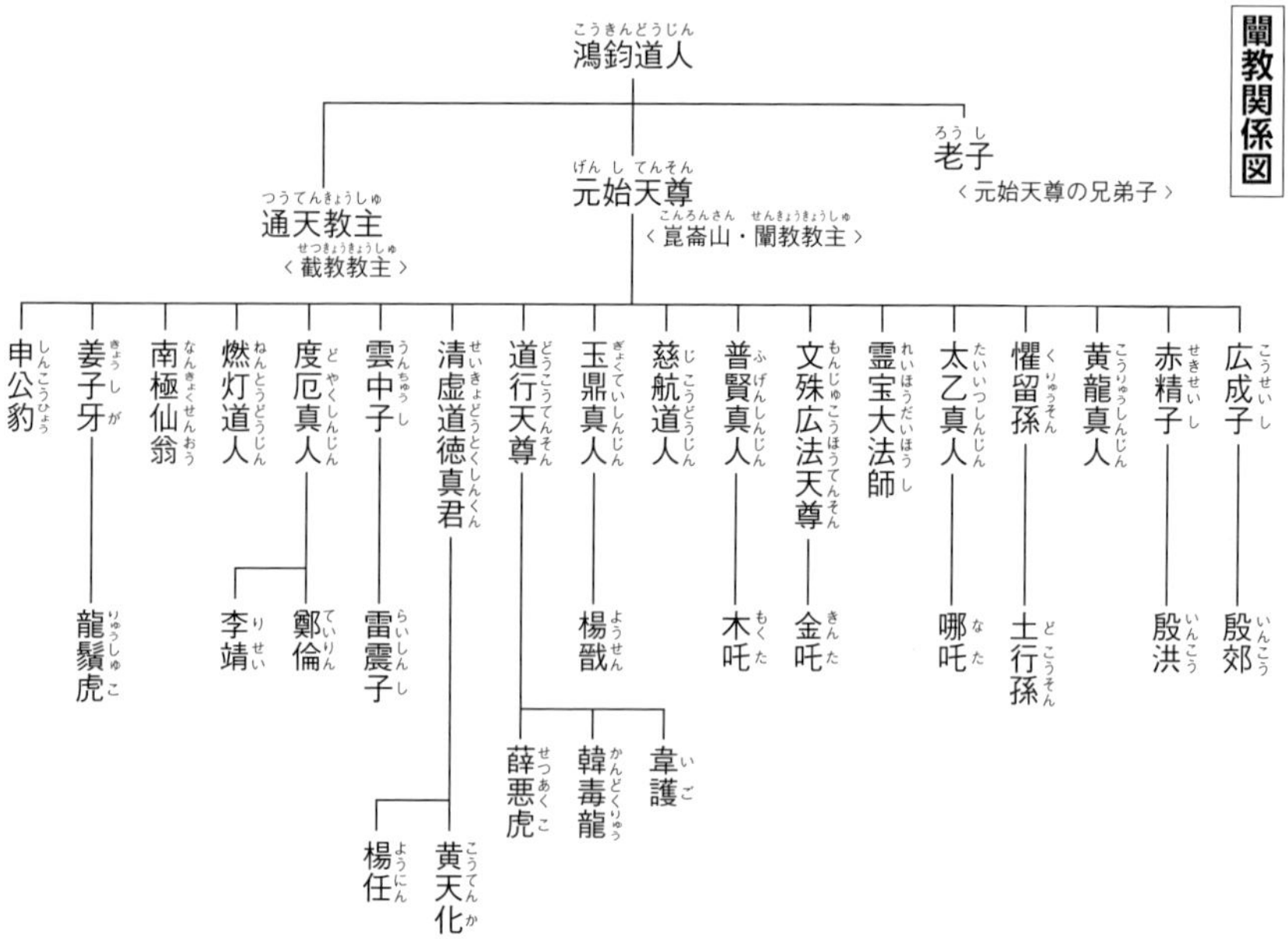

鴻鈞道人《こうきんどうじん》
通天教主《つうてんきょうしゅ》
〈截教教主《せつきょうきょうしゅ》〉
元始天尊《げんしてんそん》
〈崑崙山《こんろんさん》・闡教教主《せんきょうきょうしゅ》〉
老子《ろうし》
〈元始天尊の兄弟子〉
申公豹《しんこうひょう》
姜子牙《きょうしが》
龍鬚虎《りゅうしゅこ》
南極仙翁《なんきょくせんおう》
燃灯道人《ねんとうどうじん》
李靖《りせい》
度厄真人《どやくしんじん》
鄭倫《ていりん》
雲中子《うんちゅうし》
雷震子《らいしんし》
清虚道徳真君《せいきょどうとくしんくん》
楊任《ようにん》
黄天化《こうてんか》
道行天尊《どうこうてんそん》
薛悪虎《せつあくこ》
韓毒龍《かんどくりゅう》
韋護《いご》
玉鼎真人《ぎょくていしんじん》
楊戩《ようせん》
慈航道人《じこうどうじん》
普賢真人《ふげんしんじん》
木吒《もくた》
文殊広法天尊《もんじゅこうほうてんそん》
金吒《きんた》
霊宝大法師《れいほうだいほうし》
太乙真人《たいいつしんじん》
哪吒《なた》
懼留孫《くりゅうそん》
土行孫《どこうそん》
黄龍真人《こうりゅうしんじん》
赤精子《せきせいし》
殷洪《いんこう》
広成子《こうせいし》
殷郊《いんこう》

截教関係図

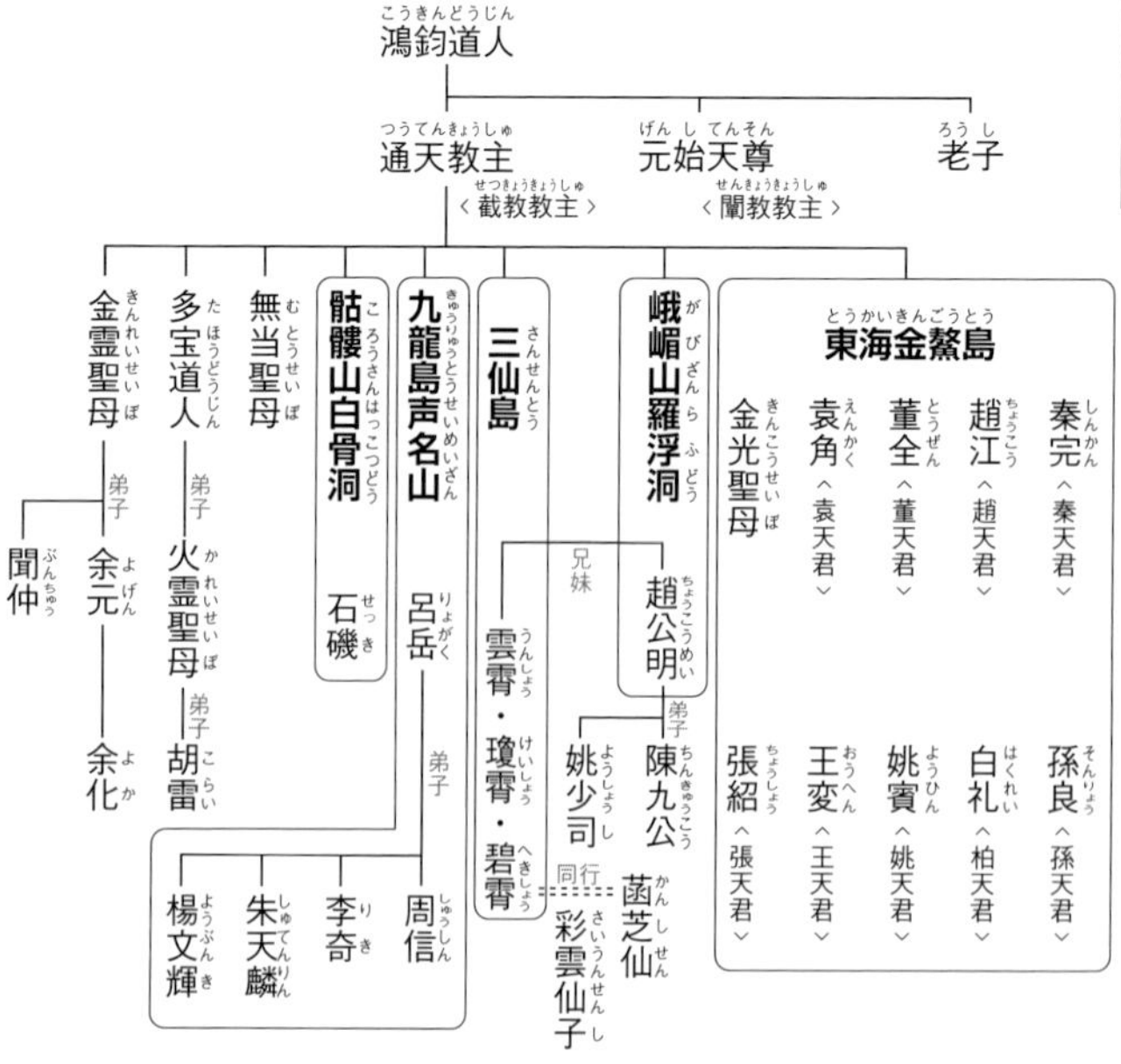

鴻鈞道人《こうきんどうじん》
通天教主《つうてんきょうしゅ》
〈截教教主《せつきょうきょうしゅ》〉
元始天尊《げんしてんそん》
〈闡教教主《せんきょうきょうしゅ》〉
老子《ろうし》
金霊聖母《きんれいせいぼ》
弟子
聞仲《ぶんちゅう》
余元《よげん》
余化《よか》
多宝道人《たほうどうじん》
弟子
火霊聖母《かれいせいぼ》
弟子
胡雷《こらい》
無当聖母《むとうせいぼ》
骷髏山白骨洞《ころうさんはっこつどう》
石磯《せっき》
九龍島声名山《きゅうりゅうとうせいめいざん》
呂岳《りょがく》
弟子
周信《しゅうしん》
李奇《りき》
朱天麟《しゅてんりん》
楊文輝《ようぶんき》
三仙島《さんせんとう》
雲霄《うんしょう》・瓊霄《けいしょう》・碧霄《へきしょう》
兄妹
同行
峨嵋山羅浮洞《がびざんらふどう》
趙公明《ちょうこうめい》
弟子
陳九公《ちんきゅうこう》
姚少司《ようしょうし》
菡芝仙《かんしせん》
彩雲仙子《さいうんせんし》
東海金鰲島《とうかいきんごうとう》
秦完《しんかん》〈秦天君〉
趙江《ちょうこう》〈趙天君〉
董全《とうぜん》〈董天君〉
袁角《えんかく》〈袁天君〉
金光聖母《きんこうせいぼ》
孫良《そんりょう》〈孫天君〉
白礼《はくれい》〈柏天君〉
姚賓《ようひん》〈姚天君〉
王変《おうへん》〈王天君〉
張紹《ちょうしょう》〈張天君〉

封神演義の人たち

周

姜《きょう》子《し》牙《が》（太《たい》公《こう》望《ぼう》）

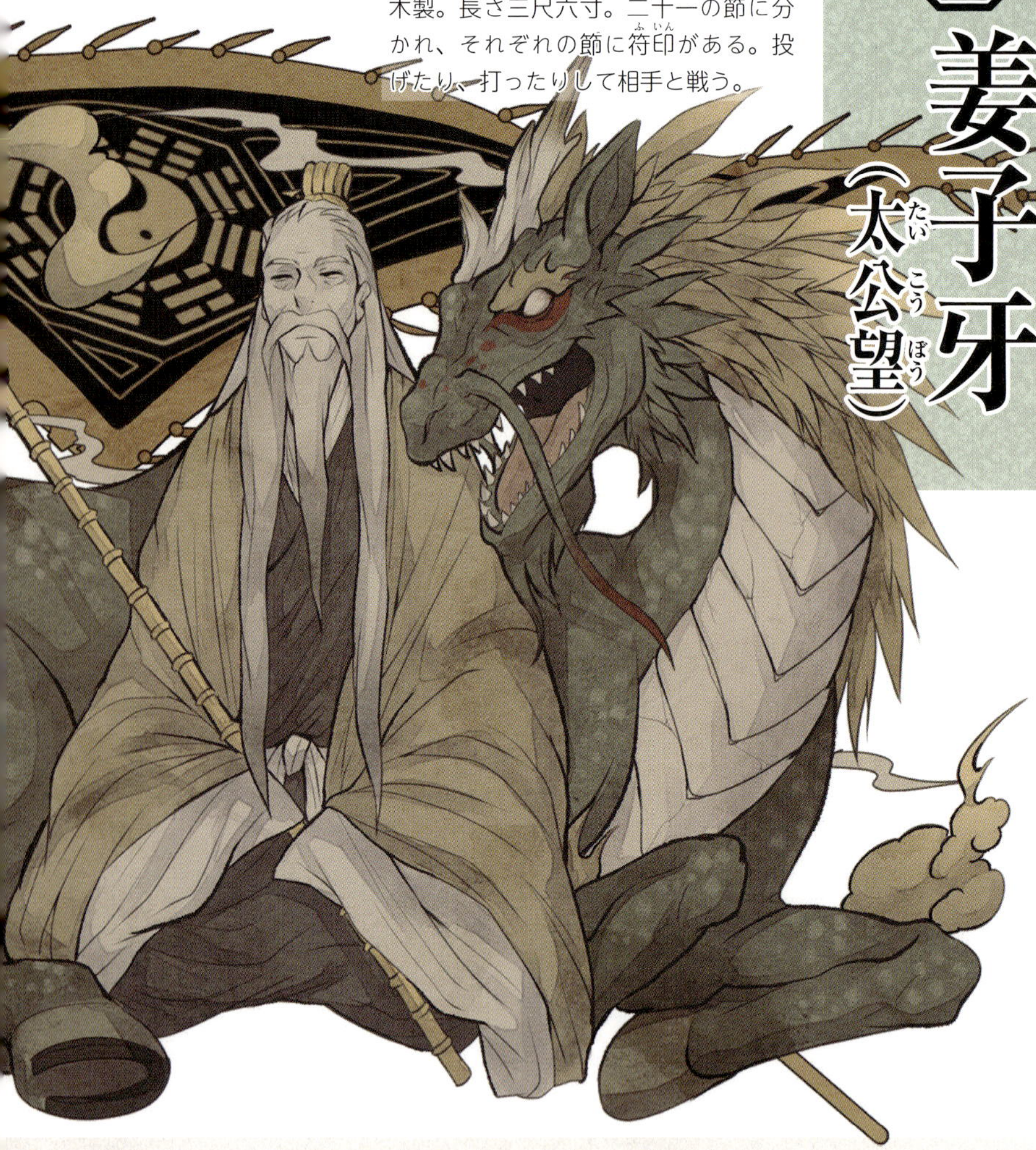

打神鞭《だしんべん》

木製。長さ三尺六寸。二十一の節に分かれ、それぞれの節に符印《ふいん》がある。投げたり、打ったりして相手と戦う。

名前は**姜尚《きょうしょう》**、字《あざな》は**子牙《しが》**、道号は飛熊《ひゆう》といいます。**元始天尊《げんしてんそん》**に命じられ、封神《ほうしん》の儀式を行うため、崑崙《こんろん》山を下ります。

封神の儀式を行うには、姜子牙は丞相《じょうしょう》（宰相《さいしょう》）として周《しゅう》王朝を開くために力を尽くす必要がありました。殷《いん》が滅び、周が興るまでにある幾多の戦いでは、多くの神仙や武将などが犠牲になります。犠牲者の中には「封《ほう》神榜《しんぼう》」に名前が載っていて、儀式で神に封《ほう》じられなければならない人物がいるのです。そのため、姜子牙は数多くの戦いを指揮し、時に自ら敵の陣に入っていきます。

崑崙山を下りた姜子牙は、義兄弟で殷の都・朝歌《ちょうか》に住む**宋異《そうい》人《じん》**を頼ります。宋異人のすすめ

杏黄旗《きょうこうき》
長さ二丈あまり。相手の攻撃を避けたり、封じたりする力がある。封神の儀式で姜子牙が左手に持つ。

四不像《しふぞう》
四不相《しふそう》（スープーシャン）ともいう。角を頭は麒麟《きりん》、尾は豸《たい》（鹿に似た生き物）、体は龍に似ている。

で六十八歳の生娘、**馬氏《ばし》**と結婚した姜子牙ですが、上手くいく商売は占いくらい。そこへ**妲己《だっき》**の妹分・**王貴人《おうきじん》**が来店。姜子牙は正体が妖怪だと気づき、捕まえました。このことで妲己の恨みを買った姜子牙は朝歌脱出を余儀なくされ、**姫昌《きしょう》**の治める西岐《せいき》へと逃れます。

途中、臨潼関《りんどうかん》では土遁《どとん》という道術を使って難民を西岐まで連れて行くなど、面倒見の良さを発揮。さらに磻渓《ばんけい》で出会った**武吉《ぶきつ》**が人を殺してしまった時には武吉を弟子にして救ったのでした。その後、武吉を通じて、姜子牙の存在が姫昌に知られ、才覚を買われて丞相となったのです。

丞相になってからは多忙を極めました。西岐討伐に現れた**張桂芳《ちょうけいほう》**の妖術に対抗する方法を教えてもらうため、元始天尊に相談に行ったはずが、解決策を教えてもらえないばかりか封神榜を渡されて封神台を作るように命じられ、その後、張桂芳の援軍に来た四聖《しせい》の一人、**王魔《おうま》**に殺されたこともあります（**文殊広法天尊《もんじゅこうほうてんそん》**の薬で生き返っています）。また、**魔家四将《まけよんしょう》**は天変地異を起こす宝貝《ぱおぺえ》や人食い怪獣を放つ強敵。たまらず免戦牌《めんせんはい》（戦わないことを表す札）をかけ、**楊戩《ようせん》**が登場するまで一年の籠城を強いられます。その後も、**聞仲《ぶんちゅう》**や**趙公明《ちょうこうめい》**との戦い、十《じゅう》絶陣《ぜつじん》破りという厳しい道のりが待ち受けていました。その度に、仙人たちの助けで絶体絶命のピンチを乗り越えたのです。

西岐討伐軍に勝って**紂王《ちゅうおう》**討伐に出発しますが、道術を使う相手との戦いに苦しみます。伝染病を操る**呂岳《りょがく》**の瘟《おん》癀《こう》陣《じん》を破るには姜子牙が百日の災いを受けなければならないと**雲中子《うんちゅうし》**に言われ、霊獣・四《し》不《ふ》像《ぞう》に乗り、宝貝・杏黄《きょうこう》旗《き》をかかげて陣中に入ったこともありました。澠池《べんち》での戦いでは**黄飛虎《こうひこ》**など頼みになる武将を失ってしまいます。

諸侯とともに紂王を討った姜子牙。いよいよ封神台でこれまでに死んだ者たちを神に封ずる仕事を行いました。仕事がすべて終わると、武王に斉《せい》を治める侯爵《こうしゃく》の位を授けられたのでした。

周

姫《き》昌《しょう》（文《ぶん》王《おう》）

西伯侯《せいはくこう》。仁徳のある君子として知られています。**妲己**《だっき》の父、**蘇護**《そご》が反乱した際には、手紙を送り、乱を鎮めています。

当時の殷《いん》では、**費仲**《ひちゅう》などが紂王に悪いことを吹きこんで、政治を乱していました。費仲らは、皇后である**姜氏**《きょうし》が非業の死を遂げたことから、姜氏の父である東伯侯《とうはくこう》が乱を起こすのを恐れて、東伯侯・西伯侯・南伯侯・北伯侯をまとめて殺そうと考えます。

姫昌《きしょう》も朝歌《ちょうか》に呼び出されて殺されそうになりました。**比干**《ひかん》、**黄飛虎**《こうひこ》らのとりなしで、二度も死刑を許されたものの、羑里《ゆうり》というところに幽閉されてしまいます。しかし、姫昌は**紂王**《ちゅうおう》を恨むことなく、八卦だけであった易《えき》を演繹《えんえき》して、六十四卦にするなどし、七年の時を過ごしました。

　帰国のきっかけになったのは、長男の**伯邑考**《はくゆうこう》が宝物を持って赦《ゆる》しを請いに現れたことです。伯邑考の美しさにひかれた妲己でしたが、誘惑することはできませんでした。その結果、伯邑考は死罪となり、肉餅《にくへい》（挽肉料理の一種）

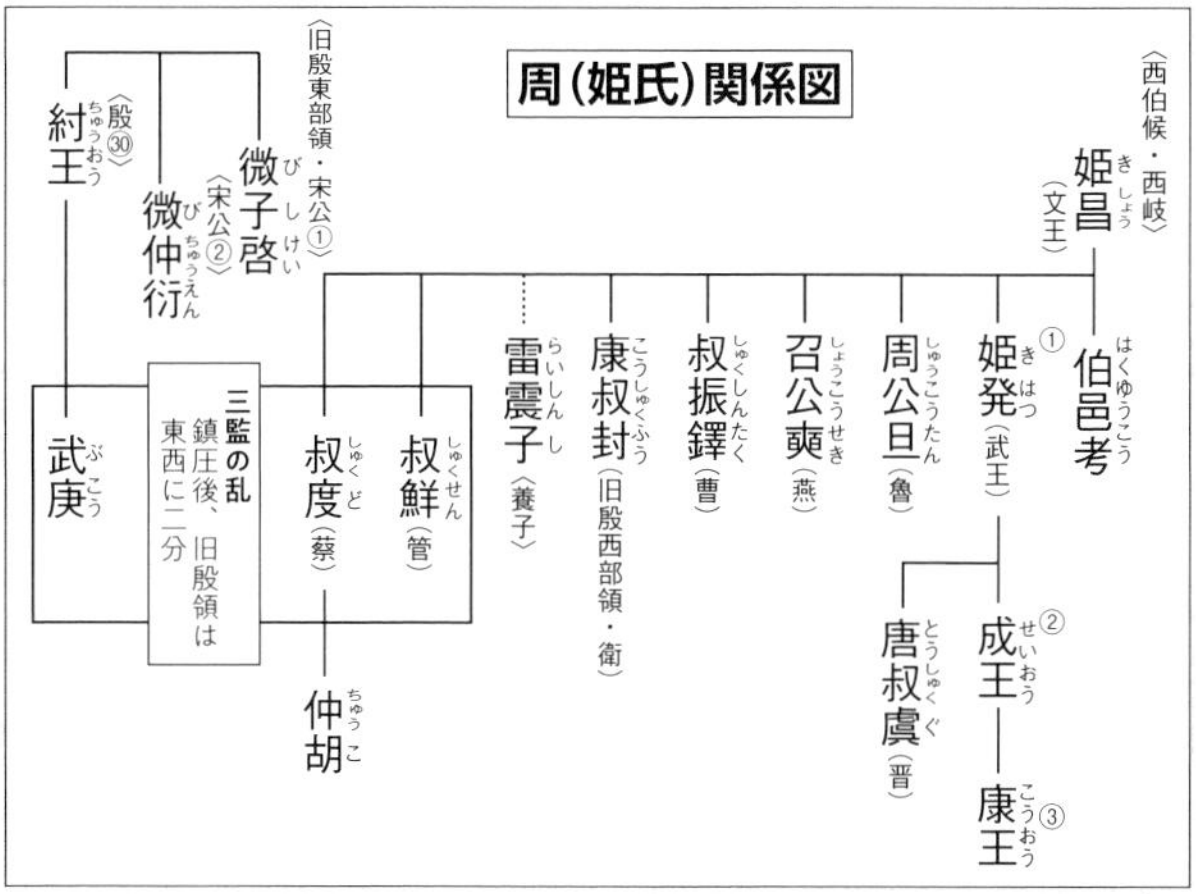

にされてしまいます。その肉餅を食べるように求められた姫昌は、息子の肉と知りながら、紂王に殺されないためには、と無理に食べたのでした。

　伯邑考の出来事は故郷の西岐《せいき》にも伝わったため、西岐の大将軍である**南**《なん》**宮适**《きゅうかつ》らは怒りを爆発させます。そこで、姫昌の留守中の政治を任されていた**散**《さん》**宜生**《ぎせい》が費仲らに賄賂を贈って、姫昌を救おうとします。散宜生の賄賂のおかげで、姫昌は許され、紂王から王に封じられて**文王**《ぶんおう》となりました。

　西岐に帰ることになった姫昌でしたが、黄飛虎に紂王は命令が変わりやすいため、早く出発するよう勧められ、夜のうちに朝歌を脱出します。しかし、反乱の疑いを持たれ、追っ手が向けられました。臨潼関《りんどうかん》で追いつかれそうになりましたが、青い顔で目が凶悪な翼を持った大男に助けられます。これが、養子で百人目の息子、**雷震子**《らいしんし》でした。

　無事に西岐の土地に戻った姫昌は、城に戻る途中、肉餅を吐きだしました。伯邑考であった肉餅には足が生え、白ウサギとなって去ったのでした。

　体調も落ち着いてきた姫昌は、霊台で双翼の額の白い虎を夢に見ます。散宜生によると、それは飛熊《ひゆう》にたとえられるもので、賢人を迎えるという兆しでした。**姜子牙**《きょうしが》を丞相《じょうしょう》に迎えた姫昌は、姜子牙に**崇侯虎**《すうこうこ》を征伐するよう勧められます。戦いに大勝した周《しゅう》軍でしたが、処刑された崇侯虎親子の首を見て姫昌の体調は悪化。回復することはなく、紂王二十年冬、姜子牙らに後を託して九十七歳で亡くなりました。

　実際の歴史でも模範的な王とされる姫昌が演繹した易は、五百年ほど後に**孔子**《こうし》が注釈をつけ、儒教の重要な教科書になります。

周

姫《き》発《はつ》（武《ぶ》王《おう》）

姫昌《きしょう》の次男。父の死後、**武王**《ぶおう》となります。跡を継いですぐ、**四聖**《しせい》や**魔家四将**《まけよんしょう》といった並の人間では勝てない相手との戦いを目《ま》の当たりにします。自身も十絶陣《じゅうぜつじん》の一つ紅砂陣《こうさじん》に捕われ、陣中で百日も過ごしたため一度は死亡。**燃灯道人**《ねんとうどうじん》の護符で生き返らなければ、物語が終わっていたところです。

人がいい分、**姜子牙**《きょうしが》を始め、仙人たちにいいようにされている感じがあります。

当初は**紂王**《ちゅうおう》を倒す気持ちはなく、紂王討伐も、姜子牙に「紂王の行いを改めさせるだけです」とそそのかされて始めたのでした。証拠に、孟津《もうしん》に向かう船に白い魚が飛びこんで来た時、姜子牙に「紂王が滅びて周《しゅう》が栄える兆《きざ》し」と言われたため、姫発は魚を川に戻そうとします。しかし、姜子牙に乗せられて料理した魚に箸をつけてしまうのでした。

殷が滅んだ後、諸侯に求められ天子となった**姫発**《きはつ》。朝歌《ちょうか》を紂王の息子・**武庚**《ぶこう》に任せ、反乱を招く結果となります。

周

伯《はく》邑《ゆう》考《こう》

姫昌《きしょう》の長男。七年間、羑里《ゆうり》に幽閉されている父を赦《ゆる》してもらうため、**紂王**《ちゅうおう》のもとにやってきます。周《しゅう》に代々伝わる宝物、七香車《しちこうしゃ》（自動で動く車）・醒酒氈《せいしゅせん》（酔いが醒める敷物）・白面猿猴《はくめんえんこう》（歌を歌い踊る猿）を紂王に献上し、父を解放してもらおうとし、紂王の心も動きました。しかし、美男子だったため、**妲己**《だっき》に目をつけられました。

琴の名手である**伯邑考**《はくゆうこう》から手ほどきを受けることを口実に、伯邑考を誘惑しようとする妲己。しかし伯邑考は動じず、逆に妲己を諫《いさ》めます。妲己はこれを恥じ、紂王に「伯邑考ったら私を誘惑したの」と、紂王に嘘の報告をします。

翌朝、紂王に呼び出された伯邑考は、白面猿猴が妲己を傷つけたため、難を逃れられないと感じ、諫言を歌詞に託して演奏し、琴を妲己に投げつけます。刑死した伯邑考は肉餅《にくへい》にされ、姫昌に与えられてしまったのでした。

封神され、**中天北極紫微大帝**《ちゅうてんほっきょくしびたいてい》となります。

周

楊《よう》戩《せん》

哮天犬《こうてんけん》

白い象のように巨大化する犬。九頭《きゅうとう》雉《ち》鶏《けい》精《せい》の頭の一つを噛《か》みちぎった。

玉鼎真人《ぎょくていしんじん》の弟子で、**清源妙道真君《せいげんみょうどうしんくん》**に封《ほう》じられている最強かつ美形の道士。

初登場は、**魔家四将《まけよんしょう》**に打つ手のない**姜子牙《きょうしが》**が免戦牌《めんせんはい》を掛けている時です。**楊戩《ようせん》**は「私が来たからには免戦牌を外してください」と言って、戦いに出たものの、すぐに**魔礼寿《まれいじゅ》**の持つ宝貝《ぱおぺえ》・花狐貂《かこちょう》に食べられてしまいました。しかしこれは作戦で、花狐貂の腹の中で魔家四将の作戦を盗み聞いた後、花狐貂の心臓を握って苦しめた後に殺し、変化の術で花狐貂に化けて**魔礼紅《まれいこう》**の宝貝・混元傘《こんげんさん》を奪ったのでした。ほかにも、五雷訣《ごらいけつ》という雷鳴を起こす術を使いこなします。

聞仲《ぶんちゅう》との戦いでは、姜子牙、**哪吒《なた》**、**金吒《きんた》**、**木吒《もくた》**らが双鞭《そうべん》で打

長衣《ちょうい》

三尖刀と共に手に入れる。

三尖刀《さんせんとう》

楊戩が懼留孫《くりゅうそん》を訪ねていく途中で怪物が逃げこんだ穴の中で見つける。楊戩のトレードマーク。

たれてダメージを受けている中、楊戩だけは額に命中しても無傷。聞仲も、「こんな奇人がいるのなら反乱が起こるのもしかたないか」と思うほどの無敵ぶりです。本人だけでなく、連れている哮天犬《こうてんけん》もすぐれもの。巨大化して、**趙公明**《ちょうこうめい》の首に噛《か》みつき、姜子牙を救い出す手助けをしました。

非の打ちどころがない道士ですが、**土行孫**《どこうそん》を捕まえる時には美女に化けて誘惑するという茶目っ気もあり、憎めない人物です。しかし、敵には回したくないタイプなのです。

また、見た目だけでなく、立ち居振舞も立派なので、伝染病をばらまく**呂**《りょ》**岳**《がく》と戦った時など、**三聖大師**（**黄帝**《こうてい》・**伏羲**《ふっき》・**神農**《しんのう》の三人のこと）のところへ行き、神農から薬をもらってきています（西岐《せいき》城内の人々が皆、病気に苦しんでいたにもかかわらず、生身なのになぜか一人だけ無事だという超人っぷりです）。

実力と容姿のレベルの高さからくる自信のせいか、難敵の攻略方法も大胆です。**紂王**《ちゅうおう》討伐が始まり、軍が汜水《しすい》関《かん》攻略をしている時、**余化**《よか》の化血神刀《かけつしんとう》で哪吒と**雷震子**《らいしんし》が斬られ、倒れてしまいます。毒で傷つけられたと気づいた楊戩は、自分の霊体を体から抜き、わざと化血神刀に斬られて毒の調査を始めます。その後、玉鼎真人に策を授けられて、余化に化けると、化血神刀を作った**余元**《よげん》のところに行き、治療に必要な丹薬《たんやく》をだまし取ってきたのです。

薬をもらいに行く係のほか、聞仲軍の食料を焼いたり、周《しゅう》軍の兵糧の調達を任せられたりと、食べ物がらみの役割が多いのも楊戩の特徴でしょう。そのため、後半では食料を運んだついでに難敵を倒すというパターンが増えてきます。

楊戩は、**女媧**《じょか》、**雲中子**《うんちゅうし》といった、権威のある神や仙人にも協力してもらっています。紂王の悪行の元となった**妲**《だっ》**己**《き》らも、楊戩たちに捕まえられたのでした。この人がいないと、『封神演義』がまとまらない、という人材です。

周

哪《な》吒《た》

乾坤圏《けんこんけん》

相手に投げて殺す輪状の宝貝《ぱおぺえ》。生まれた時から持っていた。

混天綾《こんてんりょう》

川の水を振動させたり、敵に巻きついて動きを封じたりする宝貝。生まれた時から持っていた。

哪吒《なた》は、『封神演義』で三本の指に入る人気者です。姿は桃色の頬の七歳の少年ですが、正体は宝物・霊珠子《れいじゅし》の生まれ変わりで後に蓮の化身となる、ややこしい経歴の持ち主です。

哪吒は、陳塘関《ちんとうかん》の総兵官《そうへいかん》（関を守る司令官）であった**李靖《りせい》**と妻の**殷氏《いんし》**の間に産まれました。夫婦の間にはすでに、**金吒《きんた》**、**木吒《もくた》**という二人の男の子がおり、哪吒は三男です。

殷氏の第三子の妊娠期間は三年六か月に及びました。そうなると、李靖と殷氏も悪いことがあるのではないか、と不安でたまりません。ある晩、殷氏の夢の中に道士が現れ、懐《ふところ》に何かを押しこんで去っていきました。目覚めて、出産を迎えた殷氏。

金磚《きんせん》
相手に投げて当てるタイル状の宝貝。蓮《はす》の化身となった時に、太乙真人《たいいつしんじん》からもらう。

陰陽剣《いんようけん》
三頭八臂《さんとうはっぴ》となった後、太乙真人から与えられた剣。

火尖鎗《かせんそう》
炎を吐く槍《やり》。蓮の化身となった時に、太乙真人からもらう。

風火輪《ふうかりん》
火と風で走る輪。蓮の化身となった時に、太乙真人からもらう。

ところが、生まれたのは動く肉の球でした。李靖はこの肉の玉を斬ってしまいます。すると、そこから混天綾《こんてんりょう》と乾《けん》坤圏《こんけん》という宝貝《ぱおぺえ》を身につけた男の子が生まれました。それが、哪吒です。

七歳になった哪吒は、ある日、水浴びに出かけました。そこで、腰に巻いていた混天綾を川に浸しました。この混天綾は川の水を振動させる力がある宝貝だったため、川に住む**東海龍王《とうかいりゅうおう》**の**敖光《ごうこう》**を怒らせてしまいます。その後も敖光の息子**敖丙《ごうへい》**を殺したり、敖光の鱗を剥がしたりと、やりたい放題。怒った敖光らは、李靖と殷氏を人質に取りました。そこで、哪吒は自ら腹を割いて責任を取って死んだのです。

魂魄となった哪吒は、殷氏に作ってもらった哪吒行宮《あんぐう》で人間の姿に戻れる日を待っていました。しかし、この行宮は李靖に六陳鞭《りくちんべん》で壊されてしまいます。魂魄は師の**太乙真人《たいいつしんじん》**のところへ飛んでいき、蓮《はす》の花の化身として生まれ変わりました。混天綾と乾坤圏に加え、火尖鎗《かせんそう》と風火輪《ふうかりん》、金磚《きんせん》をもらい、見た目からは想像できないほど、無敵度が高くなりました。

宝貝をたくさん身につけた哪吒は、大活躍。まずは、殷《いん》を見限って西岐《せいき》に向かう**黄飛虎《こうひこ》**たちを助け、敵の**余化《よか》**を敗走させます。**姜子牙《きょうしが》**を助けるために山を下りた時には**張桂芳《ちょうけいほう》**と戦いました。張桂芳は、名前を呼べば相手を乗り物から強制的に降ろすことができるという術の使い手です。張桂芳は哪吒を見て名前を呼びますが、一度死んで魂魄がない哪吒には効果はありません。また、伝染病をまき散らす**呂岳《りょがく》**の攻撃や、**余徳《よとく》**が天然痘《てんねんとう》を流行らせても平常運転でした。哪吒は驚異的な力で周軍の推進力となります。

唯一、ひどい目に遭ったのが、再登場した余化と戦った時。余化の化血神《かけっしん》刀《とう》という宝貝で斬られた哪吒は重体になります。しかし、太乙真人のもとに戻り、三つの棗《なつめ》を食べて三頭八臂《さんとうはっぴ》の体になり、陰陽剣《いんようけん》などを手にし、パワーアップして戻ってきたのでした。

周

李《り》靖《せい》

玲瓏塔《れいろうとう》

塔内に相手を閉じこめ、火で焼くもの。また、投げつけて相手を打つことも。

陳塘関《ちんとうかん》の総兵官《そうへいかん》（関を守る司令官）。長男・**金吒**《きんた》、次男・**木吒**《もくた》を仙人のもとへ修行に行かせ、**李靖**《りせい》自身も**度厄真人**《どやくしんじん》のもとで学んだことがあります。**東海龍王敖光**《とうかいりゅうおうごうこう》や、仙人の**石磯**《せっき》は顔見知り。ところが、三男・哪吒《なた》が敖光の三男**敖丙**《ごうへい》や、石磯の弟子・**碧雲童子**《へきうんどうじ》を殺してしまったから大騒動。責任をとって哪吒が自殺する事件に及びます。

その後、哪吒は**殷氏**《いんし》に「哪吒行宮《あんぐう》」を建ててもらい、元の姿に戻ろうとします。死んでも人を惑わす哪吒に怒った李靖は、六陳鞭《りくちんべん》で行宮を破壊。哪吒は蓮《はす》の化身として生まれ変わらざるを得なくなりました。そのことに怒った哪吒に李靖は命を狙われます。そこへ、**燃灯道人**《ねんとうどうじん》が現れ、玲瓏塔《れいろうとう》に哪吒を閉じこめて懲らしめてくれました。その玲瓏塔をもらい、李靖は父親の威厳を回復したのです。

その後、姜子牙のもとで戦った李靖。息子たちと共に戦いを生き延び、周《しゅう》王朝が開かれると、修行のために山に帰ったのでした。

周

金吒 木《もく》吒《た》

遁龍椿《とんりゅうとう》
三つの輪からなる宝貝《ぱおぺえ》で、相手を締めつける。

呉鉤剣《ごこうけん》
月形に曲がった一対の宝剣。持ち主の命令で回って飛ぶ。

李靖《りせい》の長男と次男。**金吒《きんた》**は**文殊広法天尊《もんじゅこうほうてんそん》**の弟子、**木吒《もくた》**は**普賢真人《ふげんしんじん》**の弟子です。二人とも**四聖《しせい》**との戦いのころから**姜子牙《きょうしが》**のもとで戦うようになり、金吒は**楊森《ようしん》**を、木吒は**李興覇《りこうは》**を討ち取っています。姜子牙に近しい道士たちですが、弟の**哪吒《なた》**が目立ちすぎるために印象は地味です。

そんな金吒・木吒が主役級だった名場面は、遊魂関《ゆうこうかん》を落とせずにいた東伯侯・**姜文煥《きょうぶんかん》**の援軍に行った時のこと。姜文煥のところへは行かず、蓬莱《ほうらい》山の道士、**孫徳《そんとく》**と**徐仁《じょじん》**に化けて、関を守る**竇栄《とうえい》（融《ゆう》）**のもとへ向かいます。竇栄に「自分たちは姜子牙に恨みがあるので味方します」などとデタラメを言う金吒。副将の**姚忠《ようちゅう》**や竇栄の妻・**徹地夫人《てっち》**に疑われますが、姜文煥の部下・**馬兆《ばちょう》**を捕らえたり、姜文煥と戦ったりして竇栄の信頼を得ることに成功。姜文煥が奇襲をかけたのに内応して、金吒が遁龍椿《とんりゅうとう》で竇栄を縛りあげ、木吒が徹地夫人を呉鉤剣《ごこうけん》で斬ったのでした。

周

雷《らい》震《しん》子《し》

姫昌《きしょう》が朝歌《ちょうか》に赴く道すがら見つけ、養子にした子ども。雷が鳴った後に見つかったので、**雷震子《らいしんし》**と名づけられました。姫昌にとって百人目の息子にあたります。雷震子は、将星《しょうせい》（大将の器量を持つ者）を探しに来た仙人・**雲中子《うんちゅうし》**に預けられました。

七年後、雷震子は雲中子から幽閉を解かれた養父・姫昌が臨《りん》潼関《どうかん》で困っているから救うように、と命じられます。まずは武器を取ってくるようにと言われ、虎児崖《こじがい》に行きますが、そこにあったのは美味しそうな紅杏《べにあんず》。雷震子が思わずその実を二つ食べると、脇の下から羽が生え、顔は青く、髪は赤くなり、牙のような歯まで生えてきたのです。この身長も二丈になりました。

姿を見て、師匠の雲中子は大喜びし、金棍《きんこん》を与えました。

姫昌を救った後、山に帰った雷震子。再び雲中子の命で下山する途中、**聞仲《ぶんちゅう》**軍に出会います。聞仲を守っていたのは**辛環《しんかん》**という肉翅《にくし》を持つ男。雷震子と辛環は空中戦を繰り広げました。この戦いは、辛環が逃げたことで一旦切り上げました。

辛環と再び戦ったのは聞仲軍が**趙《ちょう》公明《こうめい》**を失い、敗走した時です。辛環との一騎打ちとなりそうなところに、**楊《よう》戩《せん》**の哮天犬《こうてんけん》が放たれ、辛環の足に噛《か》みつきました。そこで雷震子が金棍を振り下ろします。辛環は落命し、翼を持つ二人の戦いに決着がついたのでした。

十絶陣《じゅうぜつじん》の一つ、紅砂陣《こうさじん》に入る**武王《ぶおう》・姫発《きはつ》**を守って共に捕えられ、陣中で百日を過ごしたり、**朱天麟《しゅてんりん》**の昏迷剣《こんめいけん》を受けたりと、苦労も多い雷震子。それも、姫昌の養子であり、主戦力として期待されているからというもの。さすがに、**余化《よか》**の化血神刀《かけつしんとう》で傷つけられた時は、口もきけなくなって倒れてしまいますが、**哪吒《なた》**同様に植物（紅杏《べにあんず》）の力を借りた特別な能力の持ち主ならではの強さのため、死なずに済むのです。弱点は、魂魄《こんぱく》を抜く旗状の宝貝《ぱおぺえ》。**法戒《ほうかい》**の持つ旗と、**卞吉《べんきつ》**の持つ幽魂白骨幡《ゆうこんはっこつはん》で、二度も気を失っています。

紅杏を食べたために変化した容姿も、姜子牙のような道士には驚かれなかったものの、仙人たちとあまり関わらずに生きてきた姫昌や姫発には怖がられていたようです。姫発は、自分の母親たちが雷震子の姿を見たら怖がるのでは、と思っていましたし、姫昌にいたっては、助けに来た雷震子の青い顔を見て、兵を殺すのではないかと考えるなど、すっかり悪人扱い。人間界で暮らすには、不便な容姿だったといえるでしょう。

紂王《ちゅうおう》討伐の戦いに生き延びた雷震子は周《しゅう》には留まらず、楊戩や哪吒と共に、修行のために山に帰っていきました。

金棍《きんこん》

回すと風のような音を発し、光を放つ金の棍棒。

楊《よう》任《にん》

五火神焔扇《ごかしんえんせん》

扇ぐとすべてを灰と化す炎が生じる。

雲霞獣《うんかじゅう》

清虚道徳真君《せいきょどうとくしんくん》から与えられる。角を打つと雲を生じて空を飛ぶ。

楊任《ようにん》は、もともと殷《いん》に仕えていました。初登場は、殷の上大夫（上位にある役人）として皇后の**姜氏**《きょうし》が**紂王**《ちゅうおう》暗殺を企んだという話を聞き、「何者かの策略では」と**黄飛虎**《こうひこ》に言った場面です。その後、姜氏が亡くなると、**雲中子**《うんちゅうし》の予言通りだと嘆くなど賢臣らしい発言をしています。

しかし、文官としての活躍はここまで。当時、殷の下大夫として仕えていた**姜子牙**《きょうしが》が水に飛びこんで死んだ（ように思われた）ところに現れたのが運の尽きでした。

姜子牙がそのような行動を取ったのにはわけがありました。妲己《だっき》は姜子牙が占いをした時、**王貴人**《おうきじん》を捕まえて、原形の玉石《ぎょくせき》琵琶《びわ》の姿を暴いたことを恨んでいました。そのため、姜子牙に宝石をちりばめた鹿台《ろくだい》という建物を造るように、という無茶な命令を下したのです。

　姜子牙は妲己の命令を断り、逃げ出しました。事情を知った楊任は鹿台の贅沢さに驚き、この台を建てる工事は民を苦しめるだけなので中止するよう、紂王に諫言《かんげん》します。紂王は激怒、楊任の両目をえぐり取ってしまったのです。

　楊任の様子に気づいたのは、清虚道《せいきょどう》徳真君《とくしんくん》でした。黄巾力士《こうきんりきし》に命じて楊任を連れてこさせると、目の穴に丹薬《たんやく》を入れたのです。すると、ニョキニョキと掌《てのひら》に目のついた手が生えてきました。こうして、楊任は天上から地下まで見通すことができる目を手に入れます。

　次に登場するのは、物語の後半、呂《りょ》岳《がく》が瘟癀陣《おんこうじん》を布《し》いた時。清虚道徳真君に姜子牙を瘟癀陣から救うようにと命じられて、飛電槍《ひでんそう》の扱いを教えられます。楊任は「私、文官ですから」と武器の扱うことを当初は拒んでいましたが、教えられると瞬く間にものにし、神獣・雲霞獣《うんかじゅう》に乗って下山します。

　地上に降りた楊任の目に入ったのは、護送される黄飛虎《こうひこ》の姿でした。黄飛虎は龍安吉《りゅうあんきつ》の四肢酥圏《ししそけん》という宝貝《ぱおぺえ》のせいで捕まっていたのです。楊任の「私、上大夫の……」という丁寧な口調と、その風貌のギャップに敵兵は恐れを感じます。黄飛虎たちを無事に救い出さねばと思った楊任は、師匠からもらっていた宝貝・五火神焔扇《ごかしんえんせん》で敵をひと扇ぎ。とたん、辺りは火に包まれ、あっという間に勝利を収めたのでした。あまりの威力に楊任も「これはヤバイ」と思ったようです。

　穏やかな物言いとは正反対に、行動に容赦のない楊任は、本題の瘟癀陣でも五火神焔扇で呂岳と宝貝・瘟癀傘《おんこうさん》を扇ぎ、灰にしてしまいます。

　目の穴から生えた手も大活躍。障害物をものともせず、たとえ地下であっても見通せるため、地行術で地中に潜りこんだ張奎《ちょうけい》の姿も丸わかり。楊任は楊戩に、張奎が地下を走っていることを伝えます。居場所を楊戩《ようせん》に知られた張奎は、指地成鋼術《しちせいこうじゅつ》で動けなくなったところを、韋護《いご》の降魔杵《ごうましょ》で砕かれてしまったのでした。

　大活躍の楊任でしたが、梅山七怪《ばいざんしちかい》の袁洪《えんこう》と戦った折に棍棒で殴られ、死んでしまいます。五火神焔扇で扇ぐ直前の出来事でした。

　後に、甲子太歳神《こうしたいさいしん》に封じられたのでした。

周

武《ぶ》吉《きつ》

西岐《せいき》で木を伐って薪《まき》とし、城内で薪を売るという生活をしていた**武吉《ぶきつ》**。磻渓《ばんけい》で釣りをしている**姜子牙《きょうしが》**に出会い、話しかけたのが武将としての人生の始まりです。姜子牙の名前を聞いた武吉は、ただ釣りをしているだけに見える姜子牙が、飛熊《ひゆう》という道号を持っていることに大ウケ。ついでに、姜子牙が垂れていた釣り糸を持ち上げて、釣り針が真っ直ぐなのを見て、「魚を釣るには、曲がった針を使って先にエサをつけなきゃならないんだよ」などと教えはじめます。

さらに、姜子牙の顔が猿に似ているなどと、言いたい放題。姜子牙も黙ってはおらず、「おまえの人相だと、今日あたり人を殺すだろうな」と一言。怒った武吉が西岐城に行ったところ、南門で守護兵の王相《おうそう》を殺してしまいました。それも、姫昌《きしょう》が通るというので道を譲ろうとして、肩に担いでいた天秤棒を回したら当たってしまい、結果的に王相が死んでしまったというのだから、ほとんど事故です。三日間、留め置かれた武吉ですが、過失致死であることと、七十歳過ぎの母が一人でいることを理由に、一時的に釈放されます。

　家に帰って、武吉は事の次第を母親に打ち明けました。母親は姜子牙によい考えがあるかもしれないから助けを求めるよう、武吉に告げます。改めて磻渓を訪れた武吉は、今度は丁寧な言葉遣いで姜子牙に話しかけます。姜子牙は武吉を弟子にして処刑されずにすむ方法を教えるのでした。

　西岐では、罪人が逃亡することはなかったといわれていました。その理由は、逃げ出しても姫昌に占いで居場所を突きとめられると考えられていたから。武吉の場合も、釈放されて半年過ぎたころに姫昌が占いをし、「武吉は自殺してしまった」という結果が出ています。実際には生きているのに死んだという結果が出たのは、姜子牙の道術のおかげ。武吉は弟子として『六韜《りくとう》』という兵法書を読み、武芸の修練に励みます。この時、鍛えた槍術《そうじゅつ》は紂王討伐の折に、「神鬼《しんき》の域」とたたえられるほど。

　しかし、姫昌が春を楽しむために磻渓までやって来た折に、散宜生《さんぎせい》が「あの者は、武吉に似てませんか」と言ったことがきっかけで、捕えられてしまいます。

　事情を問われた武吉は、姜子牙のことを話します。賢人を探していた姫昌は喜びました。そして、姜子牙は姫昌に招かれることになり、罪を赦《ゆる》された武吉も西岐に仕えることになったのでした。

　西岐の武将となった武吉。七月の酷暑のころに、殷《いん》軍と戦うことになります。姜子牙の命令は、「岐山《きざん》の頂《いただき》に布陣しろ」というもの。南宮适《なんきゅうかつ》と共に「殺す気か！」とあきれつつも進軍する武吉。さらに姜子牙から厚手の外套《がいとう》まで渡されて、あまりの暑さに頭が沸いてしまいそうになります。しかし、姜子牙が雪を降らせたため、厚着していた武吉たちは助かり、殷軍は氷づけになってしまいました。

　武吉は魔家四将《まけよんしょう》や、趙公明《ちょうこうめい》との戦い、十絶陣《じゅうぜつじん》など、重要な戦いに参加し、最後まで生き残ります。姜子牙が封神する時にも同行し、『封神演義』の最後を見届けたのでした。

周

韋《い》護《ご》

道行天尊《どうこうてんそん》の弟子。**韋護**《いご》の下山は、**呂岳**《りょがく》が西岐《せいき》城を攻めきれずに逃走している時でした。ちょうど休憩中の呂岳と弟子の**楊文輝**《ようぶんき》に出会い、「西岐に行くところなんだけど、とりあえず呂岳ってのを倒して土産にするよ」と余計なことを言います。怒った楊文輝は、韋護を斬りつけました。対する韋護は、宝貝《ばおぺえ》・降魔杵《ごうましょ》を投げ上げます。重さを増した降魔杵は楊文輝の頭部を一撃。あっけなく勝負はつきました。相手に当たると死ぬほどのダメージを与える降魔杵は、潼関《とうかん》で**余徳**《よとく》を討ち取ったり、土の中で動けなくなった**張奎**《ちょうけい》を打ったりと、敵将を倒すのに役立っています。

一方、降魔杵で打っても効果がなかった相手もいます。たとえば、**殷洪**《いんこう》の部下の**馬善**《ばぜん》は、額を打たれても平気でした。その後、**楊戩**《ようせん》が照妖鑑《しょうようかん》で馬善を見てみると、正体が炎の精だったため打たれ強かったことが明らかになります。馬善の正体が**燃灯道人**《ねんとうどうじん》の瑠璃灯《るりとう》だとわかると、馬善はもとの瑠璃瓶《るりへい》の中に入れられ、灯火に戻ったのでした。

また、楊戩のピンチを助けたこともあります。**紂王**《ちゅうおう》討伐の時、金鶏嶺《きんけいれい》での**孔宣**《こうせん》との戦いで、楊戩が孔宣の放つ神光に飲まれそうになった際には、韋護は降魔杵を投げ、攻撃を楊戩から逸《そ》らしました。

このように宝貝も知識も判断力も素晴らしいのに、見せ場がないのが韋護の特徴でもあります。

韋護は**妲己**《だっき》たちを追いつめ、姜子牙の命令で**王貴人**《おうきじん》の処刑を見届けます。この時、**胡喜媚**《こきび》に対しては楊戩が、妲己に対しては雷震子が刑の執行を任されました。楊戩も雷震子も姜子牙の右腕として活躍した人物ですから、地味な韋護も、姜子牙に信頼されていたことがわかります。

なお、雷震子が妲己の処刑に失敗した後、刑を見届けるよう姜子牙に命じられますが、兵たちが妲己の美しさに心奪われて殺せないでいるのを見て、楊戩と策を練ります。結局、楊戩と韋護の願いを受け、姜子牙が**陸圧**《りくあつ》にもらった飛刀《ひとう》で妲己を処刑したのでした。

アシストに長《た》けた韋護は、戦いの後、修行のために山に帰って行きました。

降魔杵《ごうましょ》

持っている時は軽いが、投げると泰山《たいざん》のように重くなる。

周

白《はっ》鶴《かく》童《どう》子《じ》

元始天尊《げんしてんそん》の弟子。**太乙真人**《たいいつしんじん》に霊珠子《れいじゅし》（後に**哪吒**《なた》になる）を下山させるよう伝えたり、**姜**《きょう》**子牙**《しが》が下山を命じられる際に呼びに行ったりしています。お使いを始めとした雑用や、師の外出につきあうなど、一見、気楽な仕事に見えますが、そこは『封神演義』のこと。雑用もなかなかハードです。

たとえば**南極仙翁**《なんきょくせんおう》に頼まれて、**申公豹**《しんこうひょう》が自らはずした首を掠《かす》め取ったり、**老子**《ろうし》や元始天尊につき従って九曲黄河陣《きゅうきょくこうがじん》に入ったりします。

九曲黄河陣とは、趙公明《ちょうこうめい》の三人の妹（**雲霄**《うんしょう》**・碧霄**《へきしょう》**・瓊霄**《けいしょう》）が布《し》いた、どんな仙人も道術を失ってしまうというもの。陣中では、元始天尊の命令を受けて三宝玉如意《さんぼうぎょくにょい》で瓊霄を殺しました。続いて紅砂陣《こうさじん》に入り、陣を布いた**張天**《ちょうてん》**君**《くん》を三宝玉如意で叩《たた》き落とし、剣で斬り殺します。その姿は、まさに仕事人。一道士ながら、元始天尊とのパイプ役として活躍した**白**《はっ》**鶴童子**《かくどうじ》は、封神の儀式に必要な玉符《ぎょくふ》や勅令《ちょくれい》を届けるなど、最後まで役割を果たしました。

周

龍《りゅう》鬚《しゅ》虎《こ》

天から生まれたとされる龍鬚虎。頭はラクダ、首はガチョウ、足は虎、髭《ひげ》はエビという容貌で、初登場の際は、「おまえを食わせろ」と**姜子牙《きょうしが》**に迫っています。理由は、**申公《しんこう》豹《ひょう》**に「姜子牙の肉を食べれば千年長生きできる」と言われたからでした。

得意技は発手群石《はっしゅぐんせき》という術。掌《てのひら》から臼《うす》くらいの石を大量に飛ばすことができます。「食わせろ」と迫った後、逆に姜子牙に杏黄旗《きょうこうき》でやりこめられて弟子になり、周《しゅう》軍に加わりました。

四聖《しせい》の**高友乾《こうゆうけん》**に混元宝珠《こんげんほうじゅ》で吹っ飛ばされるなど、ひどい目に遭いがちな龍鬚虎。その最《さい》期《ご》の様子は、はっきりしません。

殷《いん》軍の大男・**鄔文化《うぶんか》**の襲撃を受け、二十数万の周軍の兵が犠牲になった晩、龍鬚虎の頭が鄔文化の振り回す排扒木《はいはつぼく》に頭が引っかかっているのが目撃されました。そのことを知った姜子牙の悲しみは深いものでした。

後に、**九醜星《きゅうしゅうせい》**に封じられました。

周 南《なん》宮《きゅう》适《かつ》

周《しゅう》の大将軍。姫昌《きしょう》が朝歌《ちょうか》に呼び出された時には、外政を任されているほどの人物です。伯邑考《はくゆうこう》が朝歌で殺されたのを知ると、反乱しようと言い出しますが、ここは周の知性・散宜生《さんぎせい》に止められます。

姜子牙《きょうしが》が丞相《じょうしょう》になると、奇怪な相手と戦うことが多くなりました。口から煙とともに紅珠《こうじゅ》を吹く風林《ふうりん》や、首を斬ってもすぐにくっついてしまう馬善《ばぜん》には苦労しています。本来なら強い武人なのに、道術を使う者が多い『封神演義』では分が悪い戦いが多いのでした。

強面《こわもて》の武人というイメージとは異なり、豚の姿となった朱子真《しゅししん》を見て、「どこの農家で飼っているものだろう」と持ち主を探すことを考えるなど、人々への優しさが垣間見える場面もあります（朱子真だとわかった後、姜子牙の命令で首を切り落としてはいますが）。

また、武吉《ぶきつ》と組むことが多く、二人で無茶な仕事をさせられています。たとえば、酷暑の岐山《きざん》の頂《いただき》に軍の野営地を設営させられたり、紂王《ちゅうおう》討伐の時には鄔文化《うぶんか》を爆死させるために蟠龍嶺《ばんりゅうれい》に引火物を埋めさせられたりと、一歩間違えれば命にかかわる任務ばかり。

そもそも、鄔文化というのは、陸で舟を漕いで進み、一回の食事で牛一頭を平らげるという大男。当然怪力で、排《はい》扒木《はっぼく》を振り回しては、当たった人間を片っ端から叩《たた》き殺すという戦い方をします。夜襲をかけられた周軍はひとたまりもなく、就寝中の兵士も含めて二十万人が被害に遭い、遺体は川を覆うほどであったといいます。まともな戦い方はできないため、姜子牙が一計を案じました。作戦実行を命じられた南宮适《なんきゅうかつ》と武吉は、蟠龍嶺に鄔文化がやってきたのを見届けて、丸太や岩で道をふさぐと、火を放ちます。鄔文化の足元には地雷などの爆発物。こうして、ようやく鄔文化を倒しました。

仙人たちの戦いに巻きこまれ、それまでの人生で出会ったこともないであろう奇怪な連中と戦った南宮适。最後まで生き延びて、武吉と共に封神の儀式にも参加しました。

そして、物語の終わりには、天子となった姫発《きはつ》から俸禄と領地をもらいました。

周《しゅう》公《こう》旦《たん》

姫発《きはつ》の弟。**召公奭**《しょうこうせき》、**毛公遂**《もうこうすい》、**畢公高**《ひっこうこう》と共に、周《しゅう》の四賢と呼ばれる人物です。歴史上では優れた政治家として有名な人物ですが、『封神演義』では**辛甲**《しんこう》の助勢に出されたり、**張桂芳**《ちょうけいほう》を囲んだりと戦場に出ています。当然、**紂王**《ちゅうおう》討伐にも参加し、**韓栄**《かんえい》の息子たちが宝貝《ぱおぺえ》・万刃車《ばんじんしゃ》で攻めてきた時には、**武王**《ぶおう》を守りながら逃げています。

出番があまり多くない**周公旦**《しゅうこうたん》ですが、見せ場は二回の儀式の場面。

一回目は、**姜子牙**《きょうしが》が周の大将軍となり、紂王討伐を始めるという儀式の時。三層ある拝将台の一層から二層に姜子牙を案内し、祝文を読み上げています（ちなみに、一層へは**散宜生**《さんぎせい》が、二層から三層へは召公奭が案内しており、歴史上の大物文官が担《にな》う役であることがわかります）。

二回目は、紂王を倒した後、朝歌《ちょうか》で武王・姫発が天子となる儀式を行うことになった時。儀式に必要な三層からなる祭台の建造に携わり、儀式の際には、祝文を読み、火で焼くという行事のいっさいをやり遂げています。ここに殷《いん》周革命《しゅうかくめい》は終わり、周王朝が幕開けます。

周に戻ると、侯爵として魯《ろ》の地が与えられますが、領地には息子を行かせ、自分は周に残って武王を輔佐《ほさ》していました。武王が亡くなると、その息子・**成王**《せいおう》の摂政《せっしょう》になります。ほどなく、兄弟である**管叔鮮**《かんしゅくせん》と**蔡叔度**《さいしゅくど》が、紂王の息子・**武庚**《ぶこう》と共に、乱を起こしました。三年がかりで周公旦はこの乱を収め、周は国として安定した政治を続けることができるようになります。

歴史によると、反乱の理由は周公旦が摂政になって権力を握ることに対し、管叔鮮らが不満を抱いたことであったともいわれています。

ところで、周公旦は周の礼儀や音楽の制度を定めたといわれています。また、魯というと、『論語』で知られる**孔**《こう》**子**《し》の故郷でもあります（周公旦たちの時代から、ちょうど五百年後くらいに孔子が誕生しています）。孔子は周公旦を尊敬し、夢に見るほどでした。孔子が年を取り、とうとう周公旦が夢に出てこなくなったことを嘆いた、という話が『論語』《ろんご》に書かれています。

散《さん》宜《ぎ》生《せい》

魏《ぎ》賁《ほん》

散宜生《さんぎせい》は、周《しゅう》の上大夫です。**姫昌**《きしょう》が朝歌《ちょうか》に呼び出された時には、内政を任せられました。**伯邑考**《はくゆうこう》が朝歌に行くと言った時には、彼を止めますが、押し切られてしまいます。伯邑考が殺されたことを知った**南宮适**《なんきゅうかつ》らが反乱を起こそうと言った時にも止めています。一方、**費仲**《ひちゅう》や**尤渾**《ゆうこん》に賄賂を贈って、姫昌の幽閉を解いてもらったのも散宜生。姫昌が西岐《せいき》に戻ってからは、賢人を迎える兆しを察し、**姜子牙**《きょうしが》を迎える準備をしています。

何事にも抜かりのないように見える散宜生ですが、大失敗をしたこともあります。十絶陣《じゅうぜつじん》の一つ風吼陣《ふうこうじん》を破るため、**度厄真人**《どやくしんじん》のもとに定風珠《ていふうじゅ》を借りにいった散宜生は、渡し場で筏《いかだ》を引いていた**方弼**《ほうひつ》に定風珠を取られてしまったのです。失敗を悔やむ散宜生は自殺をしようとし、同行する**晁田**《ちょうでん》に「今、死んだら、丞相《じょうしょう》は事の次第がわかりませんよ」とたしなめられる始末。運良く食糧を運んできた**黄飛虎**《こうひこ》と出会い、取り返してもらうことができましたが、真面目な散宜生はそのまま姜子牙に報告して叱られてしまいます。**紂王**《ちゅうおう》討伐には加わらず、留守中の内務を任せられました。

魏賁《ぎほん》は紂王討伐が始まってすぐ、姜子牙たちが出会う敵でした。進軍を阻み、南宮适に勝利。華々しい登場ですが、本当の目的は姜子牙と話して軍に加えてもらうことだったため、わざと南宮适を逃がします。ところが、負けて帰ってきた南宮适に姜子牙は激怒。南宮适の首を斬ってしまおうとします。慌てた魏賁は待ったをかけて、姜子牙に軍に加えてくれるように頼んだのでした。無事に軍に加われた魏賁は、南宮适が任命されていた左哨先行官《さしょうせんこうかん》に任じられます。その後、汜水関《しすいかん》では**韓栄**《かんえい》やその息子、**韓昇**《かんしょう》、**韓変**《かんへん》と戦い、界牌関《かいはいかん》では、**徐蓋**《じょがい》の先行官、**彭遵**《ほうじゅん》と戦うことになります。この時の魏賁は、桜紅色の紐《ひも》を額にまいて、黒い袍《ほう》という出で立ち。両者は槍《やり》で斬り合い、彭遵が逃げ出しました。当然、魏賁は後を追ってきます。そこへ彭遵が袋から出した宝貝《ぱおぺえ》の菡萏陣《かんたんじん》を布《し》きました。その中に魏賁が入ると、爆発。騎馬と共に塵と化したのでした。短い期間ながら戦い抜いた魏賁は、**黄旛星**《こうはんせい》に封じられました。

周

召《しょう》公《こう》奭《せき》
毛《もう》公《こう》遂《すい》

召公奭《しょうこうせき》は、周《しゅう》の四賢の一人（他は、**周公旦**《しゅうこうたん》・**毛公遂**《もうこうすい》・**畢**《ひっ》**公高**《こうこう》）。周王室の一族で、本名は**姫奭**《きせき》です。古くから西岐《せいき》に仕えていました。**姫昌**《きしょう》が朝歌《ちょうか》に呼び出された時にも、西岐城から見送っています。戦いにも加わっていて、**崇応彪**《すうおうひゅう》と戦った時には周公旦や毛公遂と共に助勢に出ています。

見せ場は、**姜子牙**《きょうしが》が大将軍となる儀式でのこと。**散宜生**《さんぎせい》、周公旦の後を受けて、第三層に姜子牙を案内し、祝文を読み上げる役目を担《にな》います。この儀式を終え、**紂王**《ちゅうおう》討伐が始まると、周公旦らと共に紂王討伐にも参加。戦功は記されていませんが、無事に生き延びて伯爵となり、燕《えん》を領地として与えられます。しかし、**武王**《ぶおう》を輔佐《ほさ》するために燕には行かなかったといわれています。歴史では、召公奭はやまなしの木の下で政治を行ったと伝えられています。人々は召公奭の政治を思い、やまなしの木を伐らずにおいた、とも。『詩経《しきょう》』の中に、「甘棠《かんとう》」という詩があり、やまなしの木を大切にする人々の様子が歌われています。また、「甘棠の愛」という故事成語もあり、よい政治家を深く敬愛していることを表す言葉として使われています。

毛公遂は、周公旦、召公奭と同じく、周の四賢の一人です。登場場面は、だいたい周公旦か召公奭と重なっているのが特徴。崇応彪と戦った時や**張桂芳**《ちょうけいほう》を取り囲んだ時も、仲よく出陣しています。四賢とまでいわれる重臣を一度に戦場に出せるところをみると、やはり西岐の人材は豊富だったのでしょう。紂王討伐にも参加しています。

韓栄《かんえい》の息子たちが万刃車《ばんじんしゃ》で夜襲をかけた際には、周公旦と共に武王を安全なところまで連れて行っています。

この万刃車は、火柱が上がる中を刃が飛び交うというすさまじい宝貝《ぱおぺえ》。犠牲者が多かったこの戦いで、無事だった姫発は、毛公遂が守ってくれたと感謝の言葉を述べています。また、臨潼関《りんどうかん》では**欧陽淳**《おうようじゅん》と戦う**李靖**《りせい》の加勢に、周公旦、召公奭と共に出陣しています。戦いの後、どうなったのかは物語に記されていません。

なお、四賢のあと一人で周王室の一族、畢公高は伯爵として魏《ぎ》に領地をもらったことが書かれています。

辛《しん》甲《こう》 辛《しん》免《めん》

辛甲《しんこう》は周《しゅう》の家臣です。**姫昌**《きしょう》が朝歌《ちょうか》に赴いた時には外政を任せられています。熱い性格のようで、**伯邑考**《はくゆうこう》が殺された際には、反乱しようという意見に同調。**南宮适**《なんきゅうかつ》といい、外政を任せられた家臣たちは情に厚い人が多かったのかもしれません。七年幽閉されていた姫昌が戻って来た時にはお出迎え。賢者を迎える兆しを夢に見た姫昌が、春を楽しむために南郊《なんこう》に行く時も同行していています。そこで、死んだはずの**武吉**《ぶきつ》に遭遇したのでした。このことがきっかけになって、姫昌は**姜子牙**《きょうしが》を迎えることになります。

姜子牙が周の丞相《じょうしょう》になってからは戦いの連続でした。北《ほく》伯候《はくこう》の**崇侯虎**《すうこうこ》を征伐する時には先行部隊の副将となり、**陳**《ちん》**継貞**《けいてい》と戦います。この時、辛甲が強いと見た**崇応彪**《すうおうひゅう》は、陳継貞に助勢を出します。姜子牙も辛甲に周の四賢や辛免、**呂公望**《りょこうぼう》、南宮适らを助勢に出したのでした。そして、周軍は北伯候軍に大勝を収めます。

また、**晁田**《ちょうでん》、**晁雷**《ちょうらい》兄弟がだまし討ちで**黄飛虎**《こうひこ》を捕えて朝歌に戻ろうとした時は、姜子牙の命令に従って先回りし、龍山口《りゅうざんこう》で晁田を捕らえるなど活躍し、その後も、**張桂芳**《ちょうけいほう》との戦いでは、夜襲に乗じて、捕まっていた**周紀**《しゅうき》と南宮适を助け出しています。

紂王《ちゅうおう》討伐にも参加、軍政司《ぐんせいし》として働きました。

辛免《しんめん》は周の家臣です。伯邑考が殺されると、反乱しようという南宮适の言葉に、辛甲、**太顛**《たいてん》、**閎夭**《こうよう》、**祁公**《きこう》、**尹積**《いんせき》たちと共に賛同しています。姫昌たちのことになると、熱くなりやすい家臣が多い西岐《せいき》ですが、これも姫昌ら親子の人徳によるものなのでしょう。西岐に押し寄せた難民たちが暮らしやすいように手配している様子も、『封神演義』に描かれています。

陳継貞と戦った時、辛甲は周の四賢らと共に助勢に出て敵の**金成**《きんせい》を殺しています。また、辛甲と共に、晁田らの先回りをして黄飛虎を助けたり、張桂芳に捕まっていた周紀や南宮适を助け出したりしています。

紂王討伐にも参加して、**欧陽淳**《おうようじゅん》と戦っています。

周

閎《こう》夭《よう》 太《たい》顛《てん》

閎夭《こうよう》は周《しゅう》の将軍です。初登場は、朝歌《ちょうか》に赴く**姫昌**《きしょう》を見送る場面。なかなか帰ってこない姫昌を解放させるべく、**散**《さん》**宜生**《ぎせい》が、**紂王**《ちゅうおう》の側にいる**費仲**《ひちゅう》と**尤渾**《ゆうこん》に賄賂を贈ろうと考えます。賄賂は明珠《めいじゅ》、白璧《はくへき》、彩絹《あやぎぬ》、黄金《おうごん》などで、費仲、尤渾のそれぞれに用意されました。閎夭と太顛は商人のふりをして関を抜け、朝歌に賄賂を届けます。賄賂は功を奏し、姫昌は無事に幽閉を解かれたのでした。

姜子牙《きょうしが》が丞相《じょうしょう》となってからは、道術を操る者たちとの戦いにも加わります。**張桂芳**《ちょうけいほう》を取り囲んだり、**聞仲**《ぶんちゅう》軍に投降を呼びかけたりと、きちんと仕事はしているものの、仙人・道士たちに目立つところを持っていかれてしまいます。

また、**鄧九公**《とうきゅうこう》が**土行孫**《どこうそん》と娘の**鄧嬋玉**《とうせんぎょく》の縁談にかこつけて姜子牙を捕えようと謀《はか》った時には、**辛甲**《しんこう》らと共に姜子牙に同行しています。用意された宴席が穏やかでない雰囲気だったため、姜子牙が合図を送ると、閎夭や、ひそかに連れてきていた兵が一気に鄧九公軍を攻めたのでした。

紂王討伐にも参加。兵を三つの陣営に分けて関所攻略を始めると、**洪錦**《こうきん》軍に加わり、佳夢関《かぼうかん》を攻めにかかります。幾多の戦いを生き残り、俸禄と領地を得ました。

太顛《たいてん》は周の将軍です。古くからの家臣の例に違《たが》わず、初登場は姫昌を見送る場面。見せ場は、散宜生が費仲・尤渾に渡す賄賂を、閎夭と一緒に商人のふりをして届けるところです。汜水関《しすいかん》での検査を切り抜けたあと、関を抜けて朝歌に到着。費仲に賄賂を渡し、姫昌について「帰国できるようにする」という言葉を引き出します。閎夭も尤渾から同じように対応されたと聞き、西岐《せいき》に戻りました。

戦いが始まると、張桂芳を取り囲んだり、聞仲の軍に投降を呼びかけたり、鄧九公軍の**趙昇**《ちょうしょう》と戦ったり、将軍としての勤めを果たします。鄧九公が姜子牙を捕らえようとした時には、辛甲、**辛免**《しんめん》、閎夭らと共に懐《ふところ》に短刀を入れて同行。宴席で始まった鄧九公軍との戦いに勝ちます。

紂王討伐にも参加し、殷《いん》の太子・**殷郊**《いんこう》との戦いでは、**南**《なん》**宮适**《きゅうかつ》のもと、辛甲、辛免、閎夭らと共に出陣しています。また、洪錦軍として、佳夢関攻略にも参加しました。

周

鄧《とう》九《きゅう》公《こう》

三山関《さんざんかん》の司令官。南伯侯《なんはくこう》の**鄂順**《がくじゅん》が、父の**鄂崇禹**《がくすうう》が朝歌《ちょうか》で殺されたのを知って反乱を起こした折、**鄧九公**《とうきゅうこう》はその反乱軍と戦い勝利。この鄂順との戦いを評価され、西岐《せいき》討伐を命じられたのでした。**太鸞**《たいらん》や**趙昇**《ちょうしょう》など、**南宮适**《なんきゅうかつ》といい勝負をしたり、西岐の大将・**太顛**《たいてん》と戦ったりする部下がいます。西岐討伐軍では、太鸞を正指揮官に、趙昇と**孫焔紅**《そんえんこう》を救援部隊の指揮官とし、息子の**鄧秀**《とうしゅう》も副指揮官に任じています。

西岐に到着した鄧九公は、**姜子牙**《きょうしが》を罵《ののし》り、**黄飛虎**《こうひこ》と刀を交えます。そこへ**哪吒**《なた》が加勢に来ました。黄飛虎と哪吒を相手にすることになった鄧九公。善戦はしたものの、哪吒の乾坤圏《けんこんけん》に打たれて肘を負傷します。

鄧九公が傷つけられたのを見て、やり返してやろうと思ったのが娘の**鄧嬋玉**《とうせんぎょく》でした。鄧嬋玉は宝貝《ぱおぺえ》・五光石《ごこうせき》を使って、哪吒と**黄天化**《こうてんか》を傷つけます。**龍鬚虎**《りゅうしゅこ》との戦いでは、勝利寸前でした。しかし、**楊戩**《ようせん》の哮天犬《こうてんけん》に噛《か》まれて傷を負ってしまいました。

その父娘の傷を薬で治したのが**土行孫**《どこうそん》でした。しかも土行孫は、哪吒と黄天化を生け捕りにするという活躍ぶり。うれしさのあまり鄧九公は、つい、戦いに勝利すれば娘と結婚させる、と言ってしまいます。後に周《しゅう》軍に捕まった土行孫が鄧嬋玉との話をすると、二人の間には縁があることが発覚。姜子牙は、縁談を進めるように言います。

鄧九公には、大事な娘を土行孫の妻にする気などありません。この機会に姜子牙をだまし討ちにして勝利しようと計画します。この計画は、姜子牙に読まれていました。鄧九公が結納品を見ているうちに戦いの火蓋が切られ、負けただけでなく、鄧嬋玉も連れていかれます。

土行孫の妻になった鄧嬋玉に説得されて西岐に降った鄧九公は、**紂王**《ちゅうおう》討伐軍にも参加、黄飛虎軍の先行官になり、青龍関《せいりゅうかん》では副将の**馬方**《ばほう》・**余成**《よせい》・**孫宝**《そんほう》を討ち取ります。しかし、**陳奇**《ちんき》が口から出す黄気《こうき》（魂魄《こんぱく》を失わせる力がある）を浴びて気を失って捕まり、青龍関の大将・**丘引**《きゅういん》を罵ったために斬首されてしまいました。

後に、**青龍星**《せいりゅうせい》に封じられています。

周

太《たい》鸞《らん》 孫《そん》焔《えん》紅《こう》 趙《ちょう》昇《しょう》

太鸞《たいらん》は、**鄧九公**《とうきゅうこう》の配下で、西岐《せいき》討伐軍の正指揮官に任じられています。西岐で**南宮适**《なんきゅうかつ》と戦う場面が初登場。顔が蟹《かに》のようで、黄色い髭《ひげ》が生えています。南宮适と斬り合い、一時は勢いに押されますが、南宮适の鎧《よろい》の肩の部分を斬りつけます。鄧九公が**黄飛虎**《こうひこ》と戦った時には、**哪吒**《なた》が加勢したのを見て加勢し、**武吉**《ぶきつ》と戦っています。

姜子牙《きょうしが》に結納品を持ってこさせて捕らえよう、と鄧九公に提案したのも太鸞。作戦は失敗し、**鄧嬋玉**《とうせんぎょく》は連れていかれます。後に、鄧九公も西岐《せいき》に降って**紂王**《ちゅうおう》討伐に参加。太鸞も鄧九公のもとで戦います。鄧九公が青龍関《せいりゅうかん》で殺されてしまい、仇討ちに出た太鸞は、**陳奇**《ちんき》の吐き出した黄気《こうき》(魂《こん》魄《ばく》を失わせる力がある)に当たって捕らえられます。周軍の夜襲に紛れてやってきた**土行孫**《どこうそん》に助けられ、主亡き後も戦い続けますが、潼関《とうかん》で**余達**《よたつ》の撞心杵《とうしんしょ》で眉間を打たれ、落馬したところを首を斬られてしまいます。

後に、**披頭星**《ひとうせい》に封じられました。

孫焔紅《そんえんこう》は、鄧九公の配下で、西岐討伐軍の救援部隊の指揮官です。初登場は、鄧九公が黄飛虎と哪吒と戦っているのを見て加勢した場面。この時は、**黄天禄**《こうてんろく》と戦っています。結納品を届けにきた姜子牙をだまし討ちにしようとした時には、**趙昇**《ちょうしょう》と共に、**辛甲**《しんこう》・**辛免**《しんめん》に行く手を阻まれます。口から火を吹くことができ、**殷郊**《いんこう》たちの軍との戦いでは、**張山**《ちょうざん》の顔に炎を吹きかけています。鄧九公が亡くなった後も紂王討伐軍として、青龍関や臨潼関《りんどうかん》で戦います。

後に、**血光星**《けっこうせい》に封じられました。

趙昇は、鄧九公の配下で、孫焔紅と同じく、西岐討伐軍の救援部隊の指揮官です。鄧九公に加勢した場面では、**太**《たい》**顛**《てん》と戦い、孫焔紅同様、長さ数尺の炎を吹いています。西岐に降った後は、紂王討伐軍にも参加。鄧九公の亡き後も、**丘引**《きゅういん》を包囲したり、臨潼関で戦ったりしています。

後に、**羊刃星**《ようじんせい》に封じられました。

周

蘇《そ》護《ご》

諸侯の一人で、冀州侯《きしゅうこう》。**妲己**《だっき》の父。気性が激しく、真っ直ぐで、**費仲**《ひちゅう》や**尤渾**《ゆうこん》に賄賂を贈らなかったために恨まれます。費仲は**紂王**《ちゅうおう》に、**蘇護**《そご》の娘が美女であるので献上させてはどうかと話します。色好みの紂王は大喜び。一方、妲己を差し出せと言われた蘇護は怒り、乱を起こします。討伐軍として攻めてきた北伯侯《ほくはくこう》・**崇侯虎**《すうこうこ》と戦っていると、西伯侯《せいはくこう》・**姫昌**《きしょう》の手紙が届きました。妲己を紂王に献上してはどうかという内容で、蘇護の一族や冀州の民のことを考えた言葉を読み、蘇護も納得。妲己は朝歌に行くことになります。しかし、蘇護の娘である妲己は、途中で**千年狐狸精**《せんねんこりせい》に魂を吸われて死んでしまっていました。

蘇護は娘が入れ替わったとは気づかず、妲己の親として後ろめたい思いをしていました。そこへ、西岐《せいき》討伐に出るよう、命令が下ったのです。蘇護は西岐に降《くだ》る決意をしました。ところが、部下の**鄭倫**《ていりん》が**黄飛虎**《こうひこ》、**黄天化**《こうてんか》を生け捕りにしてきてしまいます。蘇護は処刑せずに監禁しておくように命じました。鄭倫が**哪吒**《なた》と戦って傷を負うと、蘇護は投降しようと持ちかけます。鄭倫は妲己が後宮にいることも理由に挙げて、受け入れようとはしません。蘇護は黄飛虎親子に本心を明かし、逃がします。息子の**蘇全忠**《そぜんちゅう》と、鄭倫を従わせる方法を考えて実行しようとしているところへ、**申公豹**《しんこうひょう》に頼まれたという道士・**呂岳**《りょがく》が訪ねてきました。呂岳は鄭倫の傷を治し、四人の弟子を呼び寄せて、周《しゅう》軍を苦しめます。その呂岳が去ったところに、次は**殷洪**《いんこう》がやってきました。殷洪も申公豹に勧められて、西岐討伐に加わろうとしていたのです。殷洪がいなくなると、ようやく蘇護は西岐に投降することができたのでした。

その後は、紂王討伐にも参加し、佳夢関《かぼうかん》、界牌関《かいはいかん》、穿《せん》雲関《うんかん》、潼関《とうかん》と攻め上ります。潼関で**太鸞**《たいらん》が**余化龍**《よかりゅう》の長男・**余達**《よたつ》に殺されたと知ると、蘇護は出陣を願い出ます。相手は余化龍の次男・**余兆**《よちょう》でした。余兆は宝貝《ぱおぺえ》の杏黄旗《きょうこうき》を使い、蘇護の背後に瞬間移動します。余兆に気づいて振り向いた蘇護は、脇腹を槍《やり》で突かれ、亡くなりました。

後に、**東斗星官**《とうとせいかん》に封じられました。

周

蘇《そ》全《ぜん》忠《ちゅう》 鄭《てい》倫《りん》

蘇全忠《そぜんちゅう》は冀州侯《きしゅうこう》・**蘇護《そご》**の長男。父が反乱した後、討伐軍の**崇侯虎《すうこうこ》**軍の副将・**梅武《ばいぶ》**を戟《げき》で突いて落馬させます。激しい性格は父譲り。武芸にも秀で、宝貝《ぱおぺえ》を使いこなす**崇黒虎《すうこくこ》**に戦いを挑み、捕らえられています。その後、姫昌《きしょう》のとりなしで**妲己《だっき》**を後宮に送ることが決まって解放されました。

蘇護の西岐《せいき》に投降する話に同意しましたが**呂岳《りょがく》**や**殷洪《いんこう》**の加勢で思い通りにいきません。周《しゅう》軍に加わってからは、蘇護や**鄭倫《ていりん》**と行動を共にします。武術にも長《た》けていて、佳夢《かぼう》関《かん》では**胡雲鵬《こうんほう》**を討ち取っています。潼関《とうかん》では蘇護を**余兆《よちょう》**に殺され、仇討ちのために出陣します。しかし、**余光《よこう》**の梅花《ばいか》鏢《ひょう》が三本も体に刺さり、命からがら逃げ帰りました。

最後までは生き延びられなかったようで、封神の儀式で、**北斗星官《ほくとせいかん》**（**破軍《はぐん》**）に封じられました。

鄭倫は、紫色の棗《なつめ》のような顔色の冀州《きしゅう》の督糧官《とくりょうかん》。**度厄真《どやくしん》人《じん》**の弟子で、火眼金睛獣《かがんきんせいじゅう》に乗り、降魔杵《ごうましょ》を持っています。

白い光を出し、鼻で相手の魂を吸い取る術を身につけており、**崇侯虎《すうこうこ》**の弟・**崇黒虎《すうこくこ》**を生け捕りにしています。投降しようという蘇護の気持ちを知らず、**黄飛虎《こうひこ》**や**黄天化《こうてんか》**の魂を吸い取って、捕らえてしまいました。**哪吒《なた》**とも戦いましたが、哪吒には魂魄がなかったため術が効かず、負傷。この時、初めて蘇護から投降の誘いを受けますが、忠誠心から断固拒否。**呂岳《りょがく》**の薬で回復すると、呂岳の弟子になってしまいます。呂岳や殷洪がいなくなり、蘇護たちが夜襲に紛れて投降した時、鄭倫は最後まで周軍と戦いました。周軍に捕らえられ、処刑されそうな時、蘇護が鄭倫の命乞いをしたことで助かり、その後、さらに「おまえなら出世できるから」と説得されて周軍に加わる決心をしました。

紂王《ちゅうおう》討伐の際、青龍関《せいりゅうかん》では、鄭倫と似た術を使う**陳奇《ちんき》**と戦います。この時、鄭倫と陳奇は互いの術を浴び、同時に乗っていた金睛獣から落ちました。孟津《もうしん》では**梅山七怪《ばいざんななかい》**の一人・**金大昇《きんたいしょう》**と戦います。しかし、金大昇が吐き出した牛黄《ぎゅうおう》が顔に当たり、金睛獣から落ちたところを斬られました。

後に、寺院の山門や仏教の宝を守る**哼哈二将《きょうごうにしょう》**に封じられています。

殷

帝《てい》乙《いつ》

殷《いん》は、**成湯**《せいとう》が即位してから六四十年続きましたが、**紂王**《ちゅうおう》に至って滅亡します。『封神演義』の冒頭には、殷王朝を立てた成湯のことや、紂王が即位するまでのことも書かれています。

紂王は、**帝乙**《ていいつ》の三男で、**寿王**《じゅおう》といいます。長男は**微子啓**《びしけい》、次男が**微子衍**《びしえん》。三男の寿王が後を継ぐことになった理由は、怪力で帝乙の命を救ったからでした。それも、宮殿が崩れた時、落ちてきた梁《はり》を寿王が受け止めたというのです。これがきっかけで、寿王は跡継ぎに決まりました。

帝乙は三十年在位し、寿王を**聞仲**《ぶんちゅう》に託して崩じます。

長男の微子啓、次男の微子衍には、紂王が殺そうとした四大諸侯の命乞いをするなど、紂王のような狂気は見られません。

もし、あの日、宮殿が崩れなければ、寿王が紂王として即位することはなかったのかもしれません。

殷

紂《ちゅう》王《おう》

崩れてきた宮殿の梁《はり》を支え、父・**帝乙《ていいつ》**を救った**寿王《じゅおう》**。帝乙が崩御《ほうぎょ》すると、三男ながら即位して殷《いん》を治めることになります。太師《たいし》・**聞仲《ぶんちゅう》**と鎮国武成王《ちんごくぶせいおう》・**黄飛《こうひ》虎《こ》**に支えられ、最初は平和を保っていました。聞仲が北海《ほっかい》討伐に出かけていた時のこと。女神・**女媧《じょか》**の誕生日の三月十五日に、女媧宮に詣でることを、宰《さい》相《しょう》の**商容《しょうよう》**から勧められます。女媧の像を見た**紂王《ちゅうおう》**は、その美しさに一目惚《ぼ》れし、自分の傍《かたわ》らに侍らせたいと、失礼な内容の詩を壁に書きつけてしまったのでした。その頃、女媧は、**伏羲《ふっき》**・**神農《しんのう》**・**軒轅黄帝《けんえんこうてい》**に挨拶に行っていて留守にしていたのですが、帰ってきて壁の詩を見て激怒。後に**妲己《だっき》**を乗っ取る**千年狐狸精《せんねんこりせい》**

らを呼び出して、紂王を惑わすように命じたのでした。

美女を求める紂王は、**蘇護**《そご》の美しい娘・妲己（千年狐狸精）を手に入れると、

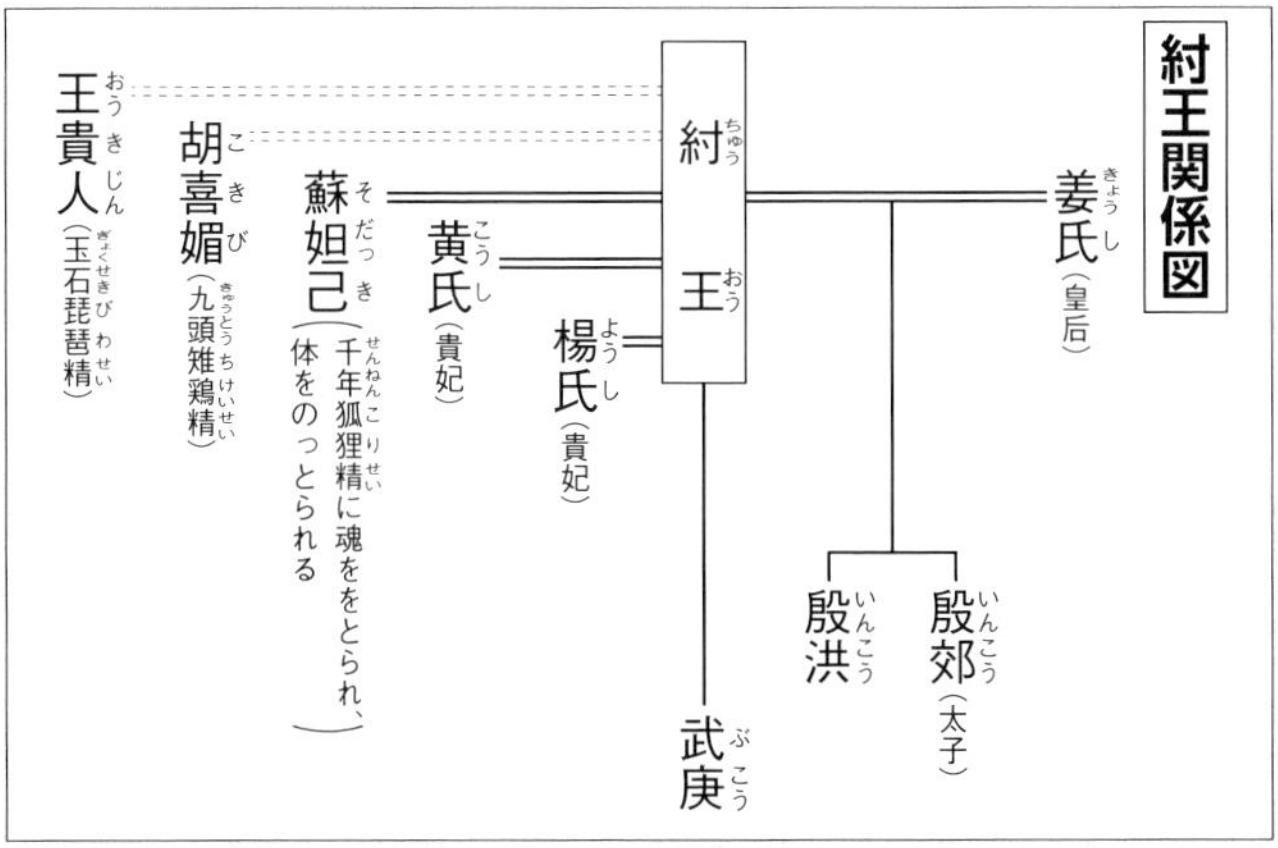

紂王は政治を顧みなくなっていきます。

妲己は、炮烙《ほうらく》や蠆盆《たいぼん》など処刑の道具を考えて紂王に提案。紂王はそれらを造らせ、**梅伯**《ばいはく》や**趙啓**《ちょうけい》などの忠臣たちや、皇后・**姜氏**《きょうし》の宮女を殺してしまいます。

紂王は皇后の姜氏の目をえぐり、手を焼くという拷問を受けさせて、殺してしまいます。それを知った太子の**殷**《いん》**郊**《こう》は怒り、妲己を殺そうと剣を持って飛び出しました。殷郊が斬りこんでくると聞いた紂王は、実の息子たちを殺すように命じます。結果、殷郊・**殷洪**《いんこう》は国を出て、それぞれ仙人のもとで修行することになったのです。

さらに、姜皇后を死なせた事件の後始末を兼ねた悪行が続きます。紂王は姜氏の父である東伯侯《とうはくこう》・**姜桓楚**《きょうかんそ》の反乱を恐れました。そこで**費仲**《ひちゅう》の策略に従って、四大諸侯を全員殺してしまおうと考えました。非道の限りを尽くした紂王は人望を失い、黄飛虎までも殷を出ていきました。

西岐討伐では太師・聞仲も失います。紂王は悲しんだといいますが時既に遅く、周の**武王**《ぶおう》らは力をつけ、紂王を倒すべく攻め上ってくるのでした。

朝歌《ちょうか》で、敵となった諸侯たちと向き合うと、姜子牙から悪行の数々を晒《さら》され、姜皇后の弟・**姜文煥**《きょうぶんかん》や、南伯侯《なんはくこう》・**鄂順**《がくじゅん》と斬り合いになります。もはや君臣の礼はありません。紂王は、妲己たちの奇襲も失敗したと知り、摘星楼に登ります。そして、宦官《かんがん》の**朱昇**《しゅしょう》に火をつけさせました。

火は燃え盛り、楼閣の柱は崩れ、王冠や宝石を身につけた紂王も火の中に落ちていき、魂が封神台に飛びます。

後に、**天喜星**《てんきせい》に封じられました。

殷

妲己《だっき》

　正体は、**女媧**《じょか》に呼び出された**千年狐狸精**《せんねんこりせい》。**紂王**《ちゅうおう》討伐を手助けせよ、ただし、殺生は禁止——というのが、女媧の命令でした。

　妲己とは、**冀州侯**《きしゅうこう》・**蘇護**《そご》の娘の名です。千年狐狸精は妲己《だっき》の体を乗っ取り、後宮に入ります。紂王は妲己の美しさに夢中になり、政治をないがしろにする有様。すぐに妲己が妖異の者であると気づいた**雲中子**《うんちゅうし》が妖気を払う木剣を持ってきたため、一時は倒れてしまいます。しかし、妲己の様子がおかしいのを嘆いた紂王が木剣を焼いたため、後宮に居続けることができたのでした。

　妖気に気づいたのは雲中子だけではありませんでした。天文を司る**杜元銑**《とげんせん》が宮中に妖気が

立ちこめているのに気づき、紂王に報告しました。妲己はデタラメを言って民を混乱させているとして、杜元銑に死刑にするよう求めます。さらに、杜元銑を赦《ゆる》すように言いにきた上大夫の**梅伯**《ばいはく》を、炮烙《ほうらく》という熱した銅柱に括《くく》りつけて焼き殺したのでした。

妲己は**姜**《きょう》**皇后**に挨拶した際に叱られたことを根にもって、姜氏を陥れる方法を考え始めます。**費仲**《ひちゅう》の計画で**姜環**《きょうかん》という男を紂王への刺客に仕立て上げると、姜皇后の父・**姜桓楚**《きょうかんそ》が謀ったように見せかけて姜氏を拷問にかけます。姜氏が亡くなると、妲己は皇后になりました。さらに、妲己が歌い踊った時、姜皇后に仕えていた宮女が喝采《かっさい》しないのを見て、毒蛇がうごめく穴の中に突き落として食わせる蠆盆《たいぼん》という刑で処刑します。また酒粕《さけかす》で作った山に枝を刺して肉を飾り、酒の池を作るという酒池肉林も提案。そこで宮女と宦官《かんがん》に相撲を取らせて、負けた方を殺すという遊びも始めます。妲己は宮女や宦官の遺体を食べて、妖気を養いました。

正体をうっかり晒《さら》したこともありました。西伯侯《せいはくこう》・**姫昌**《きしょう》の息子である**伯邑**《はくゆう》**考**《こう》が連れてきた白面猿猴《はくめんえんこう》の歌に聴き惚《ほ》れて妖狐の姿になりかけ、白面猿猴に飛びかかられています。

自分の都合のよいように嘘をついたり策略を練ったりした妲己ですが、余計なひと言のために失敗したこともあります。原形の石琵琶《いしびわ》になってしまった義妹の**玉石琵琶精**《ぎょくせきびわせい》を人の姿に戻すために築いた鹿台《ろくだい》は、仙人や仙女がやってくるからと嘘をつき、紂王に頼んで作ったものでした。鹿台が完成すると、紂王は仙人たちが現れるのを心待ちにするようになりました。そこで妲己は、もう一人の義妹の**九頭雉鶏精**《きゅうとうちけいせい》を呼び、仙人や仙女のふりをするように頼みます。しかし、現れたものが妖怪だと**比干**《ひかん》に気づかれ、巣穴に戻った仲間たちが焼き殺されてしまいました。

悪さの限りをつくした妲己。最後には女媧にも見限られ、**姜子牙**《きょうしが》の飛刀《ひとう》で処刑されたのでした。

殷

王《おう》貴《き》人《じん》 胡《こ》喜《き》媚《び》

王《おう》貴《き》人《じん》は、女媧《じょか》に呼び出された玉石《ぎょくせき》琵《び》琶《わ》精《せい》。千年《せんねん》狐《こ》狸《り》精《せい》、九《きゅう》頭《とう》雉《ち》鶏《けい》精《せい》と共に女媧の命を受けました。

すぐに後宮に入ったのは義姉の妲己《だっき》のみで、琵琶精たちは入っていません。初登場は、姜《きょう》子《し》牙《が》が占いをしているところに立ち寄った場面。姜子牙は算命館（生年月日によって運命を占う店）を開いて半年になり、その占いが評判になり、行列ができていました。後宮の妲己のところで宮女を殺して食べて帰る途中、行列を見かけた琵琶精は喪服を着た女性に化けて、算命館に入ったところ姜子牙に正体を見破られて捕らえられます。

紂王《ちゅうおう》のもとに引き出された姜子牙は、琵琶精に動けなくな

る符印《ふいん》を書いて火をつけます。琵琶精が化けた王貴人の体は焼けず、さらに、三昧真火《さんまいしんか》という特別な火で焼かれたため、原形である玉石琵琶の姿を人前に晒《さら》してしまいます。

　五年の間、天地の霊気や日月の光を浴びて人の形をとれるようになった後は、王貴人として妲己と共に紂王の側に侍ったのでした。

　朝歌《ちょうか》まで姜子牙らが迫った晩、紂王は妲己たちと別れの宴《うたげ》をします。その席で、妲己が姜子牙たちと戦うことを提案し、紂王も受け入れます。妲己・王貴人・**胡喜媚**《こきび》は鎧《よろい》を着て出陣したものの負けてしまいました。紂王が自殺を決意すると、妲己らは巣穴の軒轅墓《けんえんぼ》に戻ることにしたのでした。

　軒轅墓への帰り道、**楊戩**《ようせん》や**韋護**《いご》に待ち伏せされて逃げ出したところを、女媧の縛妖索《ばくようさく》で捕まえられ、処刑されたのでした。

　胡喜媚は、女媧に呼び出され、紂王討伐の手助けを命じられた九頭雉鶏精。

　しばらく宮中には来ず、朝歌から三十五里離れたところにある軒轅墓にいました。軒轅墓にはたくさんの妖怪が住んでいましたが、そのうち三十九名が妲己の求めに応じ、鹿台《ろくだい》で仙人のふりをします。この時、雉鶏精は用事があって行けなかったのですが、宴会に参加した仲間は、**比干**《ひかん》たちのせいで殺されてしまいます。

　復讐を誓った妲己と雉鶏精は、一計を講じました。雉鶏精は胡喜媚という名の若い女性の道士に化けて、妲己の義妹として紂王と会います。その美しさに紂王は一目惚《ぼ》れ。妃となった後、妲己の体調不良を治す薬として、比干の心臓を借りるように告げ、比干を死に追いこんだのでした。

　物語の終盤、朝歌から軒轅墓に帰ろうとした時、楊戩の哮天犬《こうてんけん》にいくつもある頭を一つ噛《か》みちぎられました。痛みに耐え、必死に逃げたものの、女媧に捕らえられ、楊戩が見届ける中、処刑されました。

殷

姜《きょう》皇《こう》后《ごう》
黄《こう》氏《し》・楊《よう》氏《し》

姜皇后《きょうこうごう》は、東伯侯《とうはくこう》・姜桓楚《きょうかんそ》の娘で紂王《ちゅうおう》の皇后でした。紂王が妲己《だっき》の言うままに炮烙《ほうらく》を作ったと聞いて国を憂えるなど、賢い妃として描かれています。事態を見ているだけではいけないと、姜皇后は妲己のいる寿仙宮《じゅせんきゅう》に行き、紂王に酒と女におぼれる生活をやめ、王としての仕事をするようにと諫《いさ》めます。また、妲己が中宮《ちゅうぐう》（姜皇后のいる宮殿）に挨拶に来た時には、居合わせた黄氏《こうし》や楊氏《ようし》の前で妲己を叱りつけます。紂王をたぶらかすな、という至極《しごく》まともなものでしたが、妲己の怒りを買う結果となりました。

恨みを抱いた妲己は姜皇后が紂王暗殺を企てたように見せかけます。罪を問われても、姜皇后は身に覚えがありません。それにもかかわらず執拗《しつよう》に罪を認めるように言われました。

結局、姜皇后は無罪を主張し続けたために片目をえぐり取られた上に両手を焼かれ、しまいには紂王を襲った**姜環**《きょうかん》と引き合わされて、「罪をお認めください」と言われてしまいます。姜皇后が怒っているところに現れたのは、息子の**殷郊**《いんこう》・**殷洪**《いんこう》たちでした。姜皇后は息子たちの前で、冤罪《えんざい》を晴らすようにと言って息絶えたのでした。

この事件で、殷郊と殷洪は死刑を言い渡され、朝歌《ちょうか》を脱出することになります。また、父の姜桓楚は、朝歌に呼び出されて娘の死を知り、紂王を諫めたものの聞き入れられず、生きながら体を切り刻まれる刑に処せられたのでした。

姜皇后は**太陰星**《たいいんせい》に、姜桓楚は**帝車星**《ていしゃせい》に封じられます。

黄氏は、紂王の妃で、**黄飛虎**《こうひこ》の妹です。姜皇后が罪に問われた時、尋問する役を命じられました。姜環が殷郊に斬り殺された後、住んでいる西宮《さいぐう》で太子の殷郊たちを匿《かくま》い、姜皇后の葬儀を行ってくれるように紂王に頼むなど、後宮の難しい仕事を一手に引き受けています。

黄氏自身に災難が降りかかったのは、黄飛虎の妻・**賈氏**《かし》が訪ねてきた時のことでした。妲己は賈氏を摘星楼《てきせいろう》に登って共に景色を見ようと誘い、一方で紂王と賈氏を会わせようという計略でした。摘星楼とは、紂王が宴会をひらいていた楼閣で、すぐそばには蠆盆《たいぼん》があります。賈氏が美人だと知った紂王は、臣下の妻と会ってはならないという礼に背こうとします。賈氏は怒りが収まらず、貞操を守って飛び降りました。それを知った黄氏は、摘星楼に来て妲己を殴ります。その時、止めに入った紂王の顔に拳が当たってしまいました。紂王は怒り、黄氏を地面に投げ落として殺してしまったのでした。

黄氏と賈氏の死がきっかけで、黄飛虎は殷《いん》を捨て、西岐《せいき》に走ったのでした。

黄氏は**地后星**《ちこうせい》に封じられています。

楊氏は、紂王の妃で、馨慶宮《けいけいきゅう》に住んでいます。宮中を逃げ回る殷郊たちを匿った時、王族の**微子**《びし》や黄飛虎に助けを求めるように助言して送り出します。その後、太子を匿った自らも危ないことを察して、首を吊《つ》って自殺しました。

楊氏は**紅艶星**《こうえんせい》に封じられています。

殷

張《ちょう》奎《けい》

独角烏煙獣《どっかくうえんじゅう》

角を叩《たた》くと、風や稲光《いなびかり》と同じくらいの速さで走ることができる。

澠池《べんち》県の総兵官《そうへいかん》（関を守る司令官）。西岐《せいき》から朝歌《ちょうか》に至るまでの道のりで、汜水関《しすいかん》、界牌関《かいはいかん》、穿雲関《せんうんかん》、潼関《とうかん》、臨潼関《りんどうかん》を越えた後に至るのが澠池県です。この後、朝歌までに孟津《もうしん》、牧野《ぼくや》という要所を残すのみという場所にあります。

張奎《ちょうけい》は独角烏煙獣《どっかくうえんじゅう》という、速く走ることのできる動物に乗っていました。周《しゅう》の将、**南宮适《なんきゅうかつ》**、**黄飛虎《こうひこ》**に、**王佐《おうさ》**、**鄭椿《ていしょう》**という二人の大将を当たらせますが、いずれも討ち取られ、自ら出陣することになります。大将二人を倒して勢いに乗った周軍に対し、張奎は独角烏煙獣の足の速さを活かして、**武王《ぶおう》**の弟である**姫叔《きしゅく》明《めい》**、**姫叔昇《きしゅくしょう》**に追いついて斬り倒します。王族を殺されて退いた

周軍のもとには、兄を倒して跡を受け継いだ北伯侯《ほくはくこう》の**崇黒虎**《すうこくこ》が訪ねてきていました。張奎は翌日、崇黒虎とその配下の**文聘**《ぶんぺい》・**崔英**《さいえい》・**蔣雄**《しょうゆう》、それから黄飛虎と戦うことになります。崇黒虎は逃げるふりをして張奎を攻めようと考えましたが、張奎は攻められる前に独角烏煙獣で追いつき、崇黒虎や文聘を斬り倒します。さらに妻の**高蘭英**《こうらんえい》の助勢を得て、黄飛虎や崔英、蔣雄も倒したのです。

黄飛虎たちの死で、失意のどん底に沈む姜子牙らのもとに、楊戩が兵糧を運んで来ました。楊戩は張奎の乗り物を見て、まずは独角烏煙獣を殺す必要があると考えます。

楊戩は張奎にわざと捕まり、術を使って独角烏煙獣や、張奎の母・**老**《ろう》**夫人**も殺しました。愛馬や母を失った張奎はひどく落ちこみ、泣いたのでした。

それでも張奎は戦います。次の戦いの相手は、哪吒でした。哪吒は九龍《きゅうりゅう》神火罩《しんかとう》で張奎を乗っていた馬ごと閉じこめます。その中で焼き殺されそうになりますが、地行術によって土に潜り、難を逃れたのでした。

哪吒の恐ろしさを知った張奎は、地下から陣内に忍びこみ、武王と**姜子牙**《きょうしが》を殺そうとします。しかし、何でも見通す目を持つ**楊任**《ようにん》に気づかれ、引き返します。また、同じ地行術を使う**土行孫**《どこうそん》も目障りでした。その土行孫が地面を固くする指地成鋼術《しちせいこうじゅつ》の符《ふ》をもらいに師匠の**懼留孫**《くりゅうそん》を訪ねようとしているのに、張奎は気づきます。そこで先回りをして土行孫を殺したのでした。しかし、この時すでに指地成鋼術の符は楊戩のもとに渡っていました。武王と姜子牙を追って澠池城を離れた張奎は、澠池が落ちたことを悟ります。朝歌へ行き、ほかの将軍と共に戦おうとした張奎でしたが、待ち伏せされ、指地成鋼術で動けなくなったところを、**韋護**《いご》の降魔杵《ごうましょ》で打たれてしまいました。

後に封神され、**七殺星**《しちさつせい》となります。

殷

高《こう》蘭《らん》英《えい》

張奎《ちょうけい》の妻で、太陽針《たいようしん》という宝《ぱお》貝《べえ》を使います。張奎が戦いに出る時には、軍を任せられるほどの武芸にも巧みな人物です。夫が**黄飛虎**《こうひこ》ら五人と戦っている時には、桃花馬《とうかば》に乗り、二本で一組の日月刀《じつげつとう》を携えて登場。黄飛虎、**崔英**《さいえい》、**蒋雄**《しょうゆう》の目を太陽針で刺し動きを封じました。

張奎は二度**楊戩**《ようせん》を捕らえますが、二度目には楊戩の肩の骨に穴を開け、符《ふ》を貼り、黒い鶏と犬の血に糞尿《ふんにょう》を混ぜ、頭からかけて術を封じようとします。この方法は高蘭英が教えたものでした。張奎はその通りにし、楊戩を斬首しますが、いつの間にか張奎の母と入れ替わっていたため、張奎が自らの手で母の首を落とすことになってしまっ

太陽針《たいようしん》

赤葫蘆《せきころ》に入っている四十九本の針。相手の目を刺す。

桃花馬《とうかば》

高蘭英の馬。白い毛の馬で、紅い模様がある。

たのです。母を失った張奎は嘆き、葬儀を行います。

楊戩が張奎の母や馬を殺したのは、士気をくじくためでした。

高蘭英《こうらんえい》は、**哪吒**《なた》たちと戦わずに、夜半、地下から敵陣に入り、**武王**《ぶおう》と**姜子**《きょうし》**牙**《が》の二人を殺すことを提案します。ところが、周《しゅう》軍には**楊任**《ようにん》がいました。楊任は土の中も見ることができる目を持っており、あっさり気づかれて失敗。周軍の手強さを思い知った高蘭英は、張奎に朝歌《ちょうか》へ援軍を求めることを提案します。

母も失い、周軍の道士たちの強さを知った張奎は弱気になります。そこで、高蘭英は自ら周軍に挑み、**土行孫**《どこうそん》の妻の**鄧嬋玉**《とうせんぎょく》と刃を交えます。やがて、敗れたふりをして鄧嬋玉は馬を返して逃げ出しました。高蘭英は追いかけ、鄧嬋玉に迫ります。すると、鄧嬋玉がふり返り、宝貝・五光石《ごこうせき》を投げつけたのでした。五光石の直撃を受けた高蘭英。顔を腫らして夫のもとに帰ります。

また、高蘭英は占いにも長《た》けていました。張奎が土行孫と戦った後、土行孫が指地成鋼術《しちせいこうじゅつ》の符をもらいに、**懼留**《くりゅう》**孫**《そん》のもとを訪ねようとしていることを、占いで知り、張奎に伝えて、土行孫を打ち倒します。また、太陽針で鄧嬋玉を討ち取りました。

援軍を心待ちにしていた張奎・高蘭英夫妻でしたが、殷《いん》軍は孟津《もうしん》の守備を固めて澠池《べんち》に援軍は送りませんでした。夫妻は澠池城を守って、孟津の**袁洪**《えんこう》が勝つのを待つことにします。その間に指地成鋼術の符が楊戩に預けられ、周軍は攻撃の準備を進めます。

武王と姜子牙を追って張奎が城を出た後、高蘭英は城壁に立ち、指揮を執ります。しかし、**雷震子**《らいしんし》に城門を開かれてしまいました。高蘭英は太陽針を使おうとしますが、間髪入れず、哪吒が乾坤圏《けんこんけん》を放ち、討たれてしまったのでした。

後に封神され、**桃花星**《とうかせい》となります。

殷

殷《いん》郊《こう》

落魂鐘《らくこんしょう》

音を鳴らして、相手を気絶させる。

番天印《ばんてんいん》

投げて相手を打つ。強力な力を持ち、杏黄旗《きょうこうき》などがないと対抗することができない。

紂王《ちゅうおう》と**姜皇后《きょうこうごう》**の長男で太子。十四歳の時、弟の**殷洪《いんこう》**と碁を打っていたところに、宦官《かんがん》（後宮に出入りできる役人）の**楊容《ようよう》**から、姜皇后が拷問にあったことを知らされます。姜皇后は死ぬ前に妲己《だっき》のせいで拷問を受けたことを訴えて亡くなりました。

殷郊は姜皇后を陥れた**姜環《きょうかん》**を宝剣で斬り捨て、「妲己を殺す」と言って、宝剣を持ったまま寿仙宮《じゅせんきゅう》に向かいます。これらのことで父・紂王の逆鱗《げきりん》にふれ、追われる身になったのでした。

殷郊は妃の**楊氏《ようし》**の助言で、九間《きゅうけん》大殿《たいでん》にいる**黄飛虎《こうひこ》**に助けを求めに行き、鎮殿大将軍《ちんでんだいしょうぐん》の**方弼《ほうひつ》**、**方《ほう》相《そう》**に助けられ朝歌《ちょうか》を脱出します。ところが、朝歌から三十里離れたところで、追っ手の黄飛虎に見つかってしまいました。

　殷郊・殷洪らを助けたいと思った黄飛虎は、兄弟がそれぞれ**姜桓楚**《きょうかんそ》と**鄂**《がく》**崇禹**《すうう》に会って、仇討ちの兵を挙げるように勧めます。黄飛虎自身は、朝歌に帰り、太子たちに追いつけなかったと、紂王に報告したのでした。

　人目につくことを恐れた方弼たちは、殷郊たちにそれぞれ別の道を行くことを提案。殷郊は姜桓楚に会うことにし、弟と別れて歩き始めました。
　四、五十里進んだところで「太師府」という額の掛かった大きな屋敷にたどり着き、泊めてもらおうとします。実は、そこは丞相《じょうしょう》であった**商容**《しょうよう》の家。商容は共に朝歌に行って紂王を説得してくれることを約束してくれます。しかし、この家を訪れた追っ手の**殷破敗**《いんぱばい》に連れ戻されてしまいました。多くの官僚が太子たちを救おうとしますが、紂王は話を聞かずに死刑を執行しようとします。その時、**広成子**《こうせいし》の命令を受けた**黄巾力士**《こうきんりきし》に殷郊たちは連れ去られ、その弟子となったのです。
　殷郊は、ある日、広成子から西岐《せいき》に行って戦うように命じられます。

　「武器を取ってこい」と命じられ、訪れた獅子崖《しがい》の朱い門の中に入ると、石の机の上に豆が盛ってありました。一つ食べると驚きのおいしさ。そこで豆をすべて食べたところ、三面六臂《さんめんろっぴ》の姿に変化。しかも、顔は青く、髪は赤く、牙が生え、第三の目までもできていたのでした。殷郊は驚いたのですが、師匠の広成子は大喜び。殷郊に方天戟《ほうてんげき》という武器の使い方を教えます。その他、雌雄剣《しゆうけん》という武器や番天印《ばんてんいん》・落魂鐘《らくこんしょう》という宝貝を与えます。最後に、周《しゅう》の**武**《ぶ》**王**《おう》を助けるという師匠の命に背いたら「犂鋤《りじょ》の厄《やく》」に遭ってもよいと誓ったのでした。この「犂鋤の厄」とは、頭を犂《すき》で鋤《す》かれて殺されるというものです。

　西岐に行く途中、白龍山《はくりゅうさん》に立ち寄った殷郊は、青い顔と赤い髪で三つ目の**温良**《おんりょう》、白い顔で長いひげの**馬善**《ばぜん》を家来とし、西岐への道を急ぎます。ところが途中で**申公豹**《しんこうひょう》が現れ、殷洪が**姜子**《きょうし》**牙**《が》に殺されたと告げました。姜子牙と戦っている**張山**《ちょうざん》のもとを訪れて弟の死が事実と知った殷郊は、打倒姜子牙に燃えるのでした。周軍の魂のあるものは落魂鐘で捕まえ、**哪吒**《なた》ですらも番天印で打つという戦いっぷりは姜子牙を恐れさせます。しかし、離地焔光旗《りちえんこうき》・青蓮宝色旗《せいれんほうしょくき》・杏黄旗《きゅうこうき》・聚仙旗《しゅうせんき》で番天印を封じられ、山に挟まれた上で犂鋤の厄を受け、一生を終えました。

　後に、**執年太歳**《しつねんたいさい》に封じられました。

殷《いん》洪《こう》

陰陽鏡《いんようきょう》

白い面と赤い面があり、白い面を振ると相手を死なせ、赤い面を振ると生き返らせることができる。

紫綬仙衣《しじゅせんい》

刀剣の攻撃を防ぐ。打《だ》神鞭《しんべん》など、宝貝《ぱおぺえ》の攻撃を無にする力がある。

水火鋒《すいかほう》

赤精子《せきせいし》に与えられたもの。二龍山《にりゅうさん》で戦う時に使った。

殷洪《いんこう》は、**紂王《ちゅうおう》**と**姜皇后《きょうこうごう》**の次男です。母である姜皇后が亡くなった時は、十二歳でした。兄の**殷郊《いんこう》**が「妲己《だっき》を殺す」と言って妲己のいる寿仙宮《じゅせんきゅう》に向かったことから、「二人の殿下（殷郊と殷洪）が剣をひっさげて王のところに来る」と誤って報告されてしまいます。そのため、自分も紂王に追われることになりました。

捕まったものの、**方相《ほうそう》**に背負われて朝歌《ちょうか》を脱出。**黄飛虎《こうひこ》**の助言を得て、**鄂崇禹《がくすうう》**のいる南方を目指して歩き始めます。慣れない旅路で疲れた殷洪は、休むところを求めて歩くうちに、軒轅《けんえん》廟《びょう》という古い廟を見つけました。そこで一夜を過ごす間に、追っ手の**雷開《らいかい》**に追いつかれてしまいます。死を覚悟した殷洪は、雷開の馬に乗って朝歌に戻ったのでした。

群臣は殷郊と殷洪を助けようと話し合い、紂王に助命を願い出ようとしますが、その前に紂王は妲己の助言に従ってすぐに二人を処刑することを決めます。殷洪は兄と共に、斬首されるのを待っていました。その事に気づいた仙人の**広成子**《こうせいし》と**赤精子**《せきせいし》が、二人を救って弟子にすることを決め、**黄巾力**《こうきんりき》**士**《し》に二人を助けて連れてくるよう命じます。殷郊と殷洪のもとに大風が吹き、またたく間に二人は連れ去られました。刑を監督していた**殷破敗**《いんぱばい》たちには、大風が吹いて、殷郊と殷洪がいなくなったことに驚くばかり。こうして赤精子に助けられた殷洪は、その弟子となったのでした。

赤精子は、殷洪に周《しゅう》軍に加わるように言い、下山させますが、彼が紂王の息子ということもあって周軍に加わりたくないのではと心配します。そこで、命に従わなければ体を砕かれて灰にされてもいい、という誓いを立てさせました。

殷洪は紫綬仙衣《しじゅせんい》・陰陽鏡《いんようきょう》・水火鋒《すいかほう》という宝貝《ぱおぺえ》を身につけて下山。二龍山黄《にりゅうさんこう》峰嶺《ほうれい》では**龐弘**《ほうこう》・**劉甫**《りゅうほ》・**荀章**《じゅんしょう》・**畢環**《ひっかん》を味方につけました。そのまま西岐に到着すればよかったのですが、そこに**申公**《しんこう》**豹**《ひょう》が現れて、父を討つのは倫理に背くと責められます。紂王との関係を重んじた殷洪は、申公豹の勧めで**蘇護**《そご》のもとを訪れ、戦場に出たのでした。

西《せい》岐《き》討伐軍の一員として殷洪は初戦から黄飛虎と当たり、陰陽鏡で気絶させて捕まえます。また、追ってきた黄天《こうてん》化《か》も同じように捕えました。ところが、義に厚い殷洪は、黄飛虎に助けられた恩から、二人を解放します。

その後も、強力な宝貝のおかげで、殷洪は**姜子牙**《きょうしが》や**哪吒**《なた》とも五分に戦うことができました。しかし、**楊戩**《ようせん》は殷洪が陰陽鏡を持っていることに気づいて、赤精子のもとを訪ねます。すると、状況は一変。まず、赤精子が説得に来ました。説得が無理となると、**慈航道人**《じこうどうじん》が来て、太極図《たいきょくず》の中に殷洪を閉じこめて殺す作戦を立てます。

ある朝早く、殷洪は姜子牙に戦いを挑みます。姜子牙はしばらく戦った後、敗走するように見せかけて逃げ出しました。殷洪が追っていくと、空にかかった金橋を姜子牙が渡り始めました。姜子牙を追って太極図に入った殷洪は、朝歌や姜皇后の幻影を見ます。赤精子の姿を見て命請いをするも、太極図は巻き上げられ、殷洪は灰になってしまったのでした。

後に、**五穀星**《ごこくせい》に封じられました。

殷

聞《ぶん》仲《ちゅう》

黒麒麟《こくきりん》（墨麒麟《ぼくきりん》）

空を飛ぶことができる。雷震子《らいしんし》の金棍《きんこん》で殺される。

紂王《ちゅうおう》も恐れる殷《いん》の太師《たいし》。**帝乙《ていいつ》**崩御《ほうぎょ》の際には、**寿王《じゅおう》**（後の紂王）を託されました。額に第三の目を持ち、**金霊聖母《きんれいせいぼ》**のもとで修行をしたこともあります。北海《ほっかい》の七十二の諸侯が反乱を起こしたため、北征。朝歌《ちょうか》を離れているうちに**妲己《だっき》**に入りこまれ、紂王を骨抜きにされてしまいます。帰ってきた聞仲は刑具・炮烙《ほうらく》を見て、第三の目を開いて怒りました。しかし、今度は東海《とうかい》の**平《へい》霊王《れいおう》**が反乱を起こしたため、遠征しなければいけませんでした。その間に、今度は**黄飛虎《こうひこ》**が西岐《せいき》に帰順。聞仲は信頼できる仲間を失ってしまいます。

西岐討伐には**張桂芳《ちょうけいほう》**を出し、さらに援軍として、修行時代の友人である**四聖《しせい》**や、**魔家四将《まけよんしょう》**を

蛟龍金鞭《こうりゅうきんべん》

双鞭《そうべん》。二匹の蛟龍《こうりゅう》であったもの。陰陽の二気に分けられる。

送ります。しかし、彼らも姜子牙《きょうしが》たちに討ち取られたため、聞仲は自ら西岐討伐に向かいます。

出立の日、聞仲は乗り物の黒麒麟《こくきりん》から振り落とされてしまいます。下大夫の王変《おうへん》は不吉だと言いますが、聞仲はそのまま朝歌を出ました。青龍関《せいりゅうかん》を越え、黄花山《こうかざん》を通った際には、鄧忠《とうちゅう》・辛《しん》環《かん》・張節《ちょうせつ》・陶栄《とうえい》の四人を味方につけます。

西岐に着いて早々、姜子牙と一騎打ちをします。聞仲は蛟龍金鞭《こうりゅうきんべん》で姜子牙を打ちますが、哪吒《なた》や楊戩《ようせん》に阻まれて、姜子牙を討ち取れませんでした。再び姜子牙と戦った聞仲は、打神鞭《だしんべん》で金鞭の二本のうち一本を壊され、自身も打たれて落馬してしまいます。

姜子牙は強敵でした。闇夜に攻めこまれた聞仲軍は、岐山《きざん》まで退却。吉《きっ》立《りつ》の勧めで道士の仲間に助けを求めます。聞仲が金鰲島《きんごうとう》に行くと、十天君《じってんくん》が聞仲を助けるため、十絶陣《じゅうぜつじん》を作っていました。しかし、その十絶陣も崑崙《こんろん》の仙人たちに次々と破られてしまいます。援軍に呼んだ峨眉山羅浮洞《がびさんらふどう》の趙公明《ちょうこうめい》も呪い殺されました。彼の妹の雲霄《うんしょう》・碧《へき》霄《しょう》・瓊霄《けいしょう》たちは九曲黄河陣《きゅうきょくこうがじん》を布きますが、これも破られます。

周《しゅう》軍の奇襲に遭って敗走した聞仲は、ある村にたどり着きます。村の老人の李吉《りきつ》に食事をもてなされた後、青龍関に向かいますが、迷ってしまい、近くにいた男に道を教えてもらいます。実は、この男は楊戩が変化したものでした。聞仲は、師から避けるように言われていた「絶」の字を冠する絶《ぜつ》龍嶺《りゅうれい》に向かっていたのです。絶龍嶺には雲中子《うんちゅうし》が待ち構えていました。雲中子は通天神火柱《つうてんしんかちゅう》で聞仲を取り囲みます。聞仲は飛んで上から逃げようとしますが、落ちてきた九雲烈焔冠《きゅううんれつえんかん》に打たれ、火にのまれてしまったのでした。聞仲の魂は朝歌に飛び、紂王に諫言《かんげん》して去ります。

最後まで忠義を貫いた太師の魂は、封神されて九天応元雷神普化天尊《きゅうてんおうげんらいじんふかてんそん》となり、雷部二十四位の天君を率いる神となったのでした。

殷

四《し》天《てん》君《くん》

鄧《とう》忠《ちゅう》・辛《しん》環《かん》・張《ちょう》節《せつ》・陶《とう》栄《えい》

西《せい》岐《き》討伐に向かった**聞《ぶん》仲《ちゅう》**が、黄《こう》花《か》山《ざん》で出会った四人の山賊の頭《かしら》です。四人は義兄弟の契りを交わしており、一万人近い部下がいました。聞仲は、彼らの武術の巧みさや、姿が奇異であるのを見て、西岐との戦いの役に立つから仲間に加えたいと考えます。そこで彼らを捕まえて、従わせたのでした。

四人が聞仲に従って山を出る際には、部下の山賊たちに、西岐討伐に行くか、ふるさとに戻るか選ばせました。その結果、七千人ほどが四人と行動を共にし、聞仲の軍に加わっています。四人はついてくる者、来ない者分け隔てなく、蓄えていた財宝を分け与えています。

鄧《とう》忠《ちゅう》は四天君の最年長者で青い顔が特徴。黄花山にやってきた聞仲が偉い人だと気づかず、斧《おの》を振り回して襲いかかりました（聞仲は王を教育する太《たい》師《し》という、最も地位の高い、名誉のある役職に就いていました）。鄧忠は斧で善戦し、聞仲に感心されますが、そこは道士・聞仲との戦いですから一筋縄ではいきません。聞仲は金《きん》遁《とん》の術を使い、鄧忠の周りに金の壁を立てて閉じこめてしまいました。相手が殷《いん》の太師だと知った鄧忠は、降伏して聞仲の配下に加えてもらいます。鄧忠らの加わった聞仲軍は西岐城に向かって進軍しますが、途中、絶《ぜつ》龍《りゅう》嶺《れい》にさしかかった時、聞仲が足を止めてしまいました。鄧忠が理由を問うと、聞仲は「師の**金《きん》霊《れい》聖《せい》母《ぼ》**から絶という字を避けるように言われている」と答えます。鄧忠らは、そんなことを気にすることはないと笑いとばしますが、聞仲の気持ちは晴れませんでした（結局、金霊聖母の言った通り、後に聞仲は絶龍嶺で命を落とすことになります）。

西岐城の前で戦いが始まった時には、**黄《こう》飛《ひ》虎《こ》**と対戦。しかし、**姜《きょう》子《し》牙《が》**の夜襲を受け、聞仲たちの本陣は陥落してしまいます。鄧忠たちは聞仲を守りながら、七十里離れた岐《き》山《ざん》まで退いたのでした。

道士ではない鄧忠たちは、十《じゅう》絶《ぜつ》陣《じん》の戦いや、**趙《ちょう》公《こう》明《めい》**が呪い殺されたことで、周《しゅう》軍に味方する仙人や道士の恐ろしさを痛感します。それでも、聞仲を裏切ることはありませんでした。最期《さいご》の瞬間も、聞仲と共に**哪吒**《なた》を囲んで戦っていました。哪吒は巧みに囲みを抜けて、乾坤圏《けんこんけん》を放り上げます。落下した乾坤圏は鄧忠の肩に当たりました。落馬した鄧忠は、哪吒にとどめを刺されたのでした。

辛環《しんかん》は義兄弟のうち、二番目の兄。肉の翅《はね》が生えており、飛ぶことができます。義兄弟たちが聞仲に捕まったのを知り、戦いを挑みますが、相手は道士の聞仲です。実力で勝てるわけがありません。辛環は、聞仲の操る宝貝《ぱおぺえ》・**黄巾力**《こうきんりき》**士**《し》が落とした岩の下敷きになりました。さらに、聞仲の鞭で打ち殺されそうになったため、命乞いをします。この時ようやく、相手が殷の太師である聞仲だと知ったのです。

西岐討伐に加わるのを条件に許された辛環は、さらに義兄弟の命乞いをして、彼らを救ったのでした。

西岐に着いてからは、飛行能力を活かし、**雷震子**《らいしんし》と空中戦を繰り広げました。

四天君の中で最後まで生き残り、聞仲と共に黄花山に向かいます。その途中、**黄天化**《こうてんか》の宝貝《ぱおぺえ》・鑽心釘《さんしんてい》が翅に当たり、負傷。最期の戦いでは、**楊戩**《ようせん》の哮天犬《こうてんけん》に足を噛《か》まれた上に、雷震子に金棍《きんこん》で打たれ、絶命しました。

張節《ちょうせつ》は、義兄弟の三番目。聞仲に捕まった鄧忠を助けようとして、反対に水遁《すいとん》の術で現れた大海の中に捕まってしまいます。辛環の命乞いを受け、聞仲に術を解いてもらうと、他の兄弟と一緒に聞仲の配下に加わったのでした。

西岐との戦いでは、黄飛虎と戦う鄧忠の助勢に出て、**南**《なん》**宮适**《きゅうかつ》と戦います。奇襲で本陣を失って敗走する時も、他の義兄弟と共に聞仲を守りました。しかし、十絶陣が破られた直後に黄飛虎の槍《やり》に突かれ、戦死しています。

陶栄《とうえい》は、義兄弟の末弟。聞仲の木遁《もくとん》の術で現れた林の中に捕まった後、辛環のとりなしで許されます。その後、西岐との戦いでは、**武吉**《ぶきつ》や南宮适と刃を交えました。張節を失った戦いの後、聞仲たちの本営は夜襲を受けます。その時、陶栄は**黄天祥**《こうてんしょう》の槍で一突きされ、絶命しました。

四人は封神され、**雷部天君正神**《らいぶてんくんせいしん》となりました。

殷

四《し》聖《せい》

王魔《おうま》・楊森《ようしん》・高友乾《こうゆうけん》・李興覇《りこうは》

開天珠《かいてんじゅ》・劈地珠《へきちじゅ》・混元宝珠《こんげんほうじゅ》

相手に当て、ダメージを与えたり、落馬させたりする。

西岐《せいき》討伐軍の**張桂芳《ちょうけいほう》**は、**姜子《きょうし》牙《が》**らに負けて、多くの兵を失います。聞仲はかつて道士として修行していた頃の友人・**四聖《しせい》**に、張桂芳の助勢に行くよう頼みました。西海九龍島《せいかいきゅうりゅうとう》出身の四聖の特徴は、その姿の恐ろしさ。**紂王《ちゅうおう》**は、四聖に対し、会ってすぐ「凶悪な顔つき」と表現しています。四聖は、開天珠《かいてんじゅ》・劈地《へきち》珠《じゅ》・混元宝珠《こんげんほうじゅ》という宝貝《ばおぺえ》を巧みに使い、周《しゅう》軍を苦しい戦いに追いこみます。

王魔《おうま》は、まん丸で真っ白な顔をしています。宝貝は開天珠。乗り物は狴犴《へいかん》という怪獣。王魔は張桂芳の軍に到着すると、まず、**哪吒《なた》**に傷つけられた張桂芳と**風林《ふうりん》**の傷の手当てをします。

狴犴《へいかん》…龍の子供で老虎《ろうこ》の姿。
狻猊《しゅんげい》…龍の子供で、老獅子《ろうじし》の姿。
花斑豹《かはんひょう》…ぶち模様のある豹。
狰獰《そうどう》…凶悪な顔の動物。

翌日、四聖はそれぞれの怪獣に乗って出陣。この怪獣は毒気を出すので、普通の軍馬であれば動けなくなってしまいます。姜子牙らの軍では兵が次々と落馬。王魔は、武王《ぶおう》を「臣」と称させることや倉庫の物を出すこと、黄飛《こうひ》虎《こ》を朝歌《ちょうか》に戻すことという三つの条件をつきつけました。姜子牙は、それをのむふりをして退くしかありませんでした。二度目の戦いでも、姜子牙の背中に宝貝・開天珠を命中させますが、やってきた文殊広法天尊《もんじゅこうほうてんそん》に遁龍椿《とんりゅうとう》で縛られてしまいました。最期《さいご》は金吒《きんた》に斬り殺されます。

楊森《ようしん》は、まっ黒な顔に赤い鬚、眉毛は黄色という顔です。宝貝は開天珠で、乗り物は狻猊《しゅんげい》という怪獣。姜子牙たちと戦う時、張桂芳らの馬が四聖が乗る怪獣を見ても動けなくならないように護符を用意しました。

王魔の死を知ると、自ら姜子牙に戦いを挑み、金吒・哪吒を相手にします。楊森は、哪吒の乾坤圏《けんこんけん》を奪おうとしますが、金吒の遁龍椿で捕まり、そのまま金吒に斬られてしまったのでした。

高友乾《こうゆうけん》は、青い顔に赤い髪、口から出た門歯が特徴です。宝貝は混元宝珠。乗り物は花斑豹《かはんひょう》です。

姜子牙との二度目の戦いでは、**龍鬚虎《りゅうしゅこ》**に混元宝珠を投げつけました。王魔を失った後、姜子牙に戦いを挑みますが、打神《だしん》鞭《べん》に打たれ、頭が割れて死んでしまいました。

李興覇《りこうは》は、真っ赤な顔に長い鬚《ひげ》を生やしています。宝貝は劈地珠。狰獰《そうどう》に乗っており、劈地珠を姜子牙の胸に命中させる活躍をしています。しかし、王魔、高友乾、楊森を失い、さらに、張桂芳が自死した後、李興覇は一人で山中に逃げました。そこに現れたのは、**木吒《もくた》**。李興覇は木吒の呉鉤剣《ごこうけん》で斬られてしまったのです。

四人は後に封神され、**鎮守霊霄宝殿《ちんじゅれいしょうほうでん》四聖大元帥《しせいだいげんすい》**となります。

殷

魔《ま》家《け》四《よん》将《しょう》

魔礼青《まれいせい》・魔礼紅《まれいこう》・魔礼海《まれいかい》・魔礼寿《まれいじゅ》

青雲剣《せいうんけん》

「地・水・火・風」の四字が刻まれる。炎や刃が飛び交う風を起こす。

混元傘《こんげんさん》

傘を開くと、辺りが闇になり、天地が崩れ、炎が発生する。

琵琶《びわ》

四弦の琵琶。青雲剣のような効果がある。

花狐貂《かこちょう》

かこてん、とも。投げ上げると白い象のように大きくなる。鋭い牙があり、人を食べる。

白玉金綱鐲《はくぎょくきんこんこう》

光を発して相手を打つ武器。

魔家四将《まけよんしょう》は、佳夢関《かぼうかん》を守っていた四人兄弟です。四人とも、道術を心得ていて、長男・**魔礼青《まれいせい》**、次男・**魔礼紅《まれいこう》**、三男・**魔礼海《まれいかい》**は、それぞれ天変地異を起こす宝貝《ぱおぺえ》を使います。四男の**魔礼寿《まれいじゅ》**は花狐貂《かこちょう》という、小動物に似た宝貝を持っています。

宝貝と武器を駆使して四人のコンビネーションで戦う、これが魔家四将の戦法です。**四聖《しせい》**が敗戦した後に、**聞仲《ぶんちゅう》**の命を受けて西岐討伐に向かうことになりました。

魔礼青は、顔が蟹《かに》に似た大男で、身長が二丈四尺あります。鬚《ひげ》が剛毛で、銅線のよう。宝貝は青雲剣《せいうんけん》で、風を起こし、一面を火の海にできる力があります。青雲剣の起こす風は、何万もの刃が飛び交うというもの。魔家四将の攻撃を受けた周《しゅう》軍は、一万人以上の兵を失いました。しかし、**姜子牙《きょうしが》**は籠城。攻めあぐねた魔家四将は、持っている四つの宝貝を同時に使って奇襲をかけ、西岐《せいき》を滅ぼそうとします。

奇襲の計画があることに気づいた姜子牙は、術を使って海の水で西岐城を覆いました。同様に、異変を察した**元始《げんし》天尊《てんそん》**が瑠璃瓶《るりへい》の水をかけて、海水の防御力を高めます。そのため、魔家四将が攻撃しても効果がありませんでした。

膠着《こうちゃく》状態に陥ったところに、周軍に**楊戩《ようせん》**と**黄天化《こうてんか》**が加わり、戦況が変わります。楊戩は花狐貂《かこちょう》を使って魔家四将のところに忍びこみ、魔礼紅の宝貝を盗みます。四兄弟が動揺しているところで現れたのが、**黄飛虎《こうひこ》**の長男・黄天化でした。

魔礼青は黄天化と戦い、一度は白玉金綱鐲《はくぎょくきんこんこう》という玉の腕輪から光を出して倒しますが、この腕輪は**哪吒《なた》**の乾坤圏《けんこんけん》に破壊されてしまいます。二度目の戦いでは、黄天化の鑽心《さんしん》釘《てい》で心臓を貫かれ、死亡します。

封神後は、**増長天王《ぞうちょうてんのう》**になりました。

魔礼紅の宝貝は混元傘《こんげんさん》です。この傘には不思議な力を持つ珠（祖母緑《そぼろく》、祖母印《そぼいん》、祖母碧《そぼへき》、夜明珠《やめいじゅ》、碧塵珠《へきじんじゅ》、碧火珠《へきかじゅ》、碧水珠《へきすいじゅ》、消涼珠《しょうりょうじゅ》、九曲珠《きゅうきょくじゅ》、定顔珠《ていがんじゅ》、定風珠《ていふうじゅ》、「装・載・乾・坤」の字が刻まれた珠）がちりばめられており、開くと暗闇に覆われます。また、この傘には相手の宝貝を奪い取る力もあり、姜子牙らとの戦いでは、哪吒の乾坤圏、**金吒**《きんた》の遁龍椿《とんりゅうとう》、姜子牙の打神鞭《だしんべん》を取り上げることに成功。しかし、花狐貂に化けた楊戩が夜のうちに混元傘を奪っていってしまい、動揺します。

魔礼青の仇である黄天化と方天戟《ほうてんげき》で戦いますが、兄と同じように鑽心釘で倒されてしまいました。

封神後は、**広目天王**《こうもくてんおう》となりました。

魔礼海の宝貝は、四弦の琵琶《びわ》です。弾くと風や火を発生させる宝貝で、周軍に大きな被害を与えました。しかし、兄たち同様、黄天化の鑽心釘で討ち取られます。

封神後は、**多文天王**《たもんてんおう》となります。

魔礼寿の宝貝は、花狐貂といいます。普段は豹皮嚢《ひょうひのう》という袋に入っているネズミほどの大きさのものですが、空に投げると、象ほどの大きさになって空を飛び、人を食らいます。この宝貝を周軍に放ち、無尽に兵を食らわせたのでした。魔家四将との戦いで、周軍は一万以上の兵を失うことになりました。

しかし、花狐貂に楊戩を食べさせたのが運の尽き。知らないうちに花狐貂は真っ二つにされ、殺されてしまいます。

魔礼寿は、兄たちが黄天化に倒されたのを知り、仇を討つべく、豹皮嚢に手を突っこみます。途端、花狐貂に化けていた楊戩に手を食いちぎられ、痛みにもだえる中、黄天化の鑽心釘で胸を突き抜かれたのでした。

封神後は、**持国天王**《じこくてんおう》となります。

『封神演義』には仙人や神だけでなく、仏教に縁のある者たちも登場します。魔家四将も後に四天王になる人物なのです。また、姜子牙の打神鞭は、その名の通り、神になる者に対してしか使えません。そこで仏教に縁のある魔家四将には効果がなく、魔礼紅の混元傘で簡単に奪い取られてしまうというエピソードが出てくるのです。

殷

梅《ばい》山《ざん》七《しち》怪《かい》

袁洪《えんこう》・呉龍《ごりゅう》・常昊《じょうこう》・朱子真《しゅししん》・楊顕《ようけん》・戴礼《たいれい》・金大昇《きんたいしょう》

梅山七怪《ばいざんしちかい》は、いずれも動物が化けた妖怪です。彼らは物語の後半、亡き父の跡を継いで南伯侯《なんはくこう》となっていた鄂順《がくじゅん》ら諸侯が孟津《もうしん》の地に集まり、朝歌《ちょうか》へ向かおうとする時期に登場します。紂王《ちゅうおう》が政治を顧みなかったことから、西岐《せいき》に寝返る者がいたり、戦で多くの将軍や兵士が失われたりし、殷《いん》は人材不足に陥っていました。そこで、豪傑を求める命令が朝歌の城門に貼り出されます。その求めに応じたのが、袁洪《えんこう》、呉龍《ごりゅう》、常昊《じょうこう》の三人でした。その後、孟津で残りの四人とも合流します。

袁洪は、白猿の妖怪です。朝歌で紂王に孟津を守る作戦を奏上。大将となり二十万人の兵を与えられます。戦場では楊任《ようにん》に五火神焔扇《ごかしんえんせん》で扇がれますが、袁洪は光となって逃げました。その戦う姿から味方である殷の将軍、魯仁傑《ろじんけつ》たちは、袁洪らが妖怪だと気づきます。

孟津の妖怪兵士たちは増えるばかり。梅山七怪のほか、加勢した高明《こうめい》、高覚《こうかく》の二人も、桃の精と柳の鬼でした。人間の将軍たちは後詰《ごづ》めの部隊となり、妖怪VS道士の戦いを見守ることになります。

袁洪たちの勢いも、正体を見破られるようになってからは衰えていきます。鄔文化《うぶんか》という大男が加わった時に一瞬盛り返したくらいで、あとは楊戩《ようせん》の罠《わな》にはまって殺されていきます。袁洪自身も、楊戩に追われて梅山に逃げこもうとしたところを、女媧《じょか》の宝貝《ぱおぺえ》・山河社稷図《さんがしゃしょくず》に入ってしまい、縛妖索《ばくようさく》で捕らえられ、宝貝・飛刀《ひとう》によって首を斬られました。後に、四廃星《しはいせい》に封じられます。

呉龍は、ムカデの妖怪です。袁洪の軍で先行官を務めました。諸侯連合軍との初戦で妖気で兗州侯《えんしゅうこう》・彭祖寿《ほうそじゅ》の息を止め、討ち取ります。その後、哪吒《なた》の宝貝・九龍神火罩《きゅうりゅうしんかとう》で閉じこめられそうになりますが、青い光となって逃げ、事なきを得ます。しかし、このような戦いっぷりを不審に思った楊戩が、雲中子《うんちゅうし》から照妖鑑《しょうようかん》を借りてきたため、正体がムカデだと判明。原形を現した呉龍は、五色の雄鶏に変化した楊戩についばまれ、ちぎれてしまったのでした。後に封神され、**破砕星**《はさいせい》となります。

常昊は、ヘビの妖怪です。呉龍と共に、先行官を務めました。諸侯連合軍との初戦では、諸侯の**姚庶良**《ようしょりょう》に毒気を当てて落馬させ、討ち取っています。しかし、照妖鑑で正体が暴かれ、最期は、ムカデに変化した楊戩に殺されて、灰にされてしまいます。後に封神され、**刀砧星**《とうちんせい》となります。

朱子真《しゅししん》は、豚の妖怪です。呉龍や常昊がいなくなった袁洪軍にやってきて、諸侯連合軍の**余忠**《よちゅう》の体を食いちぎります。続けて楊戩を一口で飲みこみます。その晩、朱子真は激しい痛みに襲われました。楊戩が朱子真の体の内側から内臓をつねっていたのです。楊戩に言われるままに、原形を現して周《しゅう》軍に行った朱子真は、**南宮适**《なんきゅうかつ》に見つかります。そのまま、**姜子牙**《きょうしが》のもとに引き出され、朱子真は首をはねられたのでした。後に**伏断星**《ふくだんせい》に封じられました。

楊顕《ようけん》は、羊の妖怪です。袁洪の知り合いですが、お互い知らないふりをしていました。朱子真が殺されたのを知り、仇討ちをしようと、楊戩と刃を交えることになりますが、正体を見破られてしまいます。虎に変化した楊戩を目にした楊顕はあっけなく楊戩に斬られたのでした。後に封神され、**反吟星**《はんぎんせい》になります。

戴礼《たいれい》は、犬の妖怪です。楊顕同様、袁洪の知り合いで、口から紅珠《こうじゅ》を吐き出し、相手に当てるという技を持っています。最初は哪吒と戦いますが、加勢した楊戩に紅珠を吐き出したところを哮天犬《こうてんけん》に噛《か》みつかれ、楊戩に斬られて落命しました。後に封神され、**荒蕪星**《こうぶせい》になります。

金大昇《きんたいしょう》は、水牛の妖怪です。楊顕と同様、袁洪の知り合いで、腹の中にある牛黄《ごおう》を吐き出して相手に当てるという技を持っています。独角獣《どっかくじゅう》に乗り、武器は三尖刀《さんせんとう》。姜子牙の配下になっていた**鄭倫**《ていりん》と対戦し、討ち取ります。その翌日、対戦した楊戩が逃げ出すのを見て、金大昇が後を追っていくと、待ちかまえていたのは女媧。女媧は従者の**青雲童女**《せいうんどうじょ》に縛妖索《ばくようさく》を渡し、金大昇を捕まえるように命じました。結局、金大昇は鼻に縛妖索を通され、姜子牙のところに連れて行かれたのでした。最期は南宮适に首を斬られています。後に、**天瘟星**《てんおんせい》に封じられました。

殷

比《ひ》干《かん》

比干《ひかん》は帝乙《ていいつ》の弟で、紂王《ちゅうおう》の叔父です。副首相にあたる亜相《あそう》の地位についていました。残虐な刑の執行に国の危機を感じたり、太子が殺されそうになっていることを嘆いたり、紂王に殺されそうになっていた姫昌《きしょう》の命乞いをしたりと、後先を考えない紂王の政治のいちばんの被害者と言ってもいいでしょう。

姜子牙とは、王貴人《おうきじん》がらみで出会います。王貴人が妖怪だという姜子牙の言葉が本当なのか判断がつかず、紂王のもとに彼を連れて行ったのでした。王貴人は三昧真火《さんまいしんか》で焼かれて琵琶《びわ》の原形を現し、姜子牙は下大夫という役職につきます。

ある日、紂王に命じられて、比干は姜子牙を呼び出します。

姜子牙は、自らに災いがふりかかることを悟り、比干に別れを告げました。その際、比干は姜子牙から危機に陥ったら書斎の硯《すずり》の下を見るように言われました。

姜子牙が去った後、宝玉をちりばめた鹿台《ろくだい》という建物が完成します。妲《だっ》己《き》は、紂王に仙人や仙女を見せようと、自分たちの巣である軒轅墓《けんえんぼ》の動物を仙人や仙女に化けさせて、鹿台を訪れさせます。この時、比干は仙人たちに酒をついで回りました。そして、仙人たちから狐の尾が生えているのを目撃。比干は悶々とした気持ちで、**黄《こう》飛虎《ひこ》**にこのことを相談します。黄飛虎らは仙人に化けていた狐たちが軒轅墓に住んでいると知り、巣に火をつけて、全て焼き殺しました。

比干は軒轅墓の狐の毛皮で上着を作り、紂王に献上します。仲間を殺された妲己は、比干を恨むようになったのでした。

ほどなく、**胡喜媚《こきび》**が密《ひそ》かに紂王の妻となり、側に侍るようになります。妲己は病気のふりをしました。胡喜媚は、妲己の病気を治すには玲瓏心《れいろうしん》という特別な心臓を煎《せん》じて飲む必要があると説明し、比干の心臓が玲瓏心であると言ったのでした。

比干は、紂王が自分の心臓をほしがっていることを知り、危機を感じます。そこで、姜子牙が言っていた通りに硯の下を見て、そこにあった霊符《れいふ》を燃やして、その灰を飲んだのでした。

紂王は比干に対して「まあ、心臓をひとかけら借りるだけなので」と、もはや正気ではない言い訳をします。比干は怒り、紂王と妲己を罵《ののし》ると、自ら服を脱いで体を切り裂き、心臓を取り出して立ち去ります。

比干が心臓を失っても生きていられたのは、姜子牙の霊符のおかげでした。さて、比干は道端で無心菜《むしんさい》を売っている女を見つけ、「人に心臓がなかったらどうなるのか」と質問します。「心臓がなかったら死にます」と女は答えました。途端、比干は落馬し、絶命してしまったのでした。

この時、もし、女が「心臓がなくても生きられます」と答えていたら、比干は死なずにすんだそうです。

紂王と妲己に振りまわされた政治家・比干。後に封神されて、**北斗星官《ほくとせいかん》**（**文曲《ぶんきょく》**）となります。

比干関係図

- ＊微子《びし》
- 帝乙《ていいつ》[29]
  - 微子啓《びしけい》
  - 微子衍《びしえん》
  - 寿王《じゅおう》（辛《しん》・紂王《ちゅうおう》[30]）
- 比干《ひかん》
  - 微子徳《びしとく》
- 箕子《きし》

（＊微子は『史記』では紂王の庶兄とある。）

殷

商《しょう》容《よう》

魯《ろ》仁《じん》傑《けつ》

商容《しょうよう》は殷《いん》の宰相《さいしょう》（首相にあたる人物）です。**紂王**《ちゅうおう》を含め、三代の王に仕えてきました。政治に大きな影響を与える役職ですが、**妲己**《だっき》に骨抜きにされた紂王の下では苦労が絶えません。

とはいえ、もとはといえば、紂王に女媧宮《じょかきゅう》に詣でるよう進言したのは、商容でした。つまり『封神演義』の発端を作った人物ともいえます。その後は、諫言《かんげん》の連続。紂王は美女を集めようと言い出し、妲己が来たら遊んでばかりと、悩みが尽きません。妲己の提案で炮烙《ほうらく》のような残酷な刑具が作られることになると、耐えられない気持ちになって、商容は役職を退き、郷里に帰ってしまいます。

しかし、穏やかな老後は過ごせませんでした。紂王に追われた太子の**殷郊**《いんこう》が、商容の家にたまたま立ち寄ったのです。商容は殷郊を放ってはおけず、朝歌《ちょうか》に赴き、紂王に上奏文を渡します。内容は、今の紂王は夏《か》王朝を滅ぼした**桀王**《けつおう》のようだとし、行動を改めて欲しいというものでした。怒った紂王は、商容に死刑を言い渡します。商容は紂王を罵《ののし》り、宮殿の石柱に頭をぶつけて死んでしまったのでした。

後に封神され、**玉堂星**《ぎょくどうせい》となります。

魯仁傑《ろじんけつ》は、最後まで殷を守ろうとした将軍です。**袁洪**《えんこう》と共に孟津《もうしん》に派遣され、袁洪ら妖怪の戦いを見守ります。袁洪らが勢いを失うと、魯仁傑は朝歌で戦って死にたいという思いを胸に、兵糧を求める上奏文を携えて紂王のもとへ戻りました。

諸侯連合軍が朝歌城の側に布陣すると、紂王の命も危うくなってきました。魯仁傑は、まっさきに姜子牙《きょうしが》らと対戦しますが、敗退。

朝歌城内の庶民までも周《しゅう》に味方し、城門が開けられ、姜子牙たちが入って来ました。魯仁傑は紂王に決戦を促します。朝歌城内での戦いが始まり、魯仁傑は**哪吒**《なた》と戦いました。しかし、乾坤圏《けんこんけん》に打たれて落馬したところを、兵に踏み殺されたのでした。

後に封神され、**中斗星官**《ちゅうとせいかん》となります。

殷

余化《よか》
孔宣《こうせん》

戮魂幡《りくこんはん》

余元《よげん》から授かった旗。

化血神刀《かけつしんとう》

余元《よげん》が作った刀。傷つけられると、魂のある者は即死する。

余化《よか》は汜水関《しすいかん》の将軍で、**七首将軍《しちしゅしょうぐん》**と呼ばれています。乗り物は火眼金睛獣《かがんきんせいじゅう》、上司は司令官の**韓栄《かんえい》**です。

余化は戮魂幡《りくこんはん》という宝貝《ぱおぺえ》を持っています。この旗を振ると、黒い気が現れて、敵を捕まえてしまうというもの。西《せい》岐《き》へ行こうとする**黄飛虎《こうひこ》**たちを捕まえるのに使われました。黄飛虎たちにとって、西岐への旅でいちばん危険な目に遭ったのがこの時。余化は黄飛虎たちを朝歌《ちょうか》に護送するため、兵を率いて進んでいきました。そこに現れたのが**哪《な》吒《た》**です。魂魄のない哪吒に対しては、戮魂幡が効きません。反対に、哪吒の宝貝・金磚《きんせん》で打たれて怪我を負ったのでした。哪吒は汜水関まで追ってきて、余化に乾坤圏《けんこんけん》を投げつけます。腕を骨折した余化は東北の方角に逃げたのでした。

再登場は、周《しゅう》軍が**紂王《ちゅうおう》**討伐の兵を挙げ、攻め寄せた場面。哪吒に傷つけられ、再び修行した余化は、蓬莱島《ほうらいとう》で師の**余元《よげん》**が作ったという宝貝・化血神刀《かけつしんとう》をひっさげて現れます。化血神刀の毒は強力で、哪吒を倒れさせ、**雷震子《らいしんし》**の翼に傷をつけました。哪吒は魂がなく、雷震子の翼は仙杏《せんきょう》でできているので死なずに済みましたが、魂のある者なら即死していたところです。しかし、**楊戩《ようせん》**に化血神刀を作る際に使った丹薬《たんやく》を使うという解毒法を知られてしまいます。余化は、回復した雷震子に打たれ、楊戩に突き殺されました。

後に、**孤辰星《こしんせい》**に封じられています。

孔宣《こうせん》は三山関《さんざんかん》の司令官です。金鶏嶺《きんけいれい》に陣を布《し》き、**姜子牙《きょうしが》**らと対決しました。出陣した時の孔宣は金の鎧《よろい》を着て五色の光を背負っているという姿。この五つの光を動かし、**洪《こう》錦《きん》**や雷震子、哪吒、黄飛虎らを捕まえます。さらに部下の**高継能《こうけいのう》**が、蜈蜂袋《ごほうたい》の蜂に**黄天化《こうてんか》**を襲わせて勝利します。その頃、**燃灯道人《ねんとうどうじん》**が周軍を訪れていました。燃灯道人の弟子・**羽翼仙《うよくせん》**が空から孔宣を目撃し、鳥が化けたものだろうと気づきます。また、周の陣営には西方から**準提道人《じゅんていどうじん》**も訪れ、孔宣が西方にゆかりがある者だと告げます。

孔宣は準提道人と戦い、武器を奪われ、頼みの五光も封じられます。地面に倒された孔宣は、赤い羽冠の孔雀の姿となり、準提道人を乗せて西方に飛び去ったのでした。

殷

韓《かん》栄《えい》

汜水関《しすいかん》の総兵官《そうへいかん》（関を守る司令官）。他の関に比べ西岐《せいき》に近く、情報を得やすかったのか、それとも報告魔なのか、姜子牙《きょうしが》が西岐の丞相《じょうしょう》となった時や、四聖《しせい》が殺された時、魔《ま》家四将《けよんしょう》が敗れた時などは、朝歌《ちょうか》に文書で報告しています。

殷《いん》の臣として関を守る立場のため、黄飛虎《こうひこ》たちが西岐に投降するために汜水関を通ろうとした時には、部下である余化《よか》に黄飛虎らを捕えさせました。この時、黄飛虎の父である黄滾《こうこん》が、幼い孫・黄天祥《こうてんしょう》だけは助けて欲しいと訴えますが、韓栄《かんえい》は聞き入れませんでした。しかも、黄家の財産まで我が物とするなど、情け容赦のない態度をとります。

翌日、黄飛虎一家をまとめて朝歌に護送する役を余化に任せます。しかし、余化は途中で哪吒《なた》と戦って負け、黄飛虎らも解放されてしまいました。

汜水関まで余化を追ってきた哪吒と戦うため、韓栄も出陣します。その出で立ちは、赤い着物に金色の鎧《よろい》を着て、白馬に乗り、槍《やり》を持つというものでした。哪吒と槍《やり》で戦いますが、部下たちが哪吒の火尖鎗《かせんそう》になぎ払われるのを見たり、哪吒の宝貝《ぱおぺえ》・金磚《きんせん》でお守りを砕かれたりすると、戦いを捨てて逃げ出したのでした。

その後、紂王《ちゅうおう》討伐が始まると、姜子牙らと戦います。先の哪吒との戦いで負け、蓬莱島《ほうらいとう》で修行を重ねた余化が現れると、哪吒や雷震子《らいしんし》を傷つけるなど、戦いを有利に進めるかに見えました。その余化が戦死してしまうと、余化の師である余元《よげん》が現れました。しかし、余元も陸圧《りくあつ》の宝貝・飛《ひ》刀《とう》で殺されてしまいます。

韓栄は勝ち目がないと思い、総兵官を辞めて、山に籠もろうとします。屋敷では財宝の荷造りが始まりました。ところが、韓栄の息子である韓昇《かんしょう》と韓変《かんへん》に止められます。二人の息子は、姜子牙らの軍と宝貝・万刃車《ばんじんしゃ》を操って戦い、大勝します。韓栄も喜びました。しかし、次の戦いでは息子たちは捕らえられてしまいます。二人は韓栄の命乞いもかなわず、韓栄の目の前で処刑されてしまいます。

息子たちの無残な姿を見た韓栄は、汜水関の城壁から飛び降りて死んだのでした。

後に、狼藉星《ろうぜきせい》に封じられました。

殷

韓昇《かんしょう》 韓変《かんへん》

万刃車《ばんじんしゃ》

風車の羽に、地・水・火・風の文字が書かれ、霧と風を呼び、火を起こし、刃を飛び交わせる。

汜水関《しすいかん》の総兵官《そうへいかん》（関を守る司令官）である**韓栄**《かんえい》の息子たち。二人は、韓栄が汜水関を捨てて逃げようと考え、荷物を部下にまとめさせている場面に登場します。

二人は韓栄に、関の放棄をやめるよう、説得しようとしますが、韓栄は、**紂王**《ちゅうおう》が愚かであること、戦いを続ければ、汜水関に暮らす人々が苦しみ続けることといったの理由を述べます。そんな父に対して**韓昇**《かんしょう》が書斎から持ってきたのは紙の風車。韓栄は、「子供のおもちゃじゃないか」と落胆しますが、これこそ宝貝《ぱおぺえ》・万刃車《ばんじんしゃ》だったのです。

練兵場に万刃車を持ってきた韓昇・**韓変**《かんへん》兄弟は、馬に乗って髪を下ろし、呪文を唱えます。すると、辺りに霧が発生し、怪しい風が吹き始めます。さらに、天まで届く火柱が立ち、刃が飛び交い始めたのです。驚いた韓栄は息子たちに、だれに万刃車をもらったのか尋ねました。韓昇は、屋敷に現れた**法戒**《ほうかい》という人物からもらったことを打ち明け、法戒の弟子となったこと、**姜子牙**《きょうしが》が来たら、これで応戦しろと言われたことを、韓栄に伝えたのでした。

万刃車が恐ろしい武器になるとわかった韓栄は、韓昇と韓変に三千の兵を与え、十四日間、演習を行わせます。そして、姜子牙らに戦いを挑み、大勝します。

二人の戦いぶりを見た韓栄は、万刃車を使って夜襲をかけることを思いつきます。韓昇と韓変は、万刃車を使って夜明けまで戦いました。二人は逃げ出した姜子牙を追って、金鶏嶺《きんけいれい》まで来たところで、周《しゅう》軍の**鄭倫**《ていりん》に出会います。鄭倫は、鼻から白光を出して相手を気絶させる術を持っており、韓昇と韓変の二人も、白光を浴び、捕まってしまいました。

汜水関の城壁の前に引き据えられた韓昇、韓変を見て、韓栄は思わず「汜水関をやるから、息子たちを助けてくれ」と叫びます。しかし、韓昇は殷《いん》への忠義を貫き、紂王が援軍を送ってきたら、力を合わせて仇を討ってくれと、韓栄に頼み、処刑されたのでした。

二人とも後に封神され、韓昇は**北斗星官**《ほくとせいかん》（**左輔**《さほ》）に、韓変は**北斗星官**（**右弼**《うひつ》）となります。

殷

張桂芳《ちょうけいほう》
風林《ふうりん》

張桂芳《ちょうけいほう》は青龍関《せいりゅうかん》の総兵官《そうへいかん》（関を守る司令官）です。殷《いん》の武将の**晁田**《ちょうでん》・**晁雷**《ちょうらい》という兄弟が西岐《せいき》に寝返ったあと、**聞仲**《ぶんちゅう》の命令で西岐討伐に出ました。

戦場では白い着物に銀の鎧《よろい》という、雪氷を連想させる姿の張桂芳は、相手の名前を呼んで乗り物から下ろさせるという術を持っていました。この術にかかり、**黄飛虎**《こうひこ》は乗っていた五色神牛《ごしきしんぎゅう》から転げ落ち、助けようとした**周紀**《しゅうき》も落馬してしまいました。**姜子牙**《きょうしが》は張桂芳の術を恐れ、「免戦牌《めんせんはい》」を西岐城の門にかけ、対決を避けます。

戦いが膠着《こうちゃく》状態に陥っていたある日、免戦牌が外されます。張桂芳が風林を出陣させると、周軍からは風火輪《ふうかりん》に乗った**哪吒**《なた》が登場。哪吒は乾坤圏《けんこんけん》で**風林**《ふうりん》の肩を打ち、傷を負わせます。

次いで哪吒と戦った張桂芳。相手の名前が哪吒とわかり、呼んでみますが、魂魄《こんぱく》のない哪吒は風火輪から落ちません。驚いた張桂芳は、乾坤圏で打たれて負傷。かなわないと思い、朝歌《ちょうか》に援軍を求めます。

この時、援軍として来たのは**四聖**《しせい》でしたが、**王魔**《おうま》、**高友**《こうゆう》**乾**《けん》、**楊森**《ようしん》の三人が討たれてしまいます。大敗に怒った張桂芳は、自ら姜子牙らの陣営に行き、戦いを挑みました。西岐の武将に囲まれ戦っていると、晁田・晁雷兄弟の声が聞こえました。裏切り者の声に怒った張桂芳は、明け方から午後まで戦い続けます。しかし、西岐の将軍たちの包囲を突破することはできません。張桂芳は敗戦を悟り、槍《やり》で自分の体を突いて自害。後に**喪門星**《そうもんせい》に封じられます。

風林は、張桂芳の部下で、藍色の顔をし、髪は真っ赤、牙が生えています。口から赤い玉を吐き出し、相手にぶつけるという術を持っており、張桂芳軍の先陣として、**文王**《ぶんおう》の第十二子・**姫叔乾**《きしゅくかん》と戦います。姫叔乾の槍で足を刺されると風林は逃げるふりをし、追ってきた姫叔乾に向かって赤い玉を吐き出して討ち取りました。

四聖の王魔が死んだ翌日、残りの四聖と張桂芳、風林は最後の戦いに出ます。風林は、**黄天祥**《こうてんしょう》の槍で刺され、あっけない最期《さいご》を迎えます。後に**弔客星**《ちょうきゃくせい》に封じられました。

余化龍《よかりゅう》

余達《よたつ》・余兆《よちょう》・余光《よこう》・余先《よせん》・余徳《よとく》

余化龍《よかりゅう》は潼関《とうかん》の守将です。五人の息子がいます。

長男の**余達《よたつ》**は、戦場では銀の鎧《よろい》に赤い袍《ほう》という出で立ち。色白の美男子のようで、武器として槍《やり》や撞心杵《とうしんしょ》を使っています。周《しゅう》軍との初戦、余達は**太鸞《たいらん》**と対戦し、討ち取ります。

次男の**余兆《よちょう》**は、杏黄旗《きょうこうき》という自身の姿を見えなくする力がある旗を持っています。**妲己《だっき》**の父・**蘇護《そご》**と戦った余兆は杏黄旗を振り、蘇護の背後に回って突き殺しました。

三男の**余光《よこう》**は、武器として槍と梅花鏢《ばいかひょう》を使います。余光は、蘇護の息子・**蘇全忠《そぜんちゅう》**と対戦。蘇全忠に、梅花鏢を三本も突き刺します。

四男の**余先《よせん》**は、父や兄たちと共に出陣し、**鄧秀《とうしゅう》**と戦いました。この戦いでは余化龍も**雷震子《らいしんし》**や**哪吒《なた》**と戦いました。

しかし、余化龍は**楊戩《ようせん》**の哮天犬《こうてんけん》に首を噛《か》まれて深手を負い、余先も哪吒の乾坤圏《けんこんけん》で肩を負傷しました。

五男の**余徳《よとく》**は、道士として修行に出ていました。余化龍と余先が負傷した後に戻ってきて、父と兄の傷を治します。余徳は、四人の兄に体を清めるように言うと、周《しゅう》軍の上空まで飛んでいき、毒痘《どくとう》（天然痘のもと）を撒《ま》きます。

この毒痘のせいで、**姜子牙《きょうしが》**をはじめ、周軍の兵は病気になり、ばたばたと倒れました。このまま、周軍が全滅するのを待てばいいと思っていたのですが、毒痘を撒いて八日目に見にいってみると、周軍の兵は元気そのもの。実は、楊戩が**神農《しんのう》**からもらった薬で周軍を救っていたのでした。

周軍の兵たちの体が十分回復しないうちに戦って勝利しようと攻めこんだ余化龍たち。まず、余光が雷震子に、余達が**韋護《いご》**の降魔杵《ごうましょ》で、余兆と余先は**楊任《ようにん》**の五火神焔扇《ごかしんえんせん》で殺されます。余徳は、姜子牙の打神鞭《だしんべん》で落命します。息子の命と潼関《とうかん》を奪われた余化龍は、**紂王《ちゅうおう》**への忠誠を叫んで、喉を剣で裂いて自殺したのでした。

後に、余化龍は五方の痘神《とうしん》を指揮する**主痘碧霞元君《しゅとうへきかげんくん》**に、余達は東方、余兆は西方、余光は南方、余先は北方、余徳は中央の**主痘正神**に封じられます。

殷

丘《きゅう》引《いん》
陳《ちん》奇《き》

丘引《きゅういん》は青龍関《せいりゅうかん》の鎮守大将《ちんじゅたいしょう》です。正体はミミズで、截教《せっきょう》で修行を積み、頭の上に発した白光の中に紅珠《こうじゅ》を出すことができます。この紅珠は、めまいを起こす力があります。

周《しゅう》軍は、途中、三つの部隊に分かれました。そのうちの一つが、青龍関を狙う**黄飛虎《こうひこ》**らの一行です。

青龍関の副将の一人・**高貴《こうき》**は、黄飛虎の息子・**黄天祥《こうてんしょう》**と戦って落命します。怒った丘引は、自ら黄天祥と対戦。しかし、黄天祥は槍《やり》の扱いが巧みでした。丘引は防戦一方で、最後には槍で左足を刺され、矢で肩を射られます。傷つけられたことを恨んだ丘引は、紅珠を使って黄天祥を捕まえました。丘引は黄天祥に逆賊よばわりされて激怒、処刑して遺体を城門に晒《さら》しました。

一方の黄飛虎は、苦戦していることを汜水関《しすいかん》の**姜子牙《きょうしが》**に知らせました。姜子牙は、**哪吒《なた》**たちを援軍に出します。

哪吒と対戦した丘引は、紅珠で哪吒を捕まえようとしますが、魂魄《こんぱく》がない哪吒には効かずに失敗。その上、乾坤圏《けんこんけん》で負傷してしまいました。青龍関も夜襲を受けて陥落。丘引は土遁《どとん》の術で逃げ去ります。

次に丘引が現れたのは、万仙陣《ばんせんじん》でのことです。土遁で逃げているところを**陸圧《りくあつ》**に見つかり、飛刀《ひとう》で首を斬り落とされました。

後に、封神されて**貫索星《かんさくせい》**となっています。

陳奇《ちんき》は、青龍関の督糧官《とくりょうかん》です。口から黄気《こうき》（黄色い煙）を出して、相手の魂魄を抜き取る術を身につけています。この術で、周軍の鄧九公や**黄天禄《こうてんろく》**、土行孫を捕らえました。しかし、土行孫の妻・**鄧嬋玉《とうせんぎょく》**の五光石《ごこうせき》が命中し、負傷してしまいます。傷が癒えてから出陣すると、黄飛虎の軍から**鄭倫《ていりん》**が登場。鄭倫は鼻から白光を出すという術を操ります。対戦した陳奇と鄭倫は、同時に互いの気が当たって、共に落馬。その後の対戦でも、決着がつきませんでした。陳奇は夜襲の時、三度、鄭倫と対戦しますが、哪吒の乾坤圏で打たれ、黄飛虎の槍で突かれて絶命しました。

後に、寺院の山門や仏教の宝を守る**哼哈二将《きょうこうにしょう》**に封じられています。

殷

欧《おう》**陽**《よう》**淳**《じゅん》 **卞**《べん》**金**《きん》**龍**《りゅう》 **卞**《べん》**吉**《きつ》

欧陽淳《おうようじゅん》は、臨潼関《りんどうかん》の守将です。臨潼関は朝歌《ちょうか》に至る最後の関。欧陽淳はなんとか守ろうとします。

まずは、周《しゅう》軍から**黄飛虎**《こうひこ》が戦いを挑んで来ました。副将の**卞金龍**《べんきんりゅう》が対戦しますが、黄飛虎に槍《やり》で突き殺されてしまいました。

怒ったのが卞金龍の息子、**卞吉**《べんきつ》です。卞吉は宝貝《ぱおぺえ》・幽《ゆう》魂白骨幡《こんはっこつはん》という、長さが五丈もある旗を掲げます。卞吉は、はじめに**南宮适**《なんきゅうかつ》と対戦。逃げるふりをして、旗の下に南宮适を誘導し、気を失わせました。同じように、黄飛虎、**雷**《らい》**震子**《しんし》らも捕らえています。しかし、三頭八臂《さんとうはっぴ》の姿で現れた**哪吒**《なた》に驚いているうちに、乾坤圏《けんこんけん》で打たれて負傷。卞吉は命からがら逃げ帰ります。

哪吒の強さに、欧陽淳と卞吉が攻めあぐねているところに、援軍が到着しました。

援軍に来たのは、**鄧昆**《とうこん》と**芮吉**《ぜいきつ》でした。欧陽淳は、二人に黄飛虎らを捕らえたことを伝えます。

鄧昆は、黄飛虎の親戚でした。黄飛虎を助けようとする鄧昆と、周軍への寝返りを決意した芮吉は、卞吉から幽魂白骨幡の下を通っても気を失わない符《ふ》をもらいます。この符は、**土行孫**《どこうそん》に託されて周軍に持ち帰られました。

次の戦いで、周の兵たちは、幽魂白骨幡の下を難なく通り抜けていきます。符が敵の手に渡ったことを知らない卞吉は、旗の力がなくなったのを殷《いん》が滅びる証拠だと考えました。逃げ帰った卞吉は、鄧昆と芮吉に、その考えを語ります。すると、鄧昆は卞吉に周に寝返るつもりだったのではないかと濡れ衣を着せ、処刑を命じました。卞吉は、そのまま、首を斬られてしまいます。

欧陽淳は、鄧昆と芮吉に周に寝返るように求められます。怒った欧陽淳は、**紂王**《ちゅうおう》の援軍の人選ミスを恨みながら、敵となった鄧昆、芮吉と戦います。しかし、二対一では分が悪く、斬り殺されてしまったのでした。

後に、欧陽淳は**亡神星**《ぼうしんせい》に、卞金龍は**死符星**《しふせい》に、卞吉は**天**《てん》**殺星**《さっせい》に封じられました。

幽魂白骨幡《ゆうこんはっこつはん》

卞吉が持つ。赤い箱に入っており、長さ五丈。気を失わせたり、他の宝貝《ぱおぺえ》を無効化したりする。

闡

元《げん》始《し》天《てん》尊《そん》

三宝玉如意《さんぽうぎょくにょい》

正体が獣である仙人を叩《たた》き、その原形（正体）を現すことができる。

盤古旛《ばんこはん》

小さな旗。太極陣を破る力がある。

九龍沈香輦《きゅうりゅうちんこうれん》

椅子の脚の下には瑞《ずい》雲《うん》があり、飛ぶことができる。

元始天尊《げんしてんそん》は、仙人の世界の教義、闡教《せんきょう》の教主で、崑崙山玉虚《こんろんさんぎょくきょ》宮《きゅう》にいます。ある時、仙人界の闡教と截教《せっきょう》で議論がなされ、闡教・截教・人間界の中から三六五の神を作ることを決定します。ちょうど殷周革命《いんしゅうかくめい》が起こるので、それに乗じようということになり、「封神《ほうしん》」の儀式を行うことになりました。元始天尊は、弟子の**姜子牙《きょうしが》**に封神計画を実行させるために下山させます。

しばらく元始天尊は封神計画のことばかり考えていたようです。**張桂芳《ちょうけいほう》**に苦戦していた姜子牙が、崑崙山に戻って元始天尊に助けを請うた時も、求めには応えず、封神榜《ほうしんぼう》（封神されるべき人の名前のリスト）を与え、封神台を築くように命じています。封神台の建造が始まると安心したのか、姜子牙を助けるようになってきます。例えば、張桂芳の所に**四聖《しせい》**が援軍としてやってきて、姜子牙が再び助けを請いに現れた時、元始天尊は四聖の乗る獣について語り、不思議な力を持つ相手とも渡り合えるよう、姜子牙に四不像《しふぞう》と打神鞭《だしんべん》を与えています。また、**魔家四将《まけよんしょう》**が西岐《せいき》城を攻めた時、姜子牙は北海《ほっかい》の水で城を覆って守ろうとしました。その海水を元始天尊は瑠璃《るり》瓶《へい》から出した三光神水《さんこうしんすい》で覆って魔家四将の宝貝《ぱおぺえ》が起こす天変地異から守るのを助けています。

雲霄《うんしょう》ら三姉妹によって黄河陣《こうがじん》が布《し》かれ、弟子たちが捕まると、空飛ぶ椅子（飛来椅《ひらいい》）のついた九龍沈香輦《きゅうりゅうちんこうれん》に乗って下山。元始天尊は**老子《ろうし》**と共に陣に入ります。二人は雲霄らの宝貝を封じ、元始天尊が袖の中から出した小箱に**碧霄《へきしょう》**を閉じこめて殺すなどして三姉妹を倒しました。

紂王《ちゅうおう》討伐が始まってからも、誅仙《ちゅうせん》陣《じん》や万仙陣《ばんせんじん》を破るために下山しました。この二つの陣では、**準提道人《じゅんていどうじん》**、**接引道《せついんどう》人《じん》**など、仏教にゆかりのある西方の道人とも協力しています。

中でも、万仙陣は、截教と闡教の最終決戦となる戦いでした。**通天教主《つうてんきょうしゅ》**は万仙陣にかける思いが強く、元始天尊や老子が万仙陣を見終えた後、新しく太極両儀四象《たいきょくりょうぎししょう》を布《し》いてみせて、破れるかと挑発したのです。元始天尊は**文《もん》殊広法天尊《じゅこうほうてんそん》**に盤古旛《ばんこはん》を与えて太極陣《たいきょくじん》を、**普賢真人《ふげんしんじん》**には太極符印《たいきょくふいん》を与えて両儀陣《りょうぎじん》を、**慈航道人《じこうどうじん》**に四象陣《ししょうじん》を破ることを命じます。

この三つの陣を守っていたのは、獣が原形の仙人たちでした。これらの陣を破ると、元始天尊たちは弟子たちと共に万仙陣に入り、一気に破りにかかります。老子と二人で通天教主を挟み打ちにし、三宝玉如意《さんぽうぎょくにょい》で通天教主の肩を打ちます。さらに準提道人が加勢。万仙陣は破れ、通天教主は逃げ出しました。

闡教が勝利し、めでたしめでたしと言いたいところですが、通天教主はまだ諦めていませんでした。そこへ、老子、元始天尊、通天教主の師である**鴻《こう》鈞道人《きんどうじん》**が現れ、老子と元始天尊に通天教主を許すように言い、三人とも身を慎まなければ命を奪う、という丹薬《たんやく》を飲んで、崑崙山に帰りました。

やがて、紂王討伐が終わり、姜子牙が崑崙山を訪れました。元始天尊は封神の儀式で読み上げる勅命や玉符《ぎょくふ》を届けることを約束し、姜子牙を帰します。

数日後、それらを受け取った姜子牙は封神の儀式を行い、物語は幕を下ろしたのでした。

闡

老《ろう》子《し》（太《たい》上《じょう》老《ろう》君《くん》）

板角大青牛《ばんかくだいせいぎゅう》

老子が座乗する牛。脚から祥光《しょうこう》や霧、雲を出す。

元始天尊《げんしてんそん》の兄弟子にあたる人物で、大羅宮玄都洞《だいらきゅうげんとどう》の八景宮《はっけいきゅう》にいます。

最初に登場するのは、十絶陣《じゅうぜつじん》の戦いの時。**姚天君《ようてんくん》**が**姜子牙《きょうしが》**を呪い殺そうとしたため、姜子牙の魂魄《こんぱく》がさまよってしまいました。助けを求めてやってきた**赤《せき》精子《せいし》**に、**老子《ろうし》**は宝貝《ぱおぺえ》・太極図《たいきょくず》を貸します。この太極図は、いったん、姚天君が呪いの藁人形を置いていた落魂陣《らくこんじん》の中に落とされてしまいますが、後に赤精子が落魂陣を破って取り戻しました。

闡教の仙人たちが十絶陣を破り、**趙公明《ちょうこうめい》**を姜子牙が呪い殺した後、**雲霄《うんしょう》**三姉妹が現れ、黄《こう》河《が》陣《じん》を布《し》きました。この陣に、闡教の仙人や道士が捕らわれてしまいます。この窮地を救うべく、元始天尊が下山、そして少し後に、老子が板角大青牛《ばんかくだいせいぎゅう》に乗ってやってきます。

老子の頭の上には、玲瓏塔《れいろうとう》が光っています。老子を恐れる雲霄を他所に、老子たちは黄河陣に入っていき、雲霄三姉妹の宝貝・金蛟剪《きんこうせん》や混元金斗《こんげんきんと》をあっという間に奪い、弟子たちを助けると、帰っていきました。

誅仙陣《ちゅうせんじん》を破るために下山した時には、玲瓏塔を掲げて頭を守りつつ、法術で**上清道人**《じょうせいどうじん》、**玉清道人**《ぎょくせいどうじん》、**太清道人**《たいせいどうじん》という三人の分身を出して見せました。老子はその三人の道人と共に**通天教主**《つうてんきょうしゅ》と戦います。通天教主を戸惑わせた後、分身を消して、通天教主を杖で叩《たた》いたのでした。

老子と元始天尊に、西方の道人二人（**準提道人**《じゅんていどうじん》・**接引道人**《せついんどうじん》）が加勢すると、いよいよ戦いも山場になります。誅仙《ちゅうせん》陣《じん》には四つの門があり、教主くらいの力がある仙人でないと破ることは不可能でした。

老子、元始天尊、準提道人、接引道人の四人が各門から入り、あらかじめ元始天尊から符印《ふいん》を施された四人の弟子が、それぞれの門にかけられていた誅仙剣《ちゅうせんけん》、戮仙剣《りくせんけん》、陥仙剣《かんせんけん》、絶仙剣《ぜっせんけん》を外しました。こうして誅仙陣は破れ、老子らに痛めつけられた通天教主も、截教《せっきょう》の弟子たちも逃げ去ったのでした。

通天教主との最後の戦いになった万仙陣《ばんせんじん》では、陣中の截教の仙人たちを見て、「截教の門下には品格がないものもいて、今回死ぬことになるやつはしかたない」というようなことを言っています。元始天尊も、人以外の原形を現して戦う截教の仙人を嘲笑《あざわら》っているので、闡教側には、截教を見下す気持ちがあったのでしょう。

万仙陣を破った老子と元始天尊は、通天教主と共に、**鴻鈞道人**《こうきんどうじん》からもらった丹薬《たんやく》を飲み、二度と戦わないことを誓ったのでした。

玲瓏塔《れいろうとう》

まばゆく光る。頭を守ることができる。

太極図《たいきょくず》

森羅万象《しんらばんしょう》を支配する巻物。橋などあらゆる物に変化して、光を放つ。

乾坤図《けんこんず》

雲霄《うんしょう》をくるんで連れ去るのに使われた。

離地焔光旗《りちえんこうき》

殷郊《いんこう》の番天印《ばんてんいん》を封じるのに使われる。

風火蒲団《ふうかふとん》

混元金斗《こんげんきんと》を奪うのに使われたしきもの。誅仙陣《ちゅうせんじん》でも、通天教主《つうてんきょうしゅ》が老子に打たれたのを見て怒った多《た》宝道人《ほうどうじん》をくるんで連れ去るのに使われた。

闡

燃《ねん》灯《とう》道《どう》人《じん》

梅花鹿《ばいかろく》

白い丸の模様のある鹿。

乾坤尺《けんこんじゃく》

空に投げ上げ、落下させて打つ。

闡教《せんきょう》の仙人の頭であり、霊鷲《れいしゅう》山円覚洞《ざんえんかくどう》にいます。初登場は、**哪吒《なた》**が**李靖《りせい》**を殺そうと追っている場面。**燃灯道人《ねんとうどうじん》**は**太乙真人《たいいつしんじん》**に頼まれ、哪吒を玲瓏塔《れいろうとう》に閉じこめて、焼かれる苦しみを味わわせました。さらに哪吒を解放した後、その玲瓏塔を李靖に譲ります。これで李靖と哪吒の親子の戦いは終わったのでした。この後、哪吒は太乙真人のもとに戻り、李靖も燃灯道人に言われた通り、陳塘関《ちんとうかん》の総兵官《そうへいかん》をやめ、修行し直します。

燃灯道人が次に現れたのは、十絶陣《じゅうぜつじん》の時です。燃灯道人は**姜《きょう》子牙《しが》**から戦いの指揮を任せられます。そして、天絶陣《てんぜつじん》では**鄧華《とうか》**を、地烈陣《ちれつじん》では**韓毒龍《かんどくりゅう》**を、風吼《ふうこう》陣《じん》では**方弼《ほうひつ》**を、寒氷陣《かんぴょうじん》では**薛悪《せつあく》**

虎《こ》を、金光陣《きんこうじん》では**蕭臻**《しょうしん》を、化血陣《かけつじん》では**喬坤**《きょうこん》を、落魂陣《らくこんじん》では**方相**《ほうそう》を、紅水陣《こうすいじん》では**曹宝**《そうほう》を死なせてしまいます。このように弱者を犠牲にした後に強い仙人が陣を破るという戦法をとったのです。

犠牲者の一人、曹宝は、**趙公明**《ちょうこうめい》の宝《ぱお》貝《ぺえ》・定海珠《ていかいじゅ》を奪った後、無償で燃灯道人に渡したという燃灯道人に利益を与えた人物でもありました。

定海珠は、仙人たちが攻略に苦労した宝貝です。五色のまぶしい光を発するので、一瞬目が見えなくなり、そのすきに攻撃されてしまうというもの。

燃灯道人も、この宝貝がどのようなものか見破ろうとしますが、よくわからず苦戦します。曹宝が定海珠を手に入れた後、燃灯道人は趙公明を乾坤尺《けんこんじゃく》で打ちましたが、その後も、趙公明には自身の乗る梅花鹿《ばいかろく》を金蛟剪《きんこうせん》で斬り殺されるなど苦しめられています。

ちなみに燃灯道人は、十絶陣の中の紅砂陣《こうさじん》に**武王**《ぶおう》を送りこんでいます。理由は、百日の災いに遭う定めだから。しかし、定めとはいえ、生身の人間が仙人の布《し》いた陣中に捕らえられるのはつらいこと。とうとう武王は絶命してしまいましたが、燃灯道人が胸と背にあらかじめ書いておいた符印《ふいん》のお陰で生き返りました。このように、多くの犠牲を出したものの、十絶陣を破ることができました。

霊鷲山に帰った後にも、截教《せつきょう》の仙人であり、大鵬金翅鵰《たいほうきんしちょう》という巨大な鳥が原形の**羽翼仙**《うよくせん》に命を狙われます。ちょうど西岐城への夜襲に失敗し、空腹を抱え、山に飛来したのでした。燃灯道人は羽翼仙が自分を食べようとしているのに気づきます。そこで、紫雲崖《しうんがい》で宴が開かれていると教え、点心を百八つも食べさせました。その後、羽翼仙が戻ってきたところで、腹の中の点心を卵サイズの玉に変えて苦しめ、自分の弟子としたのでした。

他にも、燃灯道人の瑠璃灯《るりとう》の焔《ほのお》が逃げ出し、**馬善**《ばぜん》という武将に化身してしまい、味方であるべき周軍を苦しめるなど、面目ない思いをすることもありました。

殷郊《いんこう》が西岐《せいき》を攻めた時、彼の宝貝・番天印《ばんてんいん》を封じるために、玉虚杏黄旗《ぎょくきょきょうこうき》（姜子牙の持つ旗）、離地焔光旗《りちえんこうき》、青蓮宝《せいれんほう》色旗《しょくき》を使う策を提案したのも燃灯道人です。

その後は、誅仙陣《ちゅうせんじん》、万仙陣《ばんせんじん》に出陣。趙公明から奪った定海珠が大活躍しました。万仙陣を破ると、殺生戒《せっしょうかい》（殺しをするきまり。人の体の中にある欲のもととなる三つの虫・三尸《さんし》を千五百年斬っていないことでおこる）を終え、山に帰っています。

闡

雲《うん》中《ちゅう》子《し》

照妖鑑《しょうようかん》

妖怪の正体を暴き、その姿を映すことができる鏡。

終南山玉柱洞《しゅうなんざんぎょくちゅうどう》に住む仙人です。ある日、虎児崖《こじがい》に薬草を取りに行こうとして、朝歌《ちょうか》の宮中に妖気が上がっているのを発見。妖怪退治をしようと、枯れた松の枝で木剣「巨闕《こけつ》」を作ります。そして、**紂王《ちゅうおう》**に会い、その木剣を宮中の分宮楼《ぶんきゅうろう》に掲げさせたのでした。

効果はてきめんで、すぐに**妲《だっ》己《き》**は倒れます。ところが、紂王は妲己の願いを聞き入れて木剣を焼いてしまいました。それを知った**雲中子《うんちゅうし》**は、天文を司る役人であった**杜元銑《とげんせん》**の屋敷の壁に詩を書いて立ち去りました。杜元銑は雲中子の書いた詩を読んで危機感を持ち、宮中に妖気があることを紂王に告げましたが、反対に怒りを買って処刑されて

照妖宝剣《しょうようほうけん》
妖怪を斬ることができる剣。

通天神火柱《つうてんしんかちゅう》
高さ三丈、太さ一丈、八卦の方位に立ち、四九匹の火龍《かりゅう》が炎を吐く。

九雲烈焔冠《きゅううんれつえんかん》
聞仲《ぶんちゅう》を打ち落とす。

しまいました。

雲中子が次に登場するのは、**姫昌**《きしょう》が朝歌に呼び出された時のこと。朝歌に向かう旅の途中で、赤子を見つけた姫昌。そこへ雲中子が現れ、**雷震子**《らいしんし》と名づけて預かることにしたのでした。七年後、姫昌が朝歌から帰る時、追っ手をかけられて苦労しているのを知ると、雲中子は雷震子に仙杏《せんきょう》を食べさせて翼を持つ姿に変え、姫昌のもとに送り出します。

聞仲《ぶんちゅう》の最期《さいご》に関わったのも雲中子でした。雲中子は通天神火柱《つうてんしんかちゅう》を作って、絶龍嶺《ぜつりゅうれい》で聞仲を待ちます。そして、通天神火柱から噴き出す火の中に聞仲を閉じこめ、**燃灯道人**《ねんとうどうじん》から借りていた紫《し》金鉢《きんはつ》（紫金鉢盂《しきんばちう》）という宝貝《ぱおぺえ》で、聞仲が光遁《こうとん》（光に化して移動する術）を使えないようにします。さらに、飛び上がって空中に逃げようとする聞仲を宝貝・九雲烈焔冠《きゅううんれつえんかん》で打ち落とし、焼き殺したのでした。

呂岳《りょがく》が瘟癀陣《おんこうじん》を布《し》いた時には、**姜子**《きょうし》**牙**《が》に三枚の霊符《れいふ》を与え、丹薬《たんやく》を懐《ふところ》に持たせて瘟癀陣の中に入らせて「百日の災い」に耐えさせています。途中、**武王**《ぶおう》が「百日も食事しないで生きていられるのか」と問うと、雲中子は「心配はいりませんよ」と平然と答えるなど、余裕綽々《しゃくしゃく》です。しかも、何でも灰にしてしまう宝貝・五火神焔扇《ごかしんえんせん》を持っている**楊任**《ようにん》を瘟癀陣に送りこみ、陣から呂岳から、宝貝から祭壇まで、何もかも焼き尽くさせてしまったのです。杏黄旗《きょうこうき》で守られていた姜子牙は四不像《しふぞう》に突っ伏して動けない有様でしたが、雲中子に丹薬を飲ませてもらい、意識を取り戻したのでした。

また、他の仙人同様、誅仙陣《ちゅうせんじん》、万仙《ばんせん》陣《じん》での戦いにも参加し、万仙陣で殺生《せっしょう》戒《かい》を終えますが、出番はまだあります。

雲中子の持つ、照妖鑑《しょうようかん》という宝貝は、妖怪の正体を暴き出すもの。**馬善**《ばぜん》や**梅山七怪**《ばいざんしちかい》など、正体不明のものが現れた際、雲中子は**楊戩**《ようせん》にこの鏡を貸し出しています。

闡

広《こう》成《せい》子《し》

八卦紫寿衣《はっけしじゅい》
金光聖母《きんこうせいぼ》の金光《きんこう》を防ぐ。

掃霞衣《そうかい》
火霊聖母《かれいせいぼ》の金光を防ぐ。

闡教《せんきょう》の仙人で、九仙山桃源洞《きゅうせんさんとうげんどう》に住んでいます。殷《いん》の太子たちが父の**紂王**《ちゅうおう》に殺されそうになっているのを見て、**赤精**《せきせい》**子**《し》と共に助け出しました。**広成子**《こうせいし》は太子の**殷郊**《いんこう》を、赤精子は太子の弟、**殷洪**《いんこう》を弟子とします。広成子は強力な宝貝《ぱおぺえ》・番天印《ばんてんいん》を持っていますが、後にこれを殷郊に渡したため、周《しゅう》軍は苦戦を強いられることになります。

十絶陣《じゅうぜつじん》で、広成子が破ったのは**金光聖母の**《きんこうせいぼ》金光陣《きんこうじん》。金光陣の祭壇にはいくつもの鏡があり、稲光を集めて、威力を強め、金光《きんこう》を作り出して相手を打つというもの。この光を防ぐために、広成子は八卦紫寿衣《はっけしじゅい》をかぶり、番天印で鏡と金光聖母を打ち、勝利を収めます。

その活躍の一方で、**趙公明**《ちょうこうめい》の宝貝・定海珠《ていかいじゅ》で目をくらまされたり、**雲霄**《うんしょう》たちが布《し》いた黄河陣《こうがじん》に捕まったりもしています。

ある日、**元始天尊**《げんしてんそん》の命令で、殷郊を下山させることになりました。殷郊を三面六臂《さんめんろっぴ》の姿に変え、番天印や落魂鐘《らくこんしょう》、雌雄剣《しゆうけん》といった宝貝や武器を与えます。その際、必ず周軍に加わるように念を押しました。殷郊も、もし殷に味方するようなことになれば「犂鋤《りじょ》の厄」を受けてもよいと誓います。こうして下山した殷郊でしたが、弟が**姜子牙**《きょうしが》に殺されたと知り、気が変わります。

広成子の説得も失敗。番天印を封じるため、**老子**《ろうし》の離地《りち》焔光旗《えんこうき》、西方の**接引道人**《せついんどうじん》から青蓮宝色旗《せいれんほうしょくき》、**西王母**《せいおうぼ》の素《そ》色雲《しょくうん》界旗《かいき》を借りてきてもらい、殷郊を追いつめたのでした。殷郊に「犂鋤の厄」を与えるための犂《すき》を持っていったのも広成子でした。山に体をはさまれ、頭だけ出ている殷郊の姿を見た広成子は、泣かずにはいられませんでした。

紂王討伐が始まってからのこと、姜子牙が**火霊聖母**《かれいせいぼ》に殺されそうになったことがあります。そこに現れた広成子は、火霊聖母の宝貝・金霞冠《きんかかん》から出る金光攻撃を封じ、番天印で倒します。そして、金霞冠を返すため、**通天教主**《つうてんきょうしゅ》の住む碧遊宮《へきゆうきゅう》を訪ねました。しかし、このことで截教《せっきょう》門徒の怒りを買い、闡教と截教が誅仙陣《ちゅうせんじん》や万仙陣《ばんせんじん》で戦うことにつながったのでした。他の仙人同様、これらの戦いに決着がつくと殺生戒《せっしょうかい》を終え、山に帰っていきました。

闡

赤《せき》精《せい》子《し》

闡教《せんきょう》の仙人で、太華山雲霄洞《たいかざんうんしょうどう》に住んでいます。殷《いん》の太子たちが殺されそうになっているのを見て、**広成子**《こうせいし》と共に助け出し、**殷洪**《いんこう》を弟子とします。赤精子は面倒見がいいだけではなく、人が良いところがあったようで、殷洪を下山させる際、自分が持っている宝貝を全て与えてしまいます。

赤精子《せきせいし》が戦いに加わるのは、十絶陣《じゅうぜつじん》の落魂陣《らくこんじん》で、**姜子牙**《きょうしが》の魂が抜かれた時のことです。その頃、岐山《きざん》には封神台が築かれており、**柏鑑**《はくかん》が封神台に入る魂魄《こんぱく》を導いていました。柏鑑は、封神台に姜子牙の魂魄が来たので押し返した、と赤精子に告げます。赤精子が崑崙山《こんろんさん》を訪れると、ちょうど、**南極仙翁**《なんきょくせんおう》が姜子牙の魂を保護したところでした。

　赤精子は落魂陣に行き、白い蓮の花で姜子牙の名前が書かれた藁人形を奪って姜子牙の魂魄を取り戻そうとしますが、失敗してしまいました。再び南極仙翁と会った赤精子は、**老子**《ろうし》のもとに行くよう言われます。老子は赤精子に太《たい》極図《きょくず》を貸し与えました。この太極図を使って落魂陣から藁人形を奪い、姜子牙を生き返らせることに成功したのでした。また、赤精子は、後に落魂陣を布《し》いていた**姚天君**《ようてんくん》を倒しています。

　さて、時が来て、弟子の殷洪を下山させる日がやってきます。赤精子は紫綬仙衣《しじゅせんい》、陰陽鏡《いんようきょう》、水火鋒《すいかほう》という三つの宝貝を与えます。殷洪は、赤精子に殷に味方すれば体をばらばらにされて灰になってもよいと誓って、山を去っていきました。

　しかし、殷洪は西岐《せいき》に行く途中で**申公豹**《しんこうひょう》にそそのかされ、誓いを破って殷の臣下として**蘇護**《そご》の軍に加わってしまいます。赤精子は、**楊戩**《ようせん》から殷洪が西岐の敵となっていることを知らされて下山しました。しかし、赤精子の説得に、殷洪が応じるそぶりはありません。結局、太極図《たいきょくず》に殷洪をおびき寄せ、赤精子自ら太極図を巻き上げて、殷洪を殺さなければなりませんでした。灰になった殷洪を見た赤精子は、声を上げて泣いたのでした。

　赤精子もまた、誅仙陣《ちゅうせんじん》や万仙陣《ばんせんじん》で戦っています。戦いに勝利し、殺生戒《せっしょうかい》を終えると、他の仙人たちと同じように、山に帰っていきました。

闡

玉《ぎょく》鼎《てい》真《しん》人《じん》

斬仙剣《ざんせんけん》
朱天麟《しゅてんりん》を斬った剣。

闡教《せんきょう》の仙人で、玉泉山金霞洞《ぎょくせんざんきんかどう》に住んでいます。**楊戩**《ようせん》の師でもあります。

初登場は十絶陣《じゅうぜつじん》を破るため、十二人の仙人が下山した場面。出陣の際、仙人たちは六組に分かれ、**玉鼎真人**《ぎょくていしんじん》は**道行天尊**《どうこうてんそん》と並んで登場します（そのほか、**赤**《せき》**精子**《せいし》は**広成子**《こうせいし》と、**太乙真人**《たいいつしんじん》は**霊**《れい》**宝大法師**《ほうだいほうし》と、**道徳真君**《どうとくしんくん》は**懼留孫**《くりゅうそん》と、**文殊広法天尊**《もんじゅこうほうてんそん》は**普賢真人**《ふげんしんじん》と、**慈航道人**《じこうどうじん》は**黄龍真人**《こうりゅうしんじん》と組んでいました）。並んだ仙人たちを率いているのは、**姜子牙**《きょうしが》に代わり指揮をとる**燃灯道人**《ねんとうどうじん》です。この強力な仙人たちは、十絶陣のうち、二つの陣をすぐに撃破。**聞仲**《ぶんちゅう》は怒り、地烈陣《ちれつじん》を破った懼留孫と戦おうとします。玉鼎真人は聞仲に、十の陣を通じて両者の術を戦わせるというルールであることを確認させて説得し、引き上げさせたのでした。

十二人の仙人たちは、六つの陣を次々と破りました。そこへ聞仲の援軍として趙公明《ちょうこうめい》がやってきます。黄龍真人が「封神榜《ほうしんぼう》に趙公明の名が載っているに違いない」と言ったために、趙公明は黄龍真人を縛龍索《ばくりゅうさく》で捕まえました。これがきっかけで戦いとなり、他の仙人も、趙公明の宝貝《ぱおぺえ》・定海珠《ていかいじゅ》に苦しめられ、負傷しています。

玉鼎真人は楊戩を呼び、黄龍真人を助けるように命じました。楊戩は羽蟻《はねあり》に変化して、黄龍真人の頭に貼られていた符《ふ》を外します。そのおかげで、黄龍真人は逃げ出すことができたのでした。十絶陣を全て破ると、仙人たちはいったん山に帰りました。

次に下山したのは、周《しゅう》軍が呂岳《りょがく》に苦しめられている時でした。呂岳は西岐城の水に、伝染病のもとを撒《ま》いていたのです。西岐《せいき》に着いた玉鼎真人は、すぐに楊戩を三聖大師《さんせいたいし》（伏羲皇帝《ふっきこうてい》・炎帝《えんてい》神農《しんのう》・軒轅皇帝《けんえんこうてい》）のところに遣わし、神農から三粒の丹薬《たんやく》をもらってこさせました。

その後、西岐城に攻め入ってきた呂岳たちを黄龍真人、楊戩、哪吒《なた》と四人で迎えうった時には南門を守り、呂岳の四人の弟子の一人・朱天麟《しゅてんりん》を討ち取っています。

玉鼎真人が再び玉泉山に戻っている間も、周と殷《いん》との戦いは続いていました。

紂王《ちゅうおう》討伐の兵を進めていた姜子牙らが汜水関《しすいかん》を攻めた時、敵将の余化《よか》が化血神刀《かけつしんとう》で哪吒《なた》や雷震子《らいしんし》を傷つけました。哪吒も雷震子も、この宝貝の毒で口がきけないほどに弱ってしまいます。

そこで、楊戩はわざと霊体を抜いた体で化血神刀に斬られ、化血神刀の毒の種類を知ろうとします。しかし、それでも毒の正体がわからなかったため、師の玉鼎真人のもとを訪れました。玉鼎真人は蓬莱島《ほうらいとう》の余元《よげん》から三粒の丹薬をもらってこれば解毒できると教えます。

また、潼関《とうかん》で余徳《よとく》と四人の兄たちが撒いた伝染病に、周軍の兵や道士たちが苦しんでいるところに下山し、再度、楊戩に神農のところへ薬をもらいに行くように命じています。

他の仙人と同じように、誅仙陣《ちゅうせんじん》・万《ばん》仙陣《せんじん》を戦い、殺生戒《せっしょうかい》を終えると山に帰っていきました。

その後、紂王が孟津《もうしん》に遣わした敵将・高明《こうめい》と高覚《こうかく》の正体を楊戩に教え、倒す方法を伝えています。

闡

申《しん》公《こう》豹《ひょう》

開天珠《かいてんじゅ》

相手に当て、ダメージを与える。

白額虎《はくがくこ》

人前に現れる時、申公豹が乗っている虎。

元始天尊《げんしてんそん》の弟子です。修行している期間は長いのですが、姜《きょう》子牙《しが》にとっては弟弟子にあたると説明されています。同じ師を持ちながらも姜子牙の邪魔をするという、闡教《せんきょう》の道士には珍しい人物です。

妨害の始まりは、姜子牙が、封神されるべき人の名が載った封神榜《ほうしんぼう》を元始天尊から受け取った時のことです。

姜子牙は、元始天尊から、戦いで三十六路から攻められるという災い（西岐《せいき》が三十六人の強敵から攻められるという災い）が起こるので、帰り道で返事をしてはいけないと言いつけられていました。しかし申公豹《しんこうひょう》は背後からしつこく声をかけ、姜子牙に返事をさせたあげく、紂王《ちゅうおう》

側につくよう話をします。姜子牙は当然、説得に応じません。すると、申公豹は自分の道術が姜子牙より優れていることを示して説得するため、自身の頭を切り離して、頭だけで飛ぶことができると姜子牙に告げました。

姜子牙はそんなことができるなら、封神榜を焼いて紂王に味方してもよい、と約束してしまいます。すぐさま、申公豹は術を使って首を空に飛ばします。姜子牙は驚いて首の飛んでいる様子を眺めていました。そこへ、**南極仙翁**《なんきょくせんおう》に頼まれた**白鶴童子**《はっかくどうじ》が現れ、申公豹の首をくわえて飛び去り、南海《なんかい》に捨てようとします。

申公豹のこの術は、実は、一定の時間が過ぎても頭が体に戻らないと死んでしまうというもの。姜子牙は南極仙翁に頼んで、申公豹の首を体に戻してもらいました。しかし、申公豹は怒り、西岐を苦しめることを宣言するのです。

その後、申公豹は**龍鬚虎**《りゅうしゅこ》をそそのかして姜子牙を食わせようとしたり、**土**《ど》**行孫**《こうそん》に師の宝貝《ぱおぺえ》を盗ませて**鄧九公**《とうきゅうこう》に味方させたりするなど妨害を続けます。西岐に味方するはずだった**殷洪**《いんこう》に、父を討ってはいけないと説得し、**殷郊**《いんこう》には弟を殺した姜子牙を討てと言って、寝返らせたのも申公豹です。

紂王討伐が始まり、佳夢関《かぼうかん》攻略の戦いの時、**火霊聖母**《かれいせいぼ》から攻撃を受けた姜子牙は、**広成子**《こうせいし》に助けられます。その後、広成子は**通天教主**《つうてんきょうしゅ》のところへ火霊聖母の宝貝・金霞冠《きんかかん》を返しに行き、姜子牙は一人きりになりました。それを見計らって、申公豹は姜子牙を襲い、刃を交えて戦います。そして、開天珠《かいてんじゅ》を姜子牙の背中に命中させました。申公豹がとどめを刺そうとしますが、**懼**《く》**留孫**《りゅうそん》が現れ、綑仙縄《こんせんじょう》で捕らえられてしまいます。

申公豹は元始天尊のところに連れて行かれ、今度、姜子牙に危害を加えようとしたら、北海眼《ほっかいがん》というところに入れられてもよいと言います。申公豹は口先だけの誓いのつもりでした。

結局、懲《こ》りもせず万仙陣《ばんせんじん》では截教《せつきょう》側につき、陣中から仙人たちを見張っています。そして、万仙陣が破れて敗走するところを元始天尊に見つかり、誓いどおりに北海眼に閉じこめられたのでした。

後に、生きたまま**分水将軍**《ぶんすいしょうぐん》（季節によって水を凍らせたり、氷を溶かしたりする職）に封神されました。

ちなみに、安能務《あのうつとむ》訳『封神演義』では、宝貝・雷公鞭《らいこうべん》（雷を発生させ、全てを破壊する）を手にし、黒点虎《こくてんこ》という白い虎に乗るという原典と異なる姿で描かれています。

闡

太《たい》乙《いつ》真《しん》人《じん》

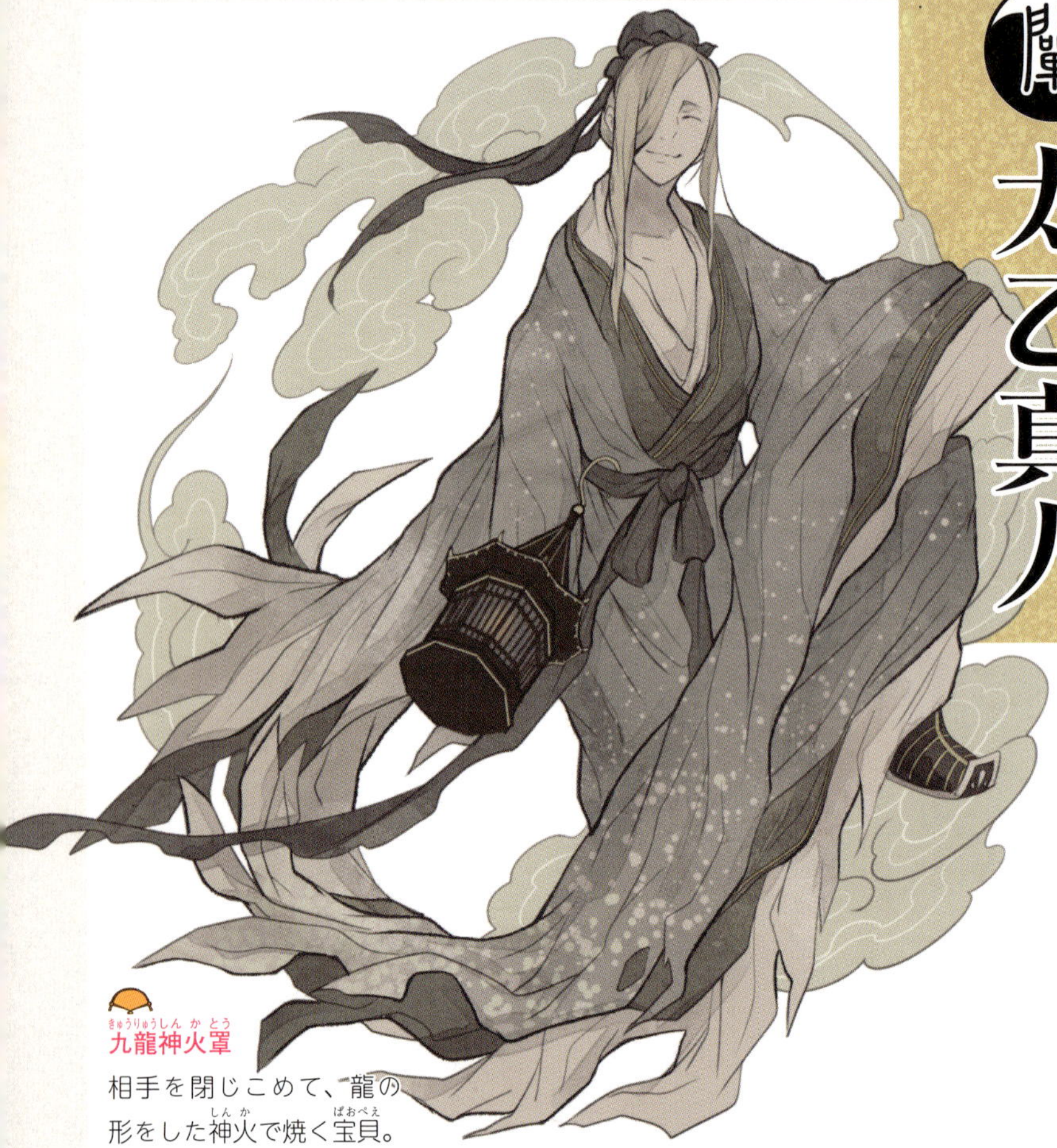

九龍神火罩《きゅうりゅうしんかとう》

相手を閉じこめて、龍の形をした神火《しんか》で焼く宝貝《ぱおぺえ》。

闡教《せんきょう》の仙人で、乾元山金光洞《かんげんざんきんこうどう》に住んでいます。霊珠子《れいじゅし》（宝珠が人の形になったもの）を**李靖《りせい》**の妻、**殷氏《いんし》**の腹の中に入れ、殷氏が子どもを産むと、李靖のもとに現れ、その子を**哪《な》吒《た》**と名づけました。哪吒は**東海龍王敖光《とうかいりゅうおうごうこう》**や**石磯《せっき》**を怒らせるなど、問題を起こします。**太乙《たいいつ》真人《しんじん》**は哪吒をかばったり、死んでしまった哪吒に対し、行宮《あんぐう》で香《こう》のかおりや煙を浴びて人間の姿に戻るよう指示したりと大忙し。

李靖が哪吒を祀《まつ》っている行宮を壊してしまうと、蓮の花を使って哪吒を生まれ変わらせます。哪吒はその後、下山して**姜子牙《きょうしが》**のもとで大活躍。そんな哪吒が、化血神刀《かけつしんとう》の毒に倒れ、乾元山に戻って来た時には、三つの棗《なつめ》を食べさせて三頭八臂《さんとうはっぴ》の体に変えています。哪吒は、弟子に甘い太乙真人の助けで、規格外の強さを身につけていったのです。

太乙真人自身も、宝貝・九龍神火罩《きゅうりゅうしんかとう》を使って石磯や**孫天君《そんてんくん》**を焼き殺すなど、封神計画に貢献しています。

闡

文《もん》殊《じゅ》広《こう》法《ほう》天《てん》尊《そん》

縛妖縄《ばくようじょう》

投げ上げて、相手を捕まえる。

五龍山雲霄洞《ごりゅうざんうんしょうどう》に住んでいる仙人で、後に**文《もん》殊菩薩《じゅぼさつ》**となります。**哪吒《なた》**の兄・**金吒《きんた》**の師です。哪吒に追われていた**李靖《りせい》**を匿《かくま》って、遁龍椿《とんりゅうとう》で哪吒を捕まえるなど、李靖一家のトラブルにも巻きこまれています。

文殊広法天尊は、**四聖《しせい》**の**王魔《おうま》**が**姜子牙《きょうしが》**にとどめを刺そうとしているのを止め、退くように言いますが、聞き入れられないとなると、遁龍椿で王魔を縛り、金吒に斬り殺させました。遁龍椿は、十絶陣《じゅうぜつじん》でも**秦天君《しんてんくん》**を捕まえるのに使われています。

次に登場するのは、**馬元《ばげん》**が姜子牙らを苦しめている時のこと。頭から巨大な手を生やし、人間をつかんで食らう馬元ですが、封神榜《ほうしんぼう》に名前がないので、打神鞭《だしんべん》も効きません。そこで、文殊広法天尊は、馬元を捕まえる方法を姜子牙に教えました。翌朝、馬元は文殊広法天尊の計画どおりに捕まえることができました。

万仙陣《ばんせんじん》では縛妖縄《ばくようじょう》で**虯首仙《きゅうしゅせん》**を捕まえ、原形である青毛の獅子《しし》に戻して乗り物としました。

截

通《つう》天《てん》教《きょう》主《しゅ》

奎牛《けいぎゅう》

通天教主が誅仙陣《ちゅうせんじん》、万《ばん》仙陣《せんじん》の戦いの際に乗る。

截教《せっきょう》の教主。碧遊宮《へきゆうきゅう》に住んでいます。この宮は、封神榜《ほうしんぼう》に**通《つう》天教主《てんきょうしゅ》**らが署名し、取り決めた場所でもあります。

通天教主が物語に登場するのは、**広成子**《こうせいし》が**火霊聖母**《かれいせいぼ》の宝貝《ぱおぺえ》・金霞冠《きんかかん》を返しにきた時。広成子が截教の仙人たちに帰路を邪魔され、碧遊宮に逃げこんだ場面です。

截教の仙人たちは、広成子がわざわざ金霞冠を返しに来たのは、截教を侮《あなど》っているからだと考えました。いきり立つ弟子たちに、通天教主は封神榜には多くの人間や、仙骨《せんこつ》のない道士などの名前が書かれていること、その中に截教の者が多いこと、誰が封神榜に名前が載っているかは、死んでからしかわからないこと、すべては天数（すでに決まっていること）であることなどを弟子に説明します。その上で、広成子に、截教の弟子たちが**紂王**《ちゅうおう》討伐を邪魔したら、**姜子牙**《きょうしが》が自由に打神鞭《だしんべん》で打ってもよいと告げました。この通天教主の言葉が、截教の弟子たちは気に入りません。

広成子が帰った後、弟子の**多宝道人**《たほうどうじん》が「広成子は截教の悪口を言っている」と、通天教主に訴えました。通天教主は多宝道人の言い分を聞き入れ、誅仙《ちゅうせん》剣《けん》、戮仙剣《りくせんけん》、陥仙剣《かんせんけん》、絶仙剣《ぜっせんけん》という、四本の宝剣を与え、誅仙陣《ちゅうせんじん》を布《し》くように命じたのでした。

汜水関《しすいかん》の戦いで、**余元**《よげん》が**懼留孫**《くりゅうそん》の細《こん》仙縄《せんじょう》で縛られているのを見て、このままでは截教の教主としての威厳が損なわれてしまう、と焦りを覚えます。そこで細仙縄をほどき、余元に懼留孫を捕まえてくるよう命じますが、余元は逆に捕らえられ、**陸圧**《りくあつ》の飛刀《ひとう》で処刑されてしまいました。

通天教主は、闡教《せんきょう》に截教を侮辱《ぶじょく》されていると感じるようになっていました。誅仙陣では、その思いを**老子**《ろうし》にぶつけます。老子は、たとえ悪口を言われたとしても、誅仙陣を布いてはいけなかったのだと言いました。両者の意見は平行線をたどり、ついに戦いが始まります。しかし、闡教側に西方の**準提道人**《じゅんていどうじん》、**接引道人**《せついんどうじん》が加わったことで、一気に誅仙陣が破られました。陣にあった四つの門に掲げられていた四本の宝剣も、闡教側に奪われてしまいます。

敗走した通天教主は、老子、元始天尊、準提道人、接引道人、**武王**《ぶおう》、姜子牙を呪い殺すために六魂幡《りくこんはん》という旗を作ります。再度、万仙陣で闡教側と戦った時、**長耳定光仙**《ちょうじていこうせん》に旗を持ってくるよう指示しました。ところが、長耳定光仙に裏切られ、敗北を喫するのです。

最後は、師である**鴻鈞道人**《こうきんどうじん》に叱られ、戦えば命を失うという丹薬《たんやく》を老子や元始天尊と共に飲まされて、立ち去りました。

誅仙剣《ちゅうせんけん》**・戮仙剣**《りくせんけん》**・陥仙**《かんせん》**剣**《けん》**・絶仙剣**《ぜつせんけん》

逆にして門に掲げると、雷鳴や閃光《せんこう》を呼び、仙人を傷つける。

紫電鎚《しでんつい》

投げて相手を打つ。

六魂幡《りくこんはん》

六本の尾があり、それぞれに、老子《ろうし》、元始天尊《げんしてんそん》、準提道人《じゅんていどうじん》、接引道人《せついんどうじん》、武《ぶ》王《おう》、姜子牙《きょうしが》の名前が書かれている。通天教主の呪いが完成した折に、旗を振ると、六人の命を奪える。

截

趙《ちょう》公《こう》明《めい》

定海珠《ていかいじゅ》

二十四個の珠《たま》でできている。五色《ごしき》の光を放ち、目くらましをする。

黒虎《こくこ》

趙公明が山で出会った猛《もう》虎《こ》。符印《ふいん》を施され、趙公明の乗り物となった。

縛龍索《ばくりゅうさく》

投げ上げて、相手を縛る。

鞭《べん》

投げ上げると神《しん》光《こう》がきらめき、相手を打つ。

截教《せっきょう》の仙人で、峨嵋山羅浮洞《がびさんらふどう》に住んでいます。**通天教主**《つうてんきょうしゅ》らが封神榜《ほうしんぼう》に署名した場に同席しました。周《しゅう》軍に対して打つ手がなくなった**聞仲**《ぶんちゅう》が頼った道士仲間でもあります。

趙公明《ちょうこうめい》は、弟子の**陳九公**《ちんきゅうこう》、**姚**《よう》**少司**《しょうし》の二人を連れて下山。途中、黒い虎を捕まえて乗り物としました。西岐《せいき》に着くと、地烈陣《ちれつじん》を破られて捕まっている**趙天君**《ちょうてんくん》が見せしめとして晒《さら》されている姿を見て激怒しました。

神光を出す鞭《べん》が武器で、周軍の仙人たちとの戦いでは、**姜**《きょう》**子牙**《しが》の背中を打って殺し、**哪吒**《なた》を風火輪《ふうかりん》から叩《たた》き落としました。

しかし趙公明は、哪吒に加勢した**黄天化**《こうてんか》、**雷震子**《らいしんし》、**楊戩**《ようせん》に囲まれ、楊戩の放った哮天犬《こうてんけん》に首を噛《か》まれて負傷し、逃げざるを得ませんでした。その後も、宝貝《ぱおぺえ》・縛龍索《ばくりゅうさく》で**黄龍真人**《こうりゅうしんじん》を捕まえたり、光を発して目くらましをする宝貝・定海珠《ていかいじゅ》で**赤精子**《せきせいし》、**広成子**《こうせいし》など五人の仙人を倒れさせたりしています。また、捕まえた黄龍真人を聞仲軍の陣に吊《つ》るしたのでした。

翌日、**燃灯道人**《ねんとうどうじん》と戦った時にも、趙公明は定海珠を使います。燃灯道人は五夷山《ごいざん》の中に逃げました。燃灯道人を追っていった趙公明は、**蕭昇**《しょうしょう》と**曹宝**《そうほう》の二人に出会います。蕭昇は宝貝・落《らく》宝金銭《ほうきんせん》を持っていました。趙公明が縛龍索や定海珠を投げるたび、蕭昇は落宝金銭を投げ上げます。すると、宝貝が効力を失って落ちてしまうのです。二つの宝貝は、効力を失って落ちてきたところを曹宝に奪い取られてしまいました。

宝貝を失った趙公明は、妹の**雲霄**《うんしょう》らのところに宝貝・金蛟剪《きんこうせん》を借りに行きます。雲霄は、封神が終わってから、燃灯道人のところに行って定海珠を返してもらえばいい、と言って、趙公明の願いを受け入れませんでした。しかし、事情を知った**菡芝仙**《かんしせん》が雲霄を説得し、ようやく金蛟剪を貸してもらえたのです。

金蛟剪は、仙人であっても真っ二つに切ってしまうほどの宝貝です。これを手に入れたことで、戦いが有利になるかに思われました。しかし、趙公明は次第に落ち着きを失い、軍議から外され、しまいには眠ってばかりの状態になります。

実は、この時、姜子牙に藁人形を作られ、釘頭七箭書《ていとうしちせんしょ》を用いて呪われていたのです。昏睡状態に陥った趙公明を見て、呪われていることに聞仲が気づきました。趙公明の命を守ろうと陳九公、姚少司が姜子牙から釘頭七箭書を奪い取ります。しかし、聞仲に変化《へんげ》した楊戩に騙され、取り返されてしまったのでした。騙されたことに気づいた陳九公らは楊戩たちと戦いますが、殺されてしまいます。

趙公明は目覚めると、二人の弟子の死を知って雲霄の忠告を聞かずに戦ってしまったことを後悔します。そして、聞仲に金蛟剪と自分の道服を妹たちに渡し、それを自分だと思うようにという言づけを頼み、号泣したのでした。

呪いが成就するために必要な時間が経ち、姜子牙が桃の矢で藁人形の左目を、次いで右目を、最後に心臓を射ました。それと同時に、趙公明も目と心臓から血を流して息絶えます。

趙公明は後に封神され、**金龍如意正**《きんりゅうにょいしょう》**一龍虎玄壇真君**《いちりゅうこげんだんしんくん》となります。

截

三《さん》仙《せん》姑《こ》

（雲霄《うんしょう》・瓊霄《けいしょう》・碧霄《へきしょう》）

三仙島《さんせんとう》に住む**趙公明**《ちょうこうめい》の妹たちで**雲霄**《うんしょう》が一番上の姉で、**瓊霄**《けいしょう》、**碧霄**《へきしょう》が妹です。趙公明と同様、**通天教主**《つうてんきょうしゅ》が封神榜《ほうしんぼう》に署名するのに立ち会いました。

雲霄の初登場は、趙公明が姉妹の持つ宝貝《ぱおぺえ》・金蛟剪《きんこうせん》を借りにきた場面です。最初、雲霄は、封神榜に載っている人の名前がわからないので行動を慎むべきだ、と諫《いさ》めます。しかし、趙公明は聞き入れませんでした。**菡**《かん》**芝仙**《しせん》が趙公明に宝貝を貸すよう説得しに来ると、妹・碧霄のお願いもあり、金蛟剪を渡したのでした。

趙公明の死と遺言は、**申公豹**《しんこうひょう》によって告げられました。雲霄は、兄の死は天数（すでに決まっていたこと）なのだ、と考

えました。ところが、妹たちは違いました。瓊霄も碧霄も、趙公明の「遺体を引き取りにきた妹たちに道服を渡してくれ。この服を私と思ってくれ」という遺言を聞き、下山してしまいます。このままでは、妹たちが闡教《せんきょう》の仙人と戦ってしまうだろう、と考えた雲霄は、妹たちの後を追うようにして西岐《せいき》に赴いたのでした。

聞仲の陣営で姉妹が見たのは、両目と心臓から血を出して死んだ趙公明の遺体でした。瓊霄は驚き、碧霄は**姜子《きょうし》牙《が》**を同じ目に遭わせてやろうと考えます。さすがの雲霄も冷静ではいられず、兄を呪い殺す方法を与えた**陸圧《りくあつ》**を捕まえるべきだと言いました。

三姉妹と陸圧の戦いが始まります。陸圧に兄の悪口を言われた瓊霄は怒り、剣で斬りかかりました。碧霄は混元金《こんげんきん》斗《と》で陸圧を捕まえます。しかし、陸圧は姉妹のもとから逃げ出して、西岐を去ったため、三姉妹は姜子牙に矛先を向けます。姜子牙らとの戦いでは、雲霄は打神鞭《だしんべん》に打たれ、碧霄は哮天犬《こうてんけん》に噛《か》まれて負傷します。

傷を負ったことで、とうとう雲霄も怒りを爆発させました。妹たちと九《きゅう》曲黄河陣《きょくこうがじん》を布《し》いて、闡教の仙人たちの魂魄《こんぱく》を奪いにかかります。この陣は、各所に施された道術により、六百の兵士でも百万の兵に匹敵する戦闘力を持たせることが可能な陣なのです。三姉妹は混元金斗で闡教の仙人たちを捕まえると、次々に黄河陣に放りこみます。

ところが、**元始天尊《げんしてんそん》**と**老子《ろうし》**が現れると形勢逆転。雲霄は乾坤図《けんこんず》で巻かれ、麒麟崖《きりんがい》の下に押さえつけられます。瓊霄は、**白鶴童子《はっかくどうじ》**が投げた三宝玉如意《さんぽうぎょくにょい》で頭を砕かれ、碧霄は元始天尊の持つ小箱に閉じこめられ、血水となって死にました。

後に、三人は封神され、共に転却輪《てんきゃくりん》廻《ね》を主管する**感応随世仙姑正神《かんのうずいせいせんこせいしん》**となりました。

混元金斗《こんげんきんと》
仙人や宝貝《ぱおぺえ》を吸いこむ。

金蛟剪《きんこうせん》
天地の霊気と日月を浴びた二匹の龍からなり、何でも切る。

青鸞《せいらん》 雲霄の乗り物。
鴻鵠《こうこく》 瓊霄の乗り物。
花翎鳥《かれいちょう》 碧霄の乗り物。

截

呂《りょ》岳《がく》

瘟瘟傘《おんこうさん》

瘟瘟陣《おんこうじん》を布《し》くのに使われる。

形天印《けいてんいん》・瘟疫鐘《おんえきしょう》・定形瘟幡《ていけいおんばん》・止瘟剣《しおんけん》

伝染病にかかわる宝貝《ぱおぺえ》。

金眼駝《きんがんだ》

目が金色のラクダ。

九龍島声名山《きゅうりゅうとうせいめいさん》の煉気士《れんきし》。西岐《せいき》討伐を命じられた冀州侯《きしゅうこう》・**蘇護**《そご》のもとに現れます。額に第三の目があり、後に、三面六臂《さんめんろっぴ》の姿に変わります。

呂岳《りょがく》は蘇護に、「**申公豹**《しんこうひょう》の頼みで来た」と告げました。そして、蘇護の弟子である**鄭倫**《ていりん》が乾《けん》坤圏《こんけん》で打たれて傷を負っているのを見て、薬を塗ってやります。すぐに傷が治った鄭倫は、呂岳を師と仰ぐのでした。

さらに、四人の弟子、**周信**《しゅうしん》、**李奇**《りき》、**朱天麟**《しゅてんりん》、**楊文輝**《ようぶんき》も呼び寄せています。四人の弟子たちは、伝染病を操って、周《しゅう》軍の道士たちを病気にさせました。

弟子たちの勝利に気をよくした呂岳も、金眼駝《きんがんだ》に乗って出陣。最初、**姜子牙**《きょうしが》と剣で戦いますが、そこに楊戩《ようせん》や黄天化《こうてんか》、土行孫《どこうそん》も参戦します。戦う人数が増えてくると、呂岳は体中の関節を動かし、三面六臂の姿に変わりました。六本ある手で、形天《けいてん》印《いん》、瘟疫鐘《おんえきしょう》、定形瘟幡《ていけいおんばん》、止瘟剣《しおんけん》という宝貝《ぱおぺえ》を持つという恐ろしい姿で、さすがの姜子牙も腰が引けてしまうほどでした。

変化した呂岳ですが、宝貝を使う間もなく、楊戩が弟子の金毛童子《きんもうどうじ》に打たせた金丸《きんがん》を肩に当てられた上に、黄天化の火龍鏢《かりゅうひょう》を足に突き立てられ、さらには打神鞭《だしんべん》で背中を打たれ、蘇護陣営に逃げ帰ります。

呂岳は戦法を変え、弟子たちと共に、西岐の井戸や川に伝染病のもとを撒き、西岐の人々を全員、病死させようとします。伝染病にかかり倒れていく西岐の軍勢。このまま、呂岳の作戦通りになるかというところで、楊戩が神農《しんのう》から薬をもらってきたため、西岐の人々が回復。呂岳はあわてて攻めこみますが、哪吒《なた》の火尖鎗《かせんそう》と戦い、黄龍真人《こうりゅうしんじん》に追いつめられ、金吒《きんた》の遁龍椿《とんりゅうとう》に捕まえられそうになります。弟子たちも次々に殺され、木吒《もくた》の呉鉤剣《ごこうけん》で腕を一本落とされると、敗走したのでした。途中の山で韋護《いご》に出会い、一人だけ残っていた弟子、楊文輝も殺されてしまいます。呂岳は土遁《どとん》の術で九龍島に逃げ帰ったのでした。

その後、呂岳は九龍島で瘟癀傘《おんこうさん》を作り、再び下山します。

ちょうど、姜子牙たちは紂王《ちゅうおう》討伐のため、穿雲関《せんうんかん》まで攻め上っていました。呂岳は弟・陳庚《ちんこう》に瘟癀傘を持ってこさせ、瘟癀陣《おんこうじん》を布《し》きます。この陣は、九《きゅう》宮八卦《きゅうはっけ》の方角に瘟癀傘を、真ん中の台に霊符《れいふ》を置くというもの。瘟癀陣に入った姜子牙は、吹き荒れる砂嵐を杏《きょう》黄旗《こうき》で防いで耐えるしかありませんでした。

一方、呂岳たちは瘟癀陣の外で、哪吒や楊戩と戦っていました。呂岳は哮《こう》天犬《てんけん》に頭を噛《か》まれましたが、姜子牙が瘟癀陣に捕まったのを知って大喜び。このまま、姜子牙を殺して勝利するかに見えました。

ところが、呂岳の前に楊任《ようにん》が現れます。楊任は陣破りを挑み、瘟癀陣に入ってきました。呂岳が瘟癀傘を広げたところへ、楊任が五火神焔扇《ごかしんえんせん》で扇ぎます。その炎には、火を避ける術も効かず、陣も傘も全て燃え尽きてしまい、呂岳も義弟の陳庚と共に灰になってしまいました。

後に、封神されて主掌瘟癀昊天大帝《しゅしょうおんこうこうてんたいてい》となり、瘟部《おんぶ》の六人の正神を率いることになりました。

截

呂《りょ》岳《がく》四《し》高《こう》弟《てい》

（周信《しゅうしん》・李奇《りき》・朱天麟《しゅてんりん》・楊文輝《ようぶんき》）

呂岳《りょがく》の四人の弟子。背丈は一丈六、七尺、皆、凶悪な顔つきをしています。それぞれ東西南北を司り、宝貝《ぱおぺえ》で頭痛や高熱を引き起こさせたり、相手の精神を異常にさせたりし、西岐《せいき》に味方する道士たちを苦しめました。

周信《しゅうしん》は、緑の顔に赤い髪、金色の目に青い道服という姿です。頭痛磬《とうつうけい》という楽器に似た宝貝を持っています。周信は、金吒《きんた》と戦い、この宝貝を鳴らします。すると、金吒は激しい頭痛に見舞われ、顔色も土気色になりました。金吒は痛みのあまり、夜どおし叫び続けたほどでした。

李奇《りき》は、満月のような顔をし、頭を二つの髷《まげ》にして、薄黄色の道服を着ています。発躁幟《はっそうし》という宝貝を持っていて、これを振ると相手を発熱させることができます。**木吒**は、この宝貝を振られてすぐ、悪寒がして顔面蒼白になり、服を脱ぎ捨てるほど体が熱くなり、口から泡を吹いて倒れてしまっています。

朱天麟《しゅてんりん》は、紫色の顔に、鈴に似た目をし、赤い道服を着て、頭巾に百合の飾りをつけています。昏迷剣《こんめいけん》という宝貝を持っていて、この剣を相手に向けることで、動きを封じることができます。**雷震子**《らいしんし》は、空を飛んでいる途中にこの宝貝を向けられ、翼の動きが止まって落ちてしまいました。

楊文輝《ようぶんき》は、紫色の顔をして、鋼《はがね》と同じくらい固い髪を生やしています。頭には魚尾金冠《ぎょびきんかん》を被り、黒い道服を着ています。散瘟鞭《さんおんべん》という宝貝を持ち、振って相手を狂わせることができます。**龍鬚虎**《りゅうしゅこ》は楊文輝に散瘟鞭を振られると、進む方向を一八〇度変え、味方の周軍に向かって石を投げ始めました。取り押さえられた龍鬚虎は口から泡を吹いて、目を見開いているという正気でない状態でした。

西岐城に攻め入る時も四人一緒でした。周信は東門、李奇は西門、朱天麟は南門、楊文輝は北門を攻めます。しかし周信は哮天犬《こうてんけん》に噛《か》まれて**楊戩**《ようせん》に斬られ、李奇は**哪吒**《なた》に乾坤圏《けんこんけん》で落とされて槍《やり》で突き殺されてしまいます。朱天麟は**玉鼎真人**《ぎょくていしんじん》に斬仙剣《ざんせんけん》で斬られました。

楊文輝は呂岳と共に**黄龍真人**《こうりゅうしんじん》と戦い、優勢になりますが、哪吒、楊戩、玉鼎真人、雷震子、金吒、木吒、**黄天化**《こうてんか》らが加勢すると持ちこたえられなくなり、山へと逃げ去りました。そこで**韋護**《いご》に出会い、降魔杵《ごうましょ》で倒されます。

後に、四人は**瘟部正神**《おんぶせいしん》に封神され、李奇は**南方行瘟使者**《なんぽうこうおんししゃ》、周信は**東方行瘟使者**、朱天麟は**西方行瘟使者**、楊文輝は**北方行瘟使者**となります。

発躁幟《はっそうし》

李奇の宝貝《ぱおぺえ》。のぼりの形をしている。これを振り相手を発熱させる。

散瘟鞭《さんおんべん》

楊文輝の宝貝。相手を狂わせる。

昏迷剣《こんめいけん》

朱天麟の宝貝。相手の動きを封じる。

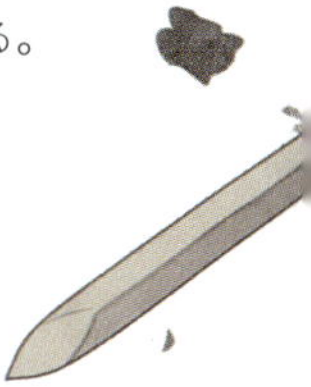

頭痛磬《とうつうけい》

周信の宝貝。玉や石の板を叩《たた》いて鳴らす楽器に似た形をしている。打ち鳴らすと、相手に頭痛を引き起こさせる。

截 十天君《じってんくん》

秦天君《しんてんくん》・趙天君《ちょうてんくん》・董天君《とうてんくん》・袁天君《えんてんくん》・金光聖母《きんこうせいぼ》 孫天君《そんてんくん》・白天君《はくてんくん》・姚天君《ようてんくん》・王天君《おうてんくん》・張天君《ちょうてんくん》

十天君《じってんくん》は、申公豹《しんこうひょう》に頼まれて、聞仲《ぶんちゅう》を助けるために十絶陣《じゅうぜつじん》の陣形図を作りました。どれも玄妙なもので破りがたいものだと、後に姜子牙《きょうしが》がぼやいたほど、強力なものでした。

秦天君《しんてんくん》（秦完《しんかん》）は、顔が青黒く、赤い髪をしている人物で、天絶陣《てんぜつじん》を布《し》きました。陣中には、天、地、人というのぼりがあり、これを振って投げると、雷が発生して、敵は意識を失います。最初に玉虚宮《ぎょくきょきゅう》の弟子、鄧華《とうか》が犠牲になります。ところが、次に陣に入ってきた文殊広法天尊《もんじゅこうほうてんそん》は、白蓮や蓮華に守られ、秦天君がのぼりを振っても効果はありません。秦完は文殊広法天尊の遁龍椿《とんりゅうとう》で捕らえられ、首を斬られてしまいました。

趙天君《ちょうてんくん》（趙江《ちょうこう》）は梅花鹿《ばいかろく》に乗っています。布いた陣は地烈陣《ちれつじん》。陣中の赤い五本ののぼりを振ると、雷や火が起こります。道行天尊《どうこうてんそん》の弟子、韓毒龍《かんどくりゅう》が最初の犠牲者になると、趙天君は、修行の浅い道士が入ったのでは破れないと周《しゅう》軍に告げました。次に陣破りに現れた懼留孫《くりゅうそん》は瑞雲《ずいうん》で身を守っており、趙天君がのぼりを振っても効果がありません。そのうちに、懼留孫に命じられた黄巾力士《こうきんりきし》に綑仙縄《こんせんじょう》で縛り上げられました。そして西岐《せいき》に降りてきた仙人たちが集う場の蘆蓬《ろほう》の前に投げ出された趙天君は蘆蓬の上に吊《つ》るされ、最後には武吉《ぶきつ》に首をはねられてしました。

董天君《とうてんくん》（董全《とうぜん》）は、八叉鹿《はちさろく》に乗り、太阿剣《たいあけん》を持っています。布いた陣は風吼陣《ふうこうじん》。中には黒いのぼりがあり、風と火の中から大勢の兵士が現れ、刀剣で斬りかかります。最初に方弼《ほうひつ》が犠牲になりましたが、その次に陣に入ってきた慈航道人《じこうどうじん》は、定風珠《ていふうじゅ》を持っていて、陣中に吹き荒れる風も、刀剣も慈航道人を傷つけることができません。慈航道人は、黄巾力士に命じて瑠璃瓶《るりへい》の中に董天君を閉じこめます。

袁天君《えんてんくん》（袁《えん》角）の布いた陣は寒氷陣《かんぴょうじん》。刃物のようにそそり立った氷の山があり、雷が鳴り、風が吹き荒れています。最初に道行天尊の弟子、薛悪虎《せつあくこ》が入り、氷の刃に挟まれて死んでしまいました。次に陣に入ってきたのは普賢真人《ふげんしんじん》でした。氷の山は、普賢真人の出した金灯《きんとう》の光で融けてしまいます。袁天君は逃げようとしたところを、普賢真人の呉《ご》鉤剣《こうけん》で斬られてしまいました。

金光聖母《きんこうせいぼ》は、一対の宝剣を持ち、五《ご》点斑豹《てんはんひょう》に乗っています。布いた陣は金《きん》光陣《こうじん》。二十一の宝鏡があって、鏡に反射した稲光の力を集めて敵を打つというもの。玉虚宮の弟子、**蕭臻《しょうしん》**が最初に入り、金光《きんこう》に打たれて消えてしまいました。次に入った**広成子《こうせいし》**は八卦紫寿衣《はっけしじゅい》で身を守りつつ、番天印《ばんてんいん》を投げました。金光聖母はその番天印が当たり、死んでしまいました。

孫天君《そんてんくん》（**孫良《そんりょう》**）の布いた陣は化血陣《かけつじん》。陣中には黒い砂があり、風で巻き上げた砂を敵の体につけ、血の塊にしてしまうというもの。五夷山白雲洞《ごいざんはくうんどう》の**喬坤《きょうこん》**が犠牲になった後に入ったのは**太乙真《たいいつしん》人《じん》**です。太乙真人は蓮《はす》や光、瑞雲で身を守りつつ、九龍神火罩《きゅうりゅうしんかとう》で孫天君を捕まえました。孫天君は、九龍神火罩の中で火に焼かれて死んでしまいました。

白天君《はくてんくん》（**白礼《はくれい》**）の布いた陣は烈焔陣《れつえんじん》。陣中には三本ののぼりがあり、振ると、三昧火《さんまいか》、空中火、地下火が敵を囲みます。陣破りに名乗り出たのは**陸圧《りくあつ》**で、瓢箪《ひょうたん》から飛刀《ひとう》を出して、白天君の首を斬り落としてしまいました。

姚天君《ようてんくん》（**姚賓《ようひん》**）の布いた陣は落魂陣《らくこんじん》。陣中の黒い砂を浴びると死んでしまいます。この陣は、姜子牙の藁人形を置いて、呪い殺すためにも使われました。その後、陣破りに臨んだ**方相《ほうそう》**が犠牲になり、**赤精子《せきせいし》**が八卦紫寿仙衣《はっけしじゅせんい》で身を守りながら、陰陽鏡《おんみょうきょう》を使って姚天君を気絶させました。その後、姚天君の首をはねて殺し、陣を破りました。

王天君《おうてんくん》（**王変《おうへん》**）の布いた陣は、紅水《こうすい》陣《じん》。陣中にある三つの瓢箪から流れる紅い水を浴びると、死んでしまうというものです。最初に陣に入った**曹宝《そうほう》**の体は溶かされてしまいました。次に入った**清虚道徳真君《せいきょどうとくしんくん》**は蓮華で身を守っていたため、紅水も届きません。王天君が焦っていると、清虚道徳真君は五《ご》火七禽扇《かしちきんせん》で扇ぎ、王天君を灰にしてしまったのでした。

張天君《ちょうてんくん》（**張紹《ちょうしょう》**）の布いた陣は、紅砂《こうさ》陣《じん》。**武王《ぶおう》**と**哪吒《なた》**、**雷震子《らいしんし》**を捕らえます。武王の体には護符《ごふ》が施されていて、被害を蒙《こうむ》ることはありません。**南極仙翁《なんきょくせんおう》**と**白鶴童子《はっかくどうじ》**が陣を破りに来ると、張天君は白鶴童子に斬り殺されるのでした。

十天君は、後に封神され、それぞれ**雷部天君正神《らいぶてんくんせいしん》**となりました。

截

菡《かん》芝《し》仙《せん》

風袋《ふうたい》

山をも崩すような猛烈な黒風《こくふう》を吹かせる。

菡芝仙《かんしせん》は、金鰲島《きんごうとう》の女仙人です。**聞仲**《ぶんちゅう》が助けを求めに金鰲島にやってきた場面で登場。聞仲に**十天君**《じってんくん》が白鹿島《はくろくとう》で陣形図を作っていることや、菡芝仙自身も八卦炉《はっけろ》で宝貝《ぱおぺえ》を作っていることを告げます。

また、**雲霄**《うんしょう》が**趙公明**《ちょうこうめい》に宝貝を貸すのを渋った時には、身内が助けなくてどうするのかと、雲霄を説得しています。趙公明が死ぬと、雲霄たちと一緒に下山し、宝貝・風袋《ふうたい》で風を起こして戦い、**姜子牙**《きょうしが》らを苦しめました。さらに、黄河陣《こうがじん》の中に、闡教《せんきょう》の仙人たちを次々と捕まえます。しかし、**元始天尊**《げんしてんそん》と**老子**《ろうし》がやってきたことで状況が変わります。

老子たちとの戦いで、雲霄・**瓊霄**《けいしょう》・**碧霄**《へきしょう》は宝貝を封じられて黄河陣を破られ、死んでしまいます。

その後の戦いで、菡芝仙の風袋も**慈航道人**《じこうどうじん》の定風珠《ていふうじゅ》で封じられ、最期《さいご》は打神鞭《だしんべん》で打たれて絶命しました。

後に、**雷部天君正神**《らいぶてんくんせいしん》に封じられます。

截

彩《さい》雲《うん》仙《せん》子《し》

戮目珠《りくもくじゅ》

相手の目を傷つけ、
視力を失わせる。

彩雲仙子《さいうんせんし》は截教《せっきょう》の女仙人です。**趙公明**《ちょうこうめい》の死を知り、下山することにした**雲霄**《うんしょう》・**瓊霄**《けいしょう》・**碧**《へき》**霄**《しょう》の三姉妹と、**菡芝仙**《かんしせん》が西岐《せいき》に向かっている時、「お姉様がた、待って」と声をかけたのが初登場の場面。彩雲仙子は、**申公豹**《しんこうひょう》に雲霄たちと一緒に下山するよう勧められたと三姉妹に言って行動を共にするのでした。

彩雲仙子の宝貝《ぱおぺえ》は、戮目珠《りくもくじゅ》というもの。名前の通り、相手の目を傷つけるもので、**黄天**《こうてん》**化**《か》は打たれて玉麒麟《ぎょくきりん》から落ち、目を閉じようとした**姜子牙**《きょうしが》も間に合わず、四不像《しふぞう》から落ちかかりました。一度打たれると、仙人の薬で治してもらうまで、目を開けることもできなくなります。

しかし、その戮目珠《りくもくじゅ》も黄河陣《こうがじん》の様子を見にきた**元始天尊**《げんしてんそん》に灰にされてしまいます。雲霄らが殺され、黄河陣が破られると、**聞仲**《ぶんちゅう》軍は姜子牙らと激突。彩雲仙子は**哪吒**《なた》と戦い、火《か》尖鎗《せんそう》で突かれて絶命しました。

截

火《か》霊《れい》聖《せい》母《ぼ》 金《きん》霊《れい》聖《せい》母《ぼ》 無《む》当《とう》聖《せい》母《ぼ》

金霞冠《きんかかん》

金光《きんこう》を出して、姿を消すのに使う。

火霊聖母《かれいせいぼ》は丘鳴山《きゅうめいざん》に住んでいました。佳夢関《かぼうかん》で弟子の**洪錦**《こうきん》たちの軍に**胡雷**《こらい》が殺されると、仇討ちのために下山します。

胡雷の兄、**胡昇**《こしょう》から三千人の兵を与えられた火霊聖母は、兵の背中に瓢箪《ひょうたん》型の赤い紙を貼り、足に「風火」という符《ふ》を書いて訓練を受けさせ、火龍兵《かりゅうへい》として戦わせました。周《しゅう》の陣は炎に焼かれ、多くの犠牲者が出ます。火霊聖母は洪錦に攻められますが、宝貝《ぱおぺえ》の金霞冠《きんかかん》から金光《きんこう》を出して姿を消します。これでは、火霊聖母を攻めようもなく、佳夢関攻略のために派遣されていた洪錦・**龍吉公主**《りゅうきつこうしゅ》夫妻も負傷しました。

洪錦の援軍要請に応じて、**姜**《きょう》**子牙**《しが》たちも参戦しました。火霊

龍虎如意《りゅうこにょい》

金霊聖母の武器。

飛金剣《ひきんけん》

金霊聖母の武器。

四象塔《ししょうとう》

金霊聖母の武器。投げて相手に当てる。

太阿剣《たいあけん》

火霊聖母の武器。

法宝《ほうぼう》

妖怪退治に使う宝。

金眼駝《きんがんだ》

火霊聖母の乗り物。

七香車《しちこうしゃ》

自動で動く車。

聖母は姜子牙と直接対決し、金光で姿を隠し、太阿剣《たいあけん》で姜子牙の胸を刺しました。さらに、火霊聖母は混元錘《こんげんすい》を姜子牙に投げつけて四不像《しふぞう》から落とすことに成功。いよいよ首を取ろうと姜子牙に剣を向けたところ、**広成子《こうせいし》**が現れて番天印《ばんてんいん》を放ち、火霊聖母の額に当たったのでした。

広成子は、絶命した火霊聖母の金霞冠を**通天教主《つうてんきょうしゅ》**のいる碧遊宮《へきゆうきゅう》に届けます。通天教主は広成子の求めに応じて、弟子たちに、「周軍の邪魔をすると打神《だしん》鞭《べん》に打たれるぞ」と告げますが、弟子たちは、それが不満でたまりません。**聞仲《ぶんちゅう》**と**余元《よげん》**の師・**金霊聖母《きんれいせいぼ》**は、広成子が截教《せっきょう》を侮《あなど》っていると考えました。**無当聖母《むとうせいぼ》**も広成子に怒りを覚えます。

それでも、広成子をこらしめようとしない通天教主に、**多宝道人《たほうどうじん》**は広成子の悪口を吹きこみます。通天教主は截教が侮辱されたと感じ、金霊聖母に、後に誅仙陣《ちゅうせんじん》で使われる四つの宝剣を持ってこさせたのでした。

金霊聖母の弟子の**余元《よげん》**は汜水関《しすいかん》で戦い、**懼留孫《くりゅうそん》**の綑仙縄《こんせんじょう》で縛られ、鉄の箱に入れられて北海《ほっかい》に沈められました。その後、水遁《すいとん》の術で碧遊宮のあたりまで逃げたものの、綑仙縄がほどけずにいるところを発見されます。金霊聖母は弟子のこの姿を見て悔しくてなりません。闡教《せんきょう》に蔑《さげす》まれたという悔しさが、截教側に広がり、とうとう誅仙陣、万仙《ばんせん》陣《じん》での戦いを招きます。

万仙陣では、無当聖母は法宝《ほうぼう》を身につけて出陣します。金霊聖母は七香車《しちこうしゃ》に乗って戦い、陣に入ってきた龍吉公主を四象塔《ししょうとう》で打って落馬させ、続いて洪錦も龍虎如意《りゅうこにょい》で打って絶命させました。夫妻を討ち取った金霊聖母も、**燃《ねん》灯道人《とうどうじん》**の投げた定海珠《ていかいじゅ》で眉間を打たれ、死んでしまいました。また、**霊宝大法《れいほうだいほう》師《し》**と戦った無当聖母も敗走します。

後に、火霊聖母は**火府星《かふせい》**に、金霊聖母は**星宿群星《せいしゅくぐんせい》**の長、**坎宮斗母正神《かんきゅうとぼせいしん》**に封じられました。

截

石《せっ》磯《き》

太阿剣《たいあけん》

石磯が武器として使う宝剣。

八卦龍鬚帕《はっけりゅうしゅばつ》

空中に放って使う。

青鸞《せいらん》

鸞《らん》は鳳凰《ほうおう》の一種で、五色《ごしき》の羽毛を持つ。

八卦雲光帕《はっけうんこうばつ》

易《えき》の「坎《かん》」「離《り》」「震《しん》」「兌《だ》」が書かれている。ものを包む力がある。

石磯《せっき》は岩が仙人になったもので、骷髏山白骨洞《ころざんはっこつどう》に住んでいます。**哪吒**《なた》がまだ**李靖**《りせい》と共に陳塘関《ちんとうかん》にいた頃、**東海龍王敖光**《とうかいりゅうおうごうこう》のトラブルの最中で、うさの晴れなかった哪吒は、乾坤弓《けんこんきゅう》という弓と震天箭《しんてんせん》という矢を見つけます。弓矢の練習をしようと思った哪吒が放った矢は白骨洞まで届き、石磯の弟子・**碧雲童子**《へきうんどうじ》を射殺してしまいます。実は、この弓矢は**軒轅**《けんえん》**黄帝**《こうてい》が**蚩尤**《しゆう》と戦った時のものと伝えられる宝物。事情をよく知らない哪吒は、人殺し呼ばわりされて機嫌を悪くします。李靖に白骨洞まで連れてこられると、石磯を敵視するあまり案内役の**彩雲童子**《さいうんどうじ》に乾坤圏《けんこんけん》をぶつける始末。怒った石磯は哪吒と戦い、乾坤圏や混天綾《こんてんりょう》を封じ、逃げた哪吒をかばう**太乙真人**《たいいつしんじん》と戦います。ところが、石磯の宝貝《ぱおぺえ》は効力を発揮できません。逆に、太乙真人の九龍神火罩《きゅうりゅうしんかとう》に捕らわれて焼かれ、元の石の姿に戻され、殺されてしまったのでした。

後に封神され、**月遊星**《げつゆうせい》となっています。

他

神《しん》農《のう》

神農《しんのう》は神話中の人物で、三皇の一人とされています。三皇とは、中国古代の伝説で語られる重要人物のことで、**伏羲**《ふっき》、**女媧**《じょか》、神農の三人とも言われます。他の説もありますが、『封神演義』では、火雲洞《かうんどう》の三聖人として、天皇、地皇、人皇が挙げられています。ちなみに女媧は降誕の記念日に火雲洞に行き、伏羲、神農、**軒轅黄帝**《けんえんこうてい》に会っています。そのため**紂王**《ちゅうおう》が女媧宮に参拝した折、留守にしていたのでした。あとで、紂王が壁に書きつけた詩を読み、怒った結果どうなったかは、『封神演義』に描かれる朝歌《ちょうか》の様子からわかります。

さて、西岐《せいき》城の人々が、**呂岳**《りょがく》のせいで伝染病に苦しんでいた時、**楊戩**《ようせん》が神農のところに薬をもらいにやってきました。この時、神農は肩に葉、腰に虎や豹の皮をつけた姿で現れ、楊戩に三粒の丹薬《たんやく》を与えます。丹薬の使い方を教えた後、人々を苦しめているのが伝染病であること、柴胡《さいこ》という草を渡し、この草が伝染病に効果があることを伝えたのでした。

再び登場するのは、**姜子牙**《きょうしが》らが**余化**《よか》、**龍**《りゅう》の息子たちが撒《ま》いた毒痘《どくとう》（天然痘のもと）の影響で、病に倒れてしまった時。火雲洞にやってきた楊戩に、神農は、やはり三粒の丹薬を与え、使い方を教えると、今回の病は痘疹《とうしん》であると伝えます。さらに升麻《しょうま》という草を渡し、今後、この草を広めて痘疹に対応するようにと教えたのでした。

もともと神農は薬草を試し、薬を世の中にもたらした人物だと言われています。『封神演義』の中でも薬を処方する医者のような役割を担っています。

■三皇五帝《さんこうごてい》**■**

中国古代の伝説では、三皇以外にも、五帝と呼ばれる五人の王が登場します。五帝にも諸説ありますが、**黄帝**、**顓頊**《せんぎょく》、**帝嚳**《ていこく》、**尭**《ぎょう》、**舜**《しゅん》と呼ばれる王が挙げられることが多いでしょう。舜の次が**禹**《う》という王で、その後、禹の子供が跡を継ぎます。禹の子孫によるこの王朝が「夏《か》」で、「殷《いん》」の前の王朝だといわれています。夏も殷同様、**桀王**《けつおう》という無道の王のために滅びたと伝えられます。そのため、「桀紂」は暴君を表す言葉として使われるようになりました。ちなみに、桀王も**妹喜**《ばっき》という美人のために国を傾けています。

他

女《じょ》媧《か》

山河社稷図《さんがしゃしょくず》

法術を施すことで、実際の風景に似た世界が作られ、その図の中に相手を閉じこめることができる。

縛妖索《ばくようさく》

妖怪を縛るのに使う。

青鸞《せいらん》

女媧の乗り物。

女媧《じょか》は崩れそうになった天地をつくろった功績で祀《まつ》られることになった女神です。『封神演義』の物語のきっかけを作った女神でもあります。**紂王**《ちゅうおう》が残した失礼な詩に怒り、**千**《せん》**年**《ねん》**狐狸精**《こりせい》（後の**妲己**《だっき》）らに紂王を惑わすように命じます。昏君《こんくん》となった紂王のせいで、殷《いん》の臣下たちの心は離れていきます。

物語に再登場するのは、**梅山七怪**《ばいかしちかい》の一人、**金大昇**《きんだいしょう》と**楊戩**《ようせん》が戦っている場面。女媧は弟子の**青雲童女**《せいうんどうじょ》に命じると、縛妖索《ばくようさく》で金大昇を捕まえさせます。さらに、同じく梅山七怪の**袁**《えん》**洪**《こう》を捕まえるために使う宝貝《ぱおぺえ》・山河社稷図《さんがしゃしょくず》を楊戩に渡します。楊戩はこの宝貝の中に袁洪をおびき入れ、動けなくなったところを縛妖索で捕まえています。

最後の登場は、狐狸精らが巣穴に逃げ帰ろうとしている時。女媧に縛妖索で縛られ、狐狸精たちは命乞いをします。しかし、女媧は、殺生をしない、という約束を破ったことを叱り、楊戩たちに引き渡したのでした。

他

伏《ふっ》羲《き》

伏羲《ふっき》は神話の中で、文字や易《えき》の八卦《はっけ》を作ったとされる神です。**女媧**《じょか》と同じように、下半身が蛇の姿になっています。

『封神演義』では、**呂岳**《りょがく》のせいで病気になった西岐《せいき》城の人々を助けるために、**楊戩**《ようせん》が薬をもらいに行く場面で登場します。楊戩は、火《か》雲洞《うんどう》に向かい、**三聖大師**《さんせいたいし》（天、地、人の三人の皇帝のこと。そのうちの一人が伏羲）に会います。伏羲は、楊戩の願いに対し、**紂王**《ちゅうおう》の徳がなくなったため、周《しゅう》が討たなければならないことを**神農**《しんのう》に説き、周を助けるように頼みました。

次に登場するのも、やはり**姜子牙**《きょうしが》たちが伝染病に困っている時でした。潼関《とうかん》で**余徳**《よとく》たちが撒《ま》いた毒痘《どくとう》（天然痘のもと）のために、兵たちは高熱と水ぶくれで苦しめられていました。楊戩は、**黄龍真人**《こうりゅうしんじん》と**玉鼎真人**《ぎょくていしんじん》の書状を携え、火雲洞に到着します。伏羲は**武王**《ぶおう》を助けるのは理に適っていると言い、神農もそれに応じて楊戩に丹薬《たんやく》を与えたのでした。

他

黄《こう》飛《ひ》虎《こ》

金眼神鶯《きんがんしんおう》

赤い籠《かご》に入っている金色の目の鶯《うぐいす》。北海《ほっかい》から得たもの。

黄《こう》飛《ひ》虎《こ》は殷《いん》の**鎮《ちん》国《こく》武成王**で、**聞《ぶん》仲《ちゅう》**と共に殷を支える人物でした。聞仲の北海《ほっかい》遠征中、**妲《だっ》己《き》**が**紂《ちゅう》王《おう》**を惑わし、臣下が次々と殺されていく中、**殷《いん》郊《こう》**らが逃げるのを見逃したり、釈放された**姫《き》昌《しょう》**に早く帰るよう促したりと、重要な人物を助けようとした武人です。

ある日の夜中、黄飛虎は妖怪が出たという知らせを受けて駆けつけたところ、妖狐に襲われました。実は、この妖狐は妲己の原形で、人を食べようとしていたのです。驚いた黄飛虎は、赤い籠《かご》に入った金《きん》眼《がん》神《しん》鶯《おう》を放ちます。神鶯は妲己をひっかき、傷を負わせました。このことで黄飛虎は妲己に恨まれ、妻の**賈《か》氏《し》**と妹の**黄《こう》妃《ひ》**を失うことになります。二人を失った黄飛虎は朝歌《ちょうか》を脱出し、西岐《せいき》に向かうのでした。

西岐への道のりでは、陳桐《ちんとう》の火龍鏢《かりゅうひょう》で殺されたり、余化《よか》の戮魂幡《りくこんはん》で捕まったりと苦難の連続ですが、下山してきた黄天化《こうてんか》の薬で生き返ったり、哪吒《なた》に助けられたりして助かりました。また、黄飛虎に恩を感じていた蕭銀《しょうぎん》の計らいで臨潼関《りんどうかん》を抜けるなど、黄飛虎のこれまでの行いが幸運を招くこともありました。

西岐の開国武成王《かいこくぶせいおう》となっても、敵に捕まったり、恩のある人に助けられたりした黄飛虎。殷洪《いんこう》と戦い、陰陽鏡《いんようきょう》で照らされて捕まった時も昔の恩により解放されています。同じように、殷郊に捕らえられた時も赦《ゆる》されています。

一方、殷の重要人物だっただけあって、張桂芳《ちょうけいほう》の術や魔家四将《まけよんしょう》の宝貝《ぱおぺえ》についても詳しく知っていました。姜子牙《きょうしが》は、度々、黄飛虎から殷の将軍らの情報を得ています。

紂王討伐が始まってからは、息子たちを失う悲しみを立て続けに味わってしまうことになります。

金鶏嶺《きんけいれい》の戦いで、長男の黄天化は、蜂を操る高継能《こうけいのう》に殺されます。黄飛虎は、崇黒虎《すうこくこ》の力を借りて高継能を倒し、仇を討ちました。続く青龍関《せいりゅうかん》での丘引《きゅういん》との戦いでは、末っ子の黄天祥《こうてんしょう》を失ってしまいます。黄天祥の遺体が戻ってくると、黄飛虎は三男の黄天爵《こうてんしゃく》に西岐まで棺《ひつぎ》を運ばせました。四人いる息子の一人でも、戦場から離れさせて救おうという考えからでした。

穿雲関《せんうんかん》では龍安吉《りゅうあんきつ》の宝貝・四肢酥圏《ししそけん》で捕まりましたが、下山してきた楊任《ようにん》に助けられ、臨潼関では卞吉《べんきつ》に捕まりますが、鄧昆《とうこん》らに助けられました。捕まっては助けられることを繰り返し、澠池《べんち》まで戦ってきた黄飛虎でしたが、張奎《ちょうけい》・高蘭英《こうらんえい》夫妻との戦いで、太陽針《たいようしん》が目に刺さったところを張奎に斬られ、あっけない最期《さいご》を迎えました。

後に封神されて、地獄を司る東岳泰山天斉仁聖大帝《とうがくたいざんてんせいじんせいたいてい》となりました。

提蘆槍《ていろそう》
高継能《こうけいのう》を殺す。

五色神牛《ごしきしんぎゅう》
一日に八百里を走る。四聖《しせい》の乗り物にも驚かなかった。

他

黄《こう》天《てん》化《か》

玉麒麟《ぎょくきりん》

角に触れると足に風を起こして走る。

黄天化《こうてんか》は**黄飛虎《こうひこ》**の長男です。三歳の時に家の裏の花園から**清《せい》虚道徳真君《きょどうとくしんくん》**に連れ去られ、十三年間、青峰山紫陽洞《せいほうざんしようどう》で修行をしました。

黄飛虎は、朝歌《ちょうか》を脱出して西《せい》岐《き》へ向かう途中、潼関《とうかん》の**陳桐《ちんとう》**の火龍鏢《かりゅうひょう》に打たれ、死んでしまいます。そのことを知った清虚道徳真君は、薬の入った花籠《はなかご》と莫《ばく》邪《や》の宝剣《ほうけん》を与え、黄天化を下山させます。黄天化は、生き返った黄飛虎から母の**賈氏《かし》**が死んだことを知らされ怒り狂ったのでした。再び攻めてきた陳桐の火龍鏢を花籠に吸いこむと、莫邪の宝剣で陳桐の首をとります。

一度、青峰山に戻った黄天化は、西岐に**魔家四将《まけよんしょう》**が攻めてきた際に、再び下山を命じられま

黄家

- 黄滾《こうこん》
  - 黄飛虎《こうひこ》（鎮国武成王《ちんごくぶせいおう》〈殷〉、開国武成王《かいこくぶせいおう》〈周〉）＝賈氏《かし》
    - （長男）黄天化《こうてんか》
    - （次男）黄天禄《こうてんろく》
    - （三男）黄天爵《こうてんしゃく》
    - （四男）黄天祥《こうてんしょう》
  - 黄飛彪《こうひひゅう》
  - 黄飛豹《こうひひょう》
  - 黄氏《こうし》（貴妃）＝紂王《ちゅうおう》

す。この時は双銀鎚《そうぎんつい》、火龍鏢、莫邪の宝剣と、玉麒麟《ぎょくきりん》を与えられています。下山後すぐに、**魔《ま》礼青《れいせい》**に殺されてしまいますが、青峰山で生き返らせてもらい、師から鑽心釘《さんしんてい》を与えられます。

この鑽心釘で魔家四将の心臓を刺し、討ち取ったのでした。

その後も周《しゅう》軍として戦います。黄飛虎の息子のせいなのか、黄飛虎と共に捕まることが多く、また、**哪吒《なた》**や**雷震《らいしん》子《し》**らと共に出陣することも多い人物です。特に哪吒とは親しくしていたようで、**鄧嬋玉《とうせんぎょく》**の五光石《ごこうせき》に打たれた哪吒を「石で傷つけられるなんて恥」とからかったり、翌日、黄天化も同じように五光石で打たれた際には、前日の言葉をそのまま言い返されてケンカをしたりといった場面も見られます。

紂王《ちゅうおう》討伐のために西岐《せいき》を発って間もなく、金鶏嶺《きんけいれい》で**孔宣《こうせん》**軍と対戦した時のことです。黄天化は初戦で敵将の**陳庚《ちんこう》**と戦い、勝利を収めました。姜子牙は戦功簿に黄天化の名前を書こうとしますが、筆の先が落ちてしまいます。これは、黄天化の死が近いことを示す警告だったのです。

周軍は夜襲をかけたものの、この戦いで哪吒と雷震子が捕まってしまいます。黄天化の相手は高継能でした。高継能は、蜈蜂袋《ごほうたい》という袋の中の蜂に黄天化を襲わせます。

目を刺された玉麒麟から落ちた黄天化は、高継能に刺されて命を落としたのでした。黄飛虎は悲しみの余り、茫然自失に陥りました。

封神されるのは二番目と早く、**管領《かんりょう》三山正神炳霊公《さんざんせいしんへいれいこう》**となります。

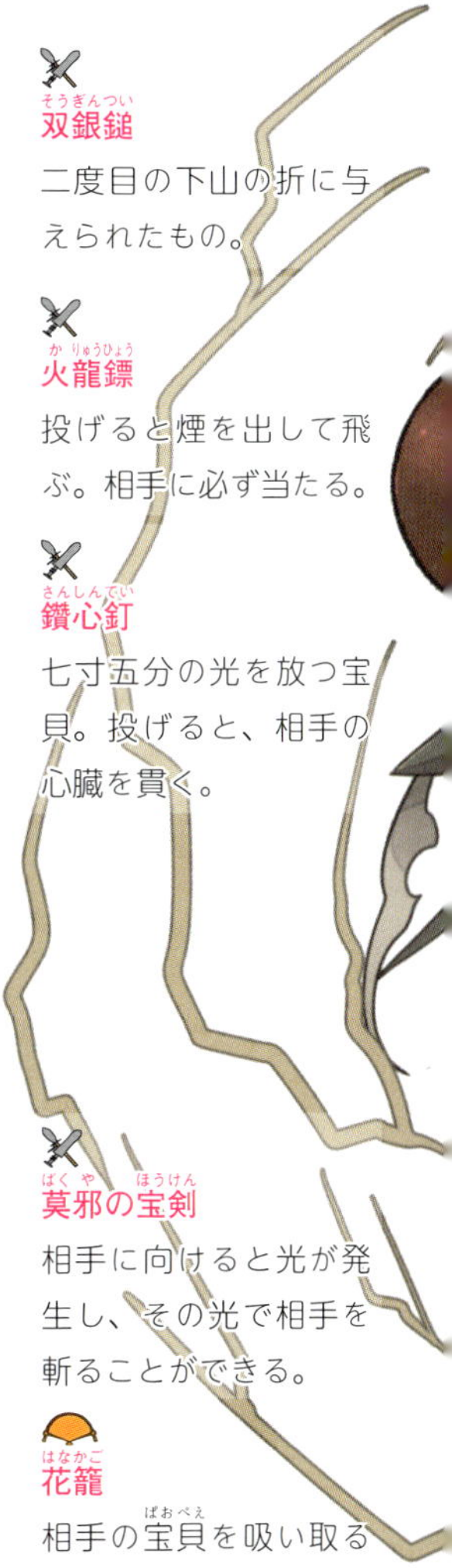

双銀鎚《そうぎんつい》

二度目の下山の折に与えられたもの。

火龍鏢《かりゅうひょう》

投げると煙を出して飛ぶ。相手に必ず当たる。

鑽心釘《さんしんてい》

七寸五分の光を放つ宝貝。投げると、相手の心臓を貫く。

莫邪《ばくや》の宝剣《ほうけん》

相手に向けると光が発生し、その光で相手を斬ることができる。

花籠《はなかご》

相手の宝貝《ぱおぺえ》を吸い取ることができる。

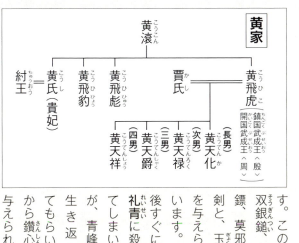

他

龍《りゅう》吉《きつ》公《こう》主《しゅ》

洪《こう》錦《きん》

外旗門《がいきもん》

白い旗で、龍吉公主が旗門遁《きもんとん》に使う。自在に姿を消すことができる。

内旗門《ないきもん》

黒い旗で、洪錦が使う。自らの姿を消し、相手から見えなくすることができる。

龍吉公主《りゅうきつこうしゅ》は昊天上帝《こうてんじょうてい》と瑶池金《ようちきん》母《ぼ》（西王母《せいおうぼ》）の娘で、罪を犯したことから鳳凰山《ほうおうざん》青鸞斗闕《せいらんとけつ》に幽閉されていました。

姜子牙《きょうしが》の力になって母の住む瑶池《ようち》に戻ろうと、西岐《せいき》にやってきます。ちょうど、西岐討伐の張山《ちょうざん》軍に殷郊《いんこう》が加わり、殷郊を助けるために羅宣《らせん》という截教《せっきょう》の道士が加勢したところでした。羅宣は万鴉壺《ばんあこ》の火を噴くカラスを放って西岐城を火の海にします。それを見た龍吉公主は碧雲《へきうん》童子《どうじ》に宝貝《ぱおぺえ》・霧露乾坤網《むろけんこんもう》で城を覆わせ、鎮火しました。羅宣は龍吉公主に五龍輪《ごりゅうりん》や万里起雲煙《ばんりきうんえん》といった宝貝を投げますが、龍吉公主は四海瓶《しかいへい》で吸いこみ、二《に》龍剣《りゅうけん》で羅宣の乗り物を斬ります。

羅宣は下山してきた李靖《りせい》に

霧露乾坤網《むろけんこんもう》
真水を含んだ網。火を消す。

四海瓶《しかいへい》
相手の宝貝《ぱおぺぇ》を吸いこむ。

二龍剣《にりゅうけん》
投げると姿を消すことができる。相手の宝貝を封じたり、剣として相手を斬ったりすることもできる。

綑龍索《こんりゅうさく》
相手を縛る。

神鯨《しんだい》
龍吉公主の持ち物。普段は袋に入っていて、水につけると伝説の猛魚の姿となる。

鯨龍《げいりゅう》
洪錦の持ち物。水を浴びると大きな波を起こす生き物となる。

殺されましたが、まだ殷郊がいます。殷郊が使う番天印《ばんてんいん》は強力で、無効化するには、特別な力を持つ四枚の旗が必要でした。そのうち素色雲界旗《そしょくうんかいき》が瑤池金母のところにあると、龍吉公主は**土《ど》行孫《こうそん》**に教えます。旗がそろうと、番天印を封じることができたのでした。

張山が死ぬと、**紂王《ちゅうおう》**は西岐討伐軍として、道士出身の**洪錦《こうきん》**を派遣します。洪錦は、内旗門《ないきもん》という黒い旗を立てて門を作り、中に入って姿を消し、相手の目を欺きます。すると、龍吉公主は白い外旗門《がいきもん》を使って、同じように旗門《きもん》遁《とん》という術で対決しました。龍吉公主に斬られて逃げ出した洪錦は、鯨龍《げいりゅう》で海上を逃げようとします。それを、龍吉公主は鯨龍を上回る猛魚、神鯨《しんだい》に乗って追いかけます。追いつめられた洪錦は、龍吉公主の綑龍索《こんりゅうさく》で捕まったのでした。

洪錦が斬首されようという時、**月合《げつごう》仙翁《せんおう》**が現れ、龍吉公主と洪錦は赤い糸で結ばれていると告げます。龍吉公主は本意ではないながらも、月合仙翁の言うことを聞き、紂王三十五年三月三日に洪錦と結婚したのでした。

その後、紂王討伐が始まると、夫婦で戦いに参加することが増えます。汜《し》水関《すいかん》まで進んだ姜子牙が兵を三軍に分けた時、洪錦はその一軍を担って佳夢関《かぼうかん》攻略に向かいます。この関での戦いでは、**胡昇《こしょう》**の加勢に来た**火霊聖母《かれいせいぼ》**に夫婦そろって傷つけられています。万仙陣《ばんせんじん》にも夫婦で入り、截教の仙人たちと刃を交えました。この戦いで龍吉公主は**金霊聖母《きんれいせいぼ》**の四象塔《ししょうとう》で打たれて落馬し、截教の仙人たちに殺されました。龍吉公主を救おうとした洪錦もまた、金霊聖母の龍虎如意《りゅうこにょい》で頭を打たれて死んだのでした。

死ぬ時も一緒だった二人は、後に封神され、龍吉公主は**紅鸞星《こうらんせい》**に、洪錦は**龍徳星《りゅうとくせい》**になりました。

他

土《ど》行《こう》孫《そん》
鄧《とう》嬋《せん》玉《ぎょく》

鑌鉄棍《ひんてつこん》

土行孫の武器。棍棒《こんぼう》。

五光石《ごこうせき》

鄧嬋玉が投げて使う。相手の顔や首を打つ。

土行孫《どこうそん》は**懼留孫《くりゅうそん》**の弟子で、地面を潜って移動できる地行術《ちこうじゅつ》を使うことができます。身長が四尺足らずで、**申公豹《しんこうひょう》**に子どもと間違えられてしまいました。

申公豹は、土行孫に人間の世界で地位と財産を得たほうが良いと、**鄧九公《とうきゅうこう》**宛ての推薦状を書いてやります。土行孫は申公豹の誘いに乗って、懼留孫の宝《ぱお》貝《ぺえ》・綑仙縄《こんせんじょう》と丹薬《たんやく》を盗み出して、鄧九公のところに行きました。土行孫は兵糧を運ぶ役割を与えられ、働き始めます。

一方の**鄧嬋玉《とうせんぎょく》**は、鄧九公の娘。父が**哪吒《なた》**の乾坤圏《けんこんけん》で傷つけられたのを見て怒り、出陣しました。戦場では宝貝・五光石《ごこうせき》を哪吒の顔に命中させ、父の傷の仕返しをします。翌日以降も出

陣し、**黄天化**《こうてんか》、**龍鬚虎**《りゅうしゅこ》を五光石で打ちます。しかし、**楊戩**《ようせん》には打っても効果がなく、鄧嬋玉は哮天犬《こうてんけん》に首筋を噛《か》まれてしまいました。

土行孫は、鄧九公と鄧嬋玉の傷を、懼留孫の丹薬で治します。土行孫が道術を使うと知った鄧九公は、翌日、先発隊として出撃させます。小柄な土行孫相手では、哪吒の槍《やり》も届きにくいため、攻撃を避けられます。哪吒の足元に潜りこんで、鑌鉄棍《ひんてつこん》で足や股を打ち、哪吒を焦らせた上で、綑仙縄を放って縛り上げました。翌日は黄天化を捕まえることにも成功。

土行孫の活躍に気をよくした鄧九公は、土行孫が西岐《せいき》に勝ったら、娘の鄧嬋玉と結婚させてもよいと言ってしまいます。得意の地行術で西岐城に忍びこみますが、**楊任**《ようにん》に見つかって失敗してしまいました。

土行孫が戦いの中で、**姜子牙**《きょうしが》を綑仙縄で縛った時のこと。楊戩は縄が懼留孫の宝貝だと気づきました。楊戩の知らせで事の次第を知った懼留孫が下山してくると、土行孫は地面を指地成鋼《しちせいこう》術《じゅつ》で固められ、潜れなくなってしまいます。懼留孫に叱られた土行孫は、鄧九公が鄧嬋玉を妻としてよいというので、**武王**《ぶおう》と姜子牙を殺そうとしたのだと訴えます。懼留孫は占いをして、土行孫と鄧嬋玉が結婚する運命になっていることを知りました。

姜子牙らは一計を案じ、結納品を鄧九公のもとに持っていくことにします。姜子牙は西岐に帰順した土行孫を同行させ、鄧九公が結納品をみているうちに、兵を突入させました。戦いに乗じて、土行孫は鄧嬋玉を奪って妻としてしまいました。

一夜明けて、夫婦であることを受け入れた鄧嬋玉は、父の鄧九公を説得して西岐に帰順させたのでした。

戦場では土行孫の地行術が役に立ちました。敵に捕まっても地面に体がつけば土の中に逃げることができるからです。また、敵陣にさらされていた**黄天祥**《こうてんしょう》の遺体も地行術を使って取り戻しています。

澠池《べんち》の戦いでは、同じ地行術を使う**張奎**《ちょうけい》を封じるべく、土行孫は指地成鋼術を学びに懼留孫のもとへ向かいます。ところが、先回りしていた張奎に斬られてしまったのでした。

夫の死を知った鄧嬋玉は、泣きながら仇討ちに出陣。張奎の妻・**高蘭英**《こうらんえい》と対戦。鄧嬋玉が五光石を投げる間もなく、高蘭英の太陽針《たいようしん》が鄧嬋玉の目を刺したのでした。

後に、土行孫は**土府星**《どふせい》に、鄧嬋玉は**六合星**《ろくごうせい》に封じられます。

他

黄《こう》天《てん》祥《しょう》

銀装鐗《ぎんそうかん》

黄天祥の武器。鐗《かん》は矛《ほこ》の一種。

黄天祥は**黄飛虎《こうひこ》**の四男、末っ子です。朝歌《ちょうか》を出た時には七歳。朝歌から西岐《せいき》へは、反逆者として、関の司令官たちと戦いながらの旅路でした。黄飛虎の父・**黄滾《こうこん》**も、黄天祥までつらい思いをしなければならないことを嘆いています。黄滾は幼い黄天祥だけは助けたいと命乞いをしますが、汜水関《しすいかん》の総兵官《そうへいかん》の**韓栄《かんえい》**は聞き入れず、黄天祥も捕まってしまいました。そこへ現れた**哪吒《なた》**に助けられ、無事に西《せい》岐《き》に到着します。

西岐に着いた黄天祥は、西岐討伐のために攻めてきた**張桂芳《ちょうけいほう》**の部下、**風林《ふうりん》**と戦い、槍《やり》で倒します。その後も、**聞仲《ぶんちゅう》**の配下となった**陶《とう》栄《えい》**、**殷洪《いんこう》**の配下となった**荀章《じゅんしょう》**らを倒し、武将として成長していきます。

紂王《ちゅうおう》討伐に参加し、青龍関《せいりゅうかん》では父の一軍で活躍。しかし、**丘引《きゅういん》**の宝貝、紅珠《こうじゅ》により捕らえられ、処刑されました。

封神され、**北斗星官《ほくとせいかん》（天罡《てんこう》）**となります。

他 黄《こう》家《け》

黄家《こうけ》は七代に渡って殷《いん》に仕えてきた一家でした。その期間は二百年に及びます。しかし、黄飛虎《こうひこ》の妻・賈氏《かし》が死に追いやられ、妹で紂王《ちゅうおう》の妃であった黄氏《こうし》が殺されると、一家は殷を離れ、西岐《せいき》に向かいます。

黄滾《こうこん》は黄飛虎の父で、界牌関《かいはいかん》を守っていました。黄飛虎が謀反を起こして逃げてきたと知ると、捕らえようとします。ところが、黄飛虎の義兄弟・黄明《こうめい》に騙されて、黄飛虎と食事をしている間に界牌関の食糧庫に火をつけられてしまいます。そのため、黄飛虎らと共に西岐に帰順するしかありませんでした。汜水関《しすいかん》では、黄飛虎らが余化《よか》に捕まえられ、護送車で朝歌《ちょうか》に送られることになった黄一家ですが、哪吒《なた》に助けられ、無事に西岐で武王《ぶおう》に迎え入れられます。紂王討伐の時には留守中の外務を任せられました。

黄天禄《こうてんろく》は、黄飛虎の次男です。賈氏が亡くなった時、黄天禄は十四歳。この時と、父が陳桐《ちんとう》に殺された時には、弟二人と共に泣いています。西岐では鄧九公《とうきゅうこう》軍の孫焰紅《そんえんこう》や殷《いん》郊《こう》と戦ったりし、紂王討伐にも参加しています。青龍関《せいりゅうかん》で、弟たちと一緒に戦った折には敵の陳奇《ちんき》の術にはまり、捕らえられていますが、土行孫《どこうそん》に助けられました。後に封神され、西斗星官《せいとせいかん》となりました。

黄天爵《こうてんしゃく》は黄飛虎の三男。朝歌を出た時は、十二歳でした。西岐では殷洪《いんこう》や殷郊の軍と戦い、紂王討伐にも参加。しかし黄飛虎のはからいで、弟・黄天祥の遺体を西岐に送り届ける役目を果たし、その後は戦いに加わりませんでした。黄飛虎の息子で唯一生き残った人物です。

黄飛彪《こうひひゅう》は、黄飛虎の弟です。賈氏が亡くなった時、黄飛虎一家は元旦を祝う宴を開いていました。事情を聞いて、黄飛虎の四人の義兄弟・黄明・周紀《しゅうき》・龍環《りゅうかん》・呉謙《ごけん》が黄飛虎に謀反を決意させます。黄飛彪は黄家の財産を積みこみ、朝歌脱出の準備を進めました。西岐でも黄飛虎と行動を共にします。澠池《べんち》で黄飛虎の仇討ちに出て、張奎《ちょうけい》に斬られました。後に封神され、河魁星《かかいせい》となります。

黄飛豹《こうひひょう》も、黄飛虎の弟です。黄飛虎と行動を共にし、臨《りん》潼関《とうかん》で戦ったところまでは物語に書かれていますが、その後は登場しません。後に天嗣星《てんしせい》に封じられます。

他

崇《すう》侯《こう》虎《こ》

崇侯虎《すうこくこ》は四大諸侯の一人で、北伯侯《ほくはくこう》です。

冀州《きしゅう》を治める蘇護《そご》が娘の妲己《だっき》を紂王《ちゅうおう》の妻にするのをいやがって反乱を起こすと、崇侯虎が征伐を命じられます。冀州が崇侯虎の管轄範囲内であったためでしたが、崇侯虎には欲深く乱暴なところがあり、信用がなかったため、西伯侯《せいはくこう》の姫昌《きしょう》にも蘇護征伐の命が下っています。

いち早く蘇護征伐に向かった崇侯虎ですが、交渉もなく、すぐに蘇護軍との戦いが始まります。これは蘇護が崇侯虎のことを、日頃の行いが悪く、話し合えない人物、と判断したためでした。

蘇護の息子・蘇全忠《そぜんちゅう》らと戦った崇侯虎らは負けてしまいます。

負け戦が続いているところに、弟の**崇黒虎**《すうこくこ》が援軍に来たことから、状況が変わります。ただ、崇黒虎は蘇護の義兄弟なので、崇侯虎の援軍とはいいながら蘇護を助けるためにも働きます。

弟の崇黒虎が**鄭倫**《ていりん》と戦って捕まった直後、姫昌からの使者として**散宜生**《さんぎせい》がやってきます。散宜生は蘇護を説得するため、一通の手紙を携えていました。崇侯虎は手紙ごときで蘇護が娘を差し出すことはないだろう、と考えますが、とりあえず散宜生を蘇護のもとに遣わします。

手紙の内容は蘇護の栄誉のためだけでなく、冀州の民を戦いに巻きこまないためにも妲己を後宮に入れるべきだ、と蘇護の一族や冀州の民の立場を考えて書かれたものでした。蘇護はこの手紙を読んで決意し、妲己は紂王のもとに行くことになったのです。

崇侯虎は、蘇護の陣から帰ってきたばかりの崇黒虎に、姫昌が兵を出さなかったことに対する恨み言を言いました。崇黒虎は怒り、崇侯虎に対して、一家を辱める者だと言い、二度と会わないと宣言します。弟にここまで言われて、崇侯虎もようやく恥ずかしさを感じたのでした。

四大諸侯が朝歌《ちょうか》に呼び出された時も、崇侯虎は宴会の席で**南伯侯**《なんはくこう》の**鄂崇**《がくすう》**禹**《う》から、民の財産を奪ったり、貧しい家の者を虐げたりしていることを責められてケンカになっています。このようにあちこちで素行の悪さを注意されてしまう崇侯虎なのでした。

朝歌の住民に対しても、思いやりのない行動をとっています。紂王が鹿台《ろくだい》という華美な建物の工事を崇侯虎に任せた時、家々の男性を集めて苛酷《かこく》な仕事をさせ、死ぬと建設現場に埋めたというのです。そのため人々は朝歌から逃げ出してしまいます。

崇侯虎が人々を苦しめていることは、西岐で丞相《じょうしょう》となっていた**姜子牙**《きょうしが》のもとにも届きました。姜子牙は崇侯虎を討とうと考え、崇黒虎に援助を頼みます。それを受けて崇黒虎は朝歌にいる崇侯虎を呼び戻す手紙を送りました。

戻ってきた崇侯虎は、自らの城である崇城《すうじょう》が攻められ、崇黒虎も来ていることしか知りません。そのため城の門前で待ち構えていた崇黒虎に、あっさり捕まってしまい、姜子牙らに引き渡されます。その後、息子の**崇応彪**《すうおうひゅう》と共に斬首されたのでした。

その後、崇侯虎らの斬首された首を見た姫昌は気分が悪くなって病気になり、そのまま亡くなりました。

崇侯虎は後に封神され、**大耗星**《だいもうせい》となります。

他

崇《すう》黒《こく》虎《こ》

火眼金睛獣《かがんきんせいじゅう》

赤い目に、金色の瞳をしている。

崇黒虎《すうこくこ》は曹州《そうしゅう》を治める諸侯で、北伯侯《ほくはくこう》・**崇侯虎**《すうこうこ》の弟です。黒い顔に赤いひげ、白い眉、金色の目という特徴的な顔をしています。武器は二本の金の斧。また、截教《せっきょう》の仙人に教わったことがあり、紅葫蘆《こうころ》という鉄嘴神鷹《てっししんよう》の入った瓢箪を授けられています。

初登場は崇侯虎の援軍として現れた場面。崇黒虎は**蘇護**《そご》の息子である**蘇全忠**《そぜんちゅう》と対面し、蘇護と話をさせてくれるように頼みました。しかし、蘇全忠は応じません。崇黒虎が紅葫蘆を開けると黒い煙が上がり、千羽の鉄のくちばしを持つ神鷹が飛び出し、蘇全忠の騎馬の目を刺したため、蘇全忠は落馬。捕らえることに成功します。

やがて、蘇護の部下の**鄭倫**《ていりん》が

紅葫蘆《こうころ》
黒い煙を出して、鉄嘴《てっし》神鷹《しんよう》を放つ。

崇黒虎を名指しし、戦いを挑んできました。出陣した崇黒虎は鄭倫の鼻から出た気に魂魄《こんぱく》を吸い取られ、捕まってしまいます。蘇護と崇黒虎は義兄弟だったため蘇護はすぐに崇黒虎の縄をほどきます。崇黒虎は戦いが終わるまで蘇護のもとに留まり、相談相手になっています。

戦いは**姫昌**《きしょう》の口添えで、蘇護が娘の**妲己**《だっき》を**紂王**《ちゅうおう》の妻にすることを承諾したことで終わりました。崇黒虎が兄のもとに戻ると、崇侯虎は姫昌の悪口を言い始めます。それを聞いて、不出来な兄を恥ずかしいと思った崇黒虎は、兄との別れを覚悟するのでした。

次に登場するのは、**姜子牙**《きょうしが》が崇侯虎を討つため、崇黒虎に協力を願った時のこと。崇黒虎は悪事を続ける兄を捕らえることを決意します。崇侯虎の故郷である崇城《すうじょう》は、崇侯虎の息子・**崇応**《すうおう》**彪**《ひゅう》が守っていました。そこに崇黒虎は援軍のふりをして駆けつけると、崇侯虎を朝歌《ちょうか》から呼び戻します。崇黒虎は、崇城に戻ってきた兄・崇侯虎と、甥・崇応彪を捕らえると、姜子牙のもとに連れて行きました。

三度目に登場するのは、**黄天化**《こうてんか》が**高**《こう》**継能**《けいのう》に殺された後です。**黄飛虎**《こうひこ》は高継能が操る蜂に対抗するため、崇黒虎に助けを求めます。崇黒虎は息子の**崇応鸞**《すうおうらん》に崇城を任せて黄飛虎と共に姜子牙のもとにやってきました。高継能の放った蜂が攻めてくると、崇黒虎は鉄嘴神鷹を放ち、蜂を食わせます。黄飛虎が蜂を失った高継能のとどめを刺し、仇討ちは終わりました。

四度目の登場は、澠池《べんち》を攻略している姜子牙らの援軍に来た場面。崇黒虎は、黄飛虎、**文聘**《ぶんぺい》、**崔英**《さいえい》、**蔣雄**《しょうゆう》と共に出陣。澠池の総兵官の**張奎**《ちょうけい》と対決しますが、張奎の乗る独角烏煙獣《どっかくうえんじゅう》の走る速さを知らなかったため、紅葫蘆を開ける間もなく、追いつかれて斬り殺されました。

後に封神され、五岳《ごがく》の神の一人、**南**《なん》**岳衡山司天昭聖大帝**《がくこうさんしてんしょうせいたいてい》となります。

他

陸《りく》圧《あつ》

飛刀《ひとう》

瓢箪《ひょうたん》に入っている。光と共に出てくる刀で、目や眉がついている。「回れ」という指示を受けると、相手の首を斬り落とす。

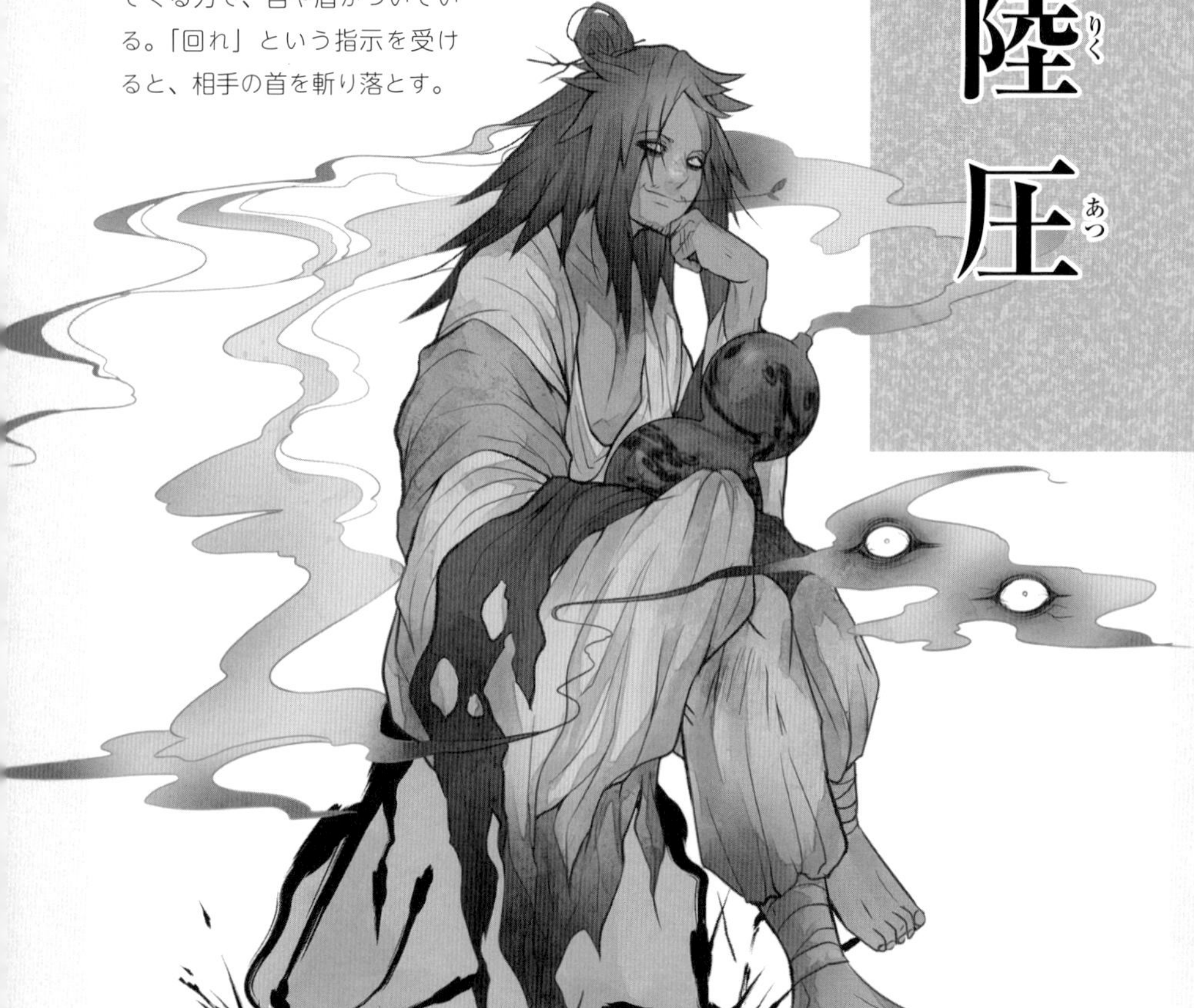

陸圧《りくあつ》は仙人ではありません。闡教《せんきょう》でも截教《せっきょう》でもない、西崑崙《せいこんろん》の閑人《かんじん》です。暇に任せて、五岳《ごがく》や四海《しかい》など、あちこちを旅しています。火中の珍《ちん》、離地《りち》の精、三昧《さんまい》の霊、という火を身中に持っているという謎の人物。背は低く、長いひげを生やしています。

登場したのは**趙公明《ちょうこうめい》**と**姜子牙《きょうしが》**らが戦っている場面。陸圧は趙公明の金蛟剪《きんこうせん》で切られそうになると、虹になって逃げ出します。その後、姜子牙に釘頭七箭書《ていとうしちせんしょ》を渡し、趙公明を呪い殺す方法を教えたのでした。それは、岐山《きざん》に軍営を作り、その中で藁人形に趙公明の名前を書いて北斗七星の形に足を踏み、符印《ふいん》を記し、一日三回拝むという方法です。

姜子牙が言われた通りに呪いをかけている間、陸圧は**白天君**《はくてんくん》の烈焔陣《れつえんじん》に挑みます。陸圧は陣中で火に焼かれますが、何時間焼かれても余裕の様子。

イライラする白天君でしたが、どうしようもありません。そのうち、陸圧は、瓢箪《ひょうたん》を開け、飛刀《ひとう》を取り出します。飛刀は目や眉毛があるという変わった刀で、目から光を放つことができ、相手を気絶させるのです。陸圧に命じられ、飛刀がくるりと回ると白天君の首が落ちました。こうして烈焔陣は破られたのです。

その間にも、呪いにかかった趙公明は弱っていきます。**聞仲**《ぶんちゅう》は呪いに気づき、岐山にある七箭書を奪おうと考えました。陸圧は、聞仲に気づかれたことを知ると、**楊戩**《ようせん》と**哪吒**《なた》を岐山に行かせます。ちょうど、七箭書が趙公明の弟子、**陳九公**《ちんきゅうこう》らに奪われたところでした。楊戩は聞仲の姿に変化すると、陳九公らをだまし、七箭書を取り戻したのでした。

呪いの期日に至ると、陸圧は姜子牙に桑の弓と桃の矢を渡します。姜子牙がその弓矢で藁人形の左目、右目、心臓の順に射ると、趙公明は絶命したのでした。

呪いをかけた張本人の陸圧は、当然のように趙公明の妹たちに恨まれました。一度は混元金斗《こんげんきんと》で捕まり、矢を射かけられますが、矢は陸圧に届く前に灰になってしまいます。陸圧はまたも虹になって脱出。西岐《せいき》から去りました。

次に登場したのは、**紂王**《ちゅうおう》討伐が始まった後のこと。金鶏嶺《きんけいれい》で**孔宣**《こうせん》との戦いに苦しんだ姜子牙が撤退しようとするのを止めるためにやって来ました。姜子牙たちを苦しめた孔宣の正体は孔雀で、西方に縁がある人物でした。そのため、孔宣は**準提道人**《じゅんていどうじん》に連れ去られています。孔宣がいなくなったあと、陸圧らは孔宣軍に投降を呼びかけています。

陸圧は闡教の人間ではないといいながら、時々、姜子牙の陣営に現れています。汜水関《しすいかん》では**余元**《よげん》を飛刀で斬り、誅仙陣《ちゅうせんじん》では**黄龍真人**《こうりゅうしんじん》と組んで出陣しています。万仙陣《ばんせんじん》では、空から現れ、そのまま陣に飛びこんで戦いに参加。**丘**《きゅう》**引**《いん》を飛刀で殺しました。

仙人たちと共に姜子牙のもとを去る時、陸圧は飛刀を姜子牙に渡します。この飛刀は後に**妲己**《だっき》を処刑する時に使われたのでした。

物語のいたるところから、炎に関係のあると匂わせながらも、最後まで正体のしれない人物です。

他

柏《はく》鑑《かん》

柏鑑は、**軒轅黄帝**《けんえんこうてい》の総兵官《そうへいかん》でした。**黄帝**《こうてい》とは中国古代の伝説の帝王。**蚩尤**《しゆう》と戦い勝利しますが、その戦いの際、柏鑑は火器で打たれ、海に沈んでしまいました。そのまま千年もの間、魂は体を離れられなかったのです。

ある日、**清虚道徳真君**《せいきょどうとくしんくん》が柏鑑のもとに現れ、今日やってくる者に仕えるように、と告げました。すると、ちょうどそこに通りかかったのは、封神榜《ほうしんぼう》を受け取ったばかりの**姜**《きょう》**子牙**《しが》。柏鑑は、姜子牙の目の前で大きな波を起こして姿を現し、この海から逃れる術を求めたのでした。姜子牙は、柏鑑を海から脱出させ、岐山《きざん》に行くように命じました。

柏鑑は封神台の建造する時の監督に任じられます。すでに岐山に来ていた**五路神**《ごろしん》も、封神台の建造に携わることになりました。この五路神は姜子牙が朝歌《ちょうか》で世話になっていた**宋異人**《そういじん》の屋敷にいた妖怪です。

以後、柏鑑は**清福神**《せいふくしん》として封神台に来る魂魄《こんぱく》を百霊旛《ひゃくれいはん》で迎え入れています。物語の中で最初に迎え入れられたのは**王魔**《おうま》の魂魄でした。

一方、迎え入れずに押し戻した魂魄もあります。それは、**姚天君**《ようてんくん》に呪い殺されそうになった姜子牙の魂魄でした。後に、呪いの藁人形が取り戻され、姜子牙は生き返りました。

柏鑑は、**張桂芳**《ちょうけいほう》や**魯雄**《ろゆう》、**韓毒龍**《かんどくりゅう》や**方弼**《ほうひつ》、**董天君**《とうてんくん》、**袁天君**《えんてんくん》など、戦いの中では敵味方に分かれた者の魂魄でも、同じように迎え入れていきます。中には、柏鑑が導いてもまっすぐには封神台に来なかった魂魄もありました。**聞仲**《ぶんちゅう》の魂魄は風に乗って朝歌に至り、**紂王**《ちゅうおう》に報告と諫言《かんげん》をして封神台に向かいましたし、**殷郊**《いんこう》の魂魄も紂王のもとに行き、夢の中で政治に対する姿勢を改めるように諫《いさ》めてから、封神台に入りました。

戦いが終わり、三六五の魂魄がそろうと、いよいよ封神の儀式が行われました。**三界首領八部三百六十五位清福正神**《さんかいしゅりょうはちぶさんびゃくろくじゅうごいせいふくせいしん》に封じられた柏鑑は、儀式で魂魄を案内します。魂が神に封じられると、陰気だった封神台の周りは、明るい陽の光を取り戻しました。最後に、殷の伝国の玉璽《ぎょくじ》を盗み出した**悪来**《あくらい》・**飛廉**《ひれん》の二人の魂を封じて、封神の儀式は終わったのでした。

他

準提道人
接引《せついん》道人《どうじん》

準提道人《じゅんていどうじん》は仏教門徒です。西方に縁がある者が現れるとやってきて連れて帰ります。初登場は、**馬元**《ばげん》が**文殊広法天**《もんじゅこうほうてん》**尊**《そん》の罠《わな》にかかり、斬られそうになっている場面。準提道人は文殊広法天尊を止め、馬元が封神榜《ほうしんぼう》に名前がないこと、西方で悟りを開かせたいことを伝えます。文殊広法天尊が準提道人の話に納得すると、準提道人は馬元を連れて西方に去っていきました。

同じようにして、金鶏嶺《きんけいれい》で**姜子牙**《きょうしが》らを足止めしていた**孔宣**《こうせん》も連れ去ります。孔宣は最初、準提道人と戦いますが、武器をことごとく七宝妙樹《しちほうみょうじゅ》で奪われてしまいます。孔宣は元の孔雀の姿になって、準提道人を乗せて西方に飛んでいったのでした。他にも、原形を現わした**烏雲仙**《うううんせん》も西方に連れていかれています。

連れていったのは、動物が原形の仙人ばかりではありません。姜子牙が界牌関《かいはいかん》で戦っている時、**法戒**《ほうかい》という蓬莱《ほうらい》島《とう》の煉気士《れんきし》に苦しめられることがありました。**鄭倫**《ていりん》が法戒の魂魄《こんぱく》を吸い取ることでようやく捕まえることができ、姜子牙が法戒の処刑を命じたところに、準提道人は現れます。そして、法戒は西方に縁があるので処刑しないように求め、やはり西方に連れていきます。法戒は後に仏教を広める人物となりました。

接引道人《せついんどうじん》も仏教門徒であり、**西方教主**《せいほうきょうしゅ》です。**殷郊**《いんこう》の番天《ばんてん》印《いん》を封じるために必要な旗の一つ、青蓮宝色旗《せいれんほうしょくき》は西方の極楽にありました。接引道人はこの旗の貸し出しをしぶりますが、準提道人に説得されて**広成子**《こうせいし》に渡します。

戦いが嫌いな接引道人が参戦したのは、誅仙陣《ちゅうせんじん》が布《し》かれた時のこと。準提道人の説得を受けてやっと重い腰を上げました。**通天教主**《つうてんきょうしゅ》から戮仙剣《りくせんけん》での攻撃を受けた際には舎利《しゃり》で剣の動きを止めています。万仙陣《ばんせんじん》の時は、接引道人は乾《けん》坤袋《こんたい》を開いて、三千の西方に縁のある者を収めました。一方、準提道人は十四の頭と十八の手を持つ姿になって通天教主の剣を砕き、敗走させています。

万仙陣が破られ、**鴻鈞道人**《こうきんどうじん》が**老子**《ろうし》、**元始天尊**《げんしてんそん》、通天教主の仲裁をすると、準提道人と接引道人は西方に帰りました。

飛電槍（ひでんそう）　清虚道徳真君から楊任に授けられる。孟津で袁洪と戦う。
飛刀（ひとう）　陸圧が持つ。長さ七寸程度で眉と目がついており、相手を見据えて白い光を放ち、力を封じる。　**136**
琵琶（びわ）　魔礼海が持つ。弦がそれぞれ地、水、火、風を象徴し、風火を起こす。　**72**
鑌鉄棍（ひんてつこん）　**128**
風火蒲団（ふうかふとん）　**89**
風火輪（ふうかりん）　**27**
風袋（ふうたい）　**114**
劈地珠（へきちじゅ）　李興覇が、これで姜子牙の胸を打つ。　**70**
劈面雷（へきめんらい）　王豹が使う火薬玉。これで趙丙、孫子羽を殺す。哪吒に投げつけたが効かなかった。
鞭（べん）　趙公明の武器。　**104**
宝杵（ほうしょ）　準提道人が、これで孔宣の正体を暴く。
法宝（ほうぼう）　無当聖母が持つ。　**117**

ま

霧露乾坤網（むろけんこんもう）　**127**

や

幽魂白骨幡（ゆうこんはっこつはん）　**85**

ら

落魂鐘（らくこんしょう）　広成子から殷郊に渡される。　**62**
落宝金銭（らくほうきんせん）　曹宝の持ち物。蕭昇が使い、定海珠などを取り上げる。
鸞飛剣（らんぴけん）　龍吉公主が、孔宣を斬りつけた際に使った剣。
六魂幡（りくこんはん）　**103**
戮魂幡（りくこんはん）　**79**
戮仙剣（りくせんけん）　通天教主から多宝道人に渡される。誅仙陣を布くためのもの。誅仙陣の南門にかけられていた。　**103**
六陳鞭（りくちんべん）　李靖が持つ。一打で哪吒神像を壊す。
戮目珠（りくもくじゅ）　**115**
離地焔光旗（りちえんこうき）　老子が、殷郊の番天印を封じるため、広成子に貸し出した。　**89**
龍虎如意（りゅうこにょい）　**117**
瑠璃瓶（るりへい）　姜子牙が魔家四将や羽翼仙から西岐を守るため覆った海水に、元始天尊が、この中の三光神水をかけて助ける。
玲瓏塔（れいろうとう）　燃灯道人が、哪吒をこれに閉じこめ、李靖を父と認めさせた。その後、李靖に与えられる。　**28**
老子の頭の上に現れる。　**89**
列瘟印（れつおんいん）　呂岳が使う。これで雷震子を打ち落とす。
六根清浄竹（ろっこんせいじょうちく）　準提道人が、これで烏雲仙を捕らえる。

がこれを持ち、岐山に駐屯した。殷郊の番天印に対して姜子牙が振る。

た

太阿剣（たいあけん）　**117・118**

太極図（たいきょくず）　**89**

太極符印（たいきょくふいん）　元始天尊の持ち物。万仙陣で霊牙仙と戦う普賢真人に渡される。

太陽針（たいようしん）　高蘭英の武器。黄飛虎や鄧嬋玉の目を刺す。　**61**

打神鞭（だしんべん）　元始天尊から姜子牙に与えられる。姜子牙が封神の儀式で、右手に持つ。　**18**

誅仙剣（ちゅうせんけん）　通天教主から多宝道人に渡される。誅仙陣を布くためのもの。　**103**

長衣（ちょうい）　**25**

長虹索（ちょうこうさく）　普賢真人の持ち物。霊牙仙を捕らえる。

通天神火柱（つうてんしんかちゅう）　**93**

定海珠（ていかいじゅ）　趙公明が持つ。蕭昇の落宝金銭によって取られ、以後、燃灯道人が持つ。　**104**

定形瘟幡（ていけいおんはん）　**108**

定風珠（ていふうじゅ）　度厄真人が持つ。十絶陣の風吼陣を破るために散宜生らが借りに来る。風吼陣の刀剣を飛ばす風を遮った。また、菡芝仙の風袋の風を静めた。

提蘆槍（ていろそう）　**123**

鉄嘴神鷹（てっししんよう）　崇黒虎が截教の仙人から授けられた赤い瓢箪（紅葫蘆）の中にいる。　→紅葫蘆

撞心杵（とうしんしょ）　余達の武器。太鸞を打つ。

頭痛磬（とうつうけい）　**111**

蕩魔杵（とうましょ）　陳奇の武器。飛虎兵を呼ぶ。

遁龍椿（とんりゅうとう）　七宝金蓮とも言う。文殊広法天尊が持つ。闇を呼び、哪吒に金圏をかけ、捕らえる。後に、金吒が使う。　**29**

な

内旗門（ないきもん）　**126**

如意乾坤袋（にょいけんこんたい）　余元が、これで捕まえた土行孫を焼くが、懼留孫に持ち去られる。

二龍剣（にりゅうけん）　**127**

は

梅花鏢（ばいかひょう）　余光が、これで蘇全忠を傷つける。

排扒木（はいはつぼく）　鄔文化の武器。周兵をなぎ倒し、龍鬚虎を殺す。

白玉環（はくぎょくかん）　温良の武器だったが、哪吒の乾坤圏で壊される。

白玉金網鐲（はくぎょくきんこうこう）　魔礼青の武器。　**72**

白面猿猴（はくめんえんこう）　伯邑考が紂王に献上した白い猿。歌を歌い、踊る。紂王の前で歌うが、歌の美しさに原形を現してしまった妲己に飛びかかったために、紂王に殺される。

縛妖索（ばくようさく）　**120**

縛妖縄（ばくようじょう）　文殊広法天尊が持つ。虬首仙を捕らえる。　**101**

莫邪の宝剣（ばくやのほうけん）　清虚道徳真君から黄天化に渡される。　**125**

縛龍索（ばくりゅうさく）　**104**

幡（はた）　法戒が、これで雷震子の魂魄を抜いて、捕まえる。

八棱熟銅鎚（はちりょうじゅくどうつい）　崔英が高継能と戦った際に使用した武器。

八卦雲光帕（はっけうんこうばつ）　万物を網羅する効力がある。　**118**

八卦紫寿衣（はっけしじゅい）　**94**

八卦龍鬚帕（はっけりゅうしゅばつ）　**118**

発躁幟（はっそうし）　**111**

花籠（はなかご）　**125**

万鴉壺（ばんあこ）　羅宣が持つ。一万羽の火を噴く鴉が入っている。西岐城に放たれ、口から火を噴き、羽から煙を出し、城内を焼くが、龍吉公主に封じられる。

盤古旛（ばんこはん）　**86**

万刃車（ばんじんしゃ）　**81**

番天印（ばんてんいん）　広成子が、十絶陣の金光陣を破る時、これで金光聖母を殺す。後に、広成子から殷郊に授けられる。青蓮宝色旗、離地焔光旗、杏黄旗、素色雲界旗で封じられた。殷郊の死後、広成子のもとに戻された。　**62**

万里起雲煙（ばんりきうんえん）　羅宣の火矢。西岐城内を焼くが、龍吉公主の四海瓶に収められる。

飛雲槍（ひうんそう）　→飛電槍

飛金剣（ひきんけん）　**117**

なもの。色は青、黄、赤、白、黒。
五雷訣（ごらいけつ）　楊戩が持ち、妖怪を驚かせる。孟津で常昊を灰と化す。
五龍輪（ごりゅうりん）　羅宣が持つ。黄天化を打ち落とす。龍吉公主の四海瓶に取られる。
混元金斗（こんげんきんと）　**107**
混元傘（こんげんさん）　魔礼紅が持つ。珍珠宝玉がちりばめられている。楊戩に奪われる。　**72**
混元鎚（こんげんつい）　火霊聖母が持つ。姜子牙の背を打つ。
烏雲仙が持つ。
混元旛（こんげんはん）　清虚道徳真君が持つ。黄飛虎らを包み、関の外に運ぶ。
混元宝珠（こんげんほうじゅ）　高友乾が持つ。　**70**
綑仙縄（こんせんじょう）　懼留孫が持つ。趙天君を捕らえるのに使われた。土行孫が申公豹にそそのかされ、盗み出し、哪吒、黄天化、姜子牙を縛る。鄧嬋玉を捕まえる時にも使われている。懼留孫が申公豹を捕まえたり、汜水関で余元を捕まえたりするのに使われている。
混天綾（こんてんりょう）　**26**
昏迷剣（こんめいけん）　**111**
綑龍索（こんりゅうさく）　龍吉公主の持ち物。　**127**

さ

散瘟鞭（さんおんべん）　**111**
山河社稷図（さんがしゃしょくず）　**120**
斬仙剣（ざんせんけん）　**96**
三尖刀（さんせんとう）　**25**
金大昇も持つ。
鑽心釘（さんしんてい）　**125**
三宝玉如意（さんぽうぎょくにょい）　元始天尊の持ち物。白鶴童子に使わせて瓊霄を殺す。黄巾力士に持たせて申公豹を捕らえさせる。　**86**
止瘟剣（しおんけん）　**108**
四海瓶（しかいへい）　**127**
紫金鉢（しきんはつ）　通天神火柱から逃げようとする聞仲の逃げ道を封じる。燃灯道人に雲中子が借り受けたもの。金鶏嶺で燃灯道人が使うが、孔宣に奪い取られる。
四肢酥圏（ししそけん）　龍安吉が持つ。対になった二つの金属の環（圏）からなり、ぶつかった音を聞くと、四肢が痺れる。穿雲関で黄飛虎、洪錦、南宮适を捕まえる。
紫綬仙衣（しじゅせんい）　赤精子の持ち物。十絶陣の落魂陣にて赤精子を守る。下山する殷洪に与えられる。　**64**
四象塔（ししょうとう）　**117**
指地成鋼術の符（しちせいこうじゅつのふ）　懼留孫が姜子牙に与え、張奎を捕まえさせる。
七星錘（しちせいすい）　太鸞が持つ。
七宝金蓮（しちほうきんれん）　→遁龍椿
七宝妙樹（しちほうみょうじゅ）　準提道人が持つ。孔宣をこれであしらう。通天教主の剣を砕く。
日月珠（じつげつじゅ）　懼留孫、接引道人に投げる。亀霊聖母の持ち物。
紫電鎚（しでんつい）　**103**
綽兵刃（しゃくへいじん）　鄧九公の武器。
雌雄剣（しゆうけん）　広成子から殷郊に渡される。
照天印（しょうてんいん）　羅宣が持つ。龍吉公主に取られる。
照妖鑑（しょうようかん）　**92**
照妖宝剣（しょうようほうけん）　**93**
神鯨（しんだい）　**127**
震天箭（しんてんせん）　陳塘関を守る宝物。黄帝が蚩尤を大破して後、伝わった。哪吒が試しに使ったところ、偶然、碧雲童子を射殺してしまう。これに李靖の名が刻んであったため、李靖が石磯に捕まえられる。
水火鋒（すいかほう）　下山する殷洪に与えられる。元々赤精子の持ち物。　**64**
青雲剣（せいうんけん）　魔礼青が持つ。　**72**
醒酒氈（せいしゅせん）　伯邑考が紂王に献上した宝物。酔いを覚ます。
青蓮宝色旗（せいれんほうしょくき）　接引道人の持ち物。殷郊を討つため、広成子に貸し出される。文殊広法天尊がこれを持って岐山に駐屯する。殷郊と戦い、番天印を封じる。
絶仙剣（ぜつせんけん）　通天教主から多宝道人に渡される。誅仙陣を布くためのもの。変化無限。誅仙陣の北門にかけられていた。　**103**
掃霞衣（そうかい）　**94**
双銀鎚（そうぎんつい）　**125**
抓絨縄（そうじゅうじょう）　蒋雄の武器。
双鞭（そうべん）　→蛟龍金鞭
素色雲界旗（そしょくうんかいき）　瑤池金母が持ち、聚仙旗（仙人が集まる旗）とも言われる。殷郊を討つ為、南極仙翁に貸し出され、武王

金光銼（きんこうざ）　余元の持ち物。姜子牙に投げるが、杏黄旗に封じられる。

金蛟剪（きんこうせん）　雲霄の持ち物。彼女の兄・趙公明に貸し出される。趙公明の死後、遺言と共に受け取る。　**107**

金棍（きんこん）　**31**

金磚（きんせん）　**27**

銀装鐗　（ぎんそうかん）　**130**

金背大刀（きんはいたいとう）　紂王の武器。

形天印（けいてんいん）　**108**

鯨龍（げいりゅう）　**127**

乾坤弓（けんこんきゅう）　陳塘関にある宝物。軒轅黄帝が蚩尤を破り伝わった。哪吒が試しに使ってしまい、碧雲童子を射殺してしまう。

乾坤圏（けんこんけん）　**26**

乾坤尺（けんこんじゃく）　**90**

乾坤針（けんこんしん）　龍吉公主が持つ。胡雷の替身法を封じる。

乾坤図（けんこんず）　**89**

乾坤袋（けんこんたい）　接引道人の持ち物。万仙陣で開き、三千の西方に縁のあるものを収める。

黄巾力士（こうきんりきし）　広成子に命じられて、神風に乗って殷郊と殷洪を助け出す。

黄巾力士（こうきんりきし）　石磯の命で李靖を捕らえて白骨洞まで運ぶ。

黄巾力士（こうきんりきし）清虚道徳真君の命によって、摘星楼から楊任を連れて来た。真君の命によって、黄一家を混元幡で覆い、山奥に隠して守った。

黄巾力士（こうきんりきし）　聞仲の命によって辛環を山石で押さえる。

黄巾力士（こうきんりきし）　懼留孫に命じられて趙天君を綑仙縄で捕らえた。また、綑仙縄で捕らえた申公豹を麒麟崖に連れて行ったり、余元を綑仙縄で捕まえたりもしている。

黄巾力士（こうきんりきし）　慈航道人の命により、瑠璃瓶に董天君を閉じこめた。万仙陣で捕まえた金光仙を蘆篷に連れて行った。

黄巾力士（こうきんりきし）　老子の命で混元金斗を奪い、乾坤図で雲霄を巻いて麒麟崖の下に押さえつける。誅仙陣では捕まえた多宝道人を桃園に閉じこめる。

黄巾力士（こうきんりきし）　燃灯道人の命で羽翼仙を松の木に吊るそうとした。また、燃灯道人の命で馬善（灯焰）を封じこめて、霊鷲山に持ち帰った。

黄巾力士（こうきんりきし）　龍吉公主の命により、洪錦を西岐に運ぶ。

黄巾力士（こうきんりきし）　元始天尊の命により申公豹を麒麟崖の下に押しこもうとする。また、申公豹を捕らえたり、姜子牙が封神を行うにあたって、玉符、勅命を届けたりしている。

黄巾力士（こうきんりきし）　文殊広法天尊が捕まえた虯首仙を蘆篷に運ぶ。

黄巾力士（こうきんりきし）　普賢真人の命で、捕まえた霊牙仙を蘆篷に連れて行く。

黄巾力士（こうきんりきし）　女媧の宝貝・縛妖索を青雲童女が金大昇に投げ上げた際に現れ、金大昇を捕らえ、その原形である水牛の姿を現させる。

紅葫蘆（こうころ）　**135**

紅珠（こうじゅ）　丘引の持ち物。これを見ると魂が抜けたようになる。これで黄天祥を捕まえる。

哮天犬（こうてんけん）　楊戩が連れている。　**24**

荒風幟（こうふうし）　荒風を起こす。陶栄が持つ。聞仲軍に勝利をもたらす。

降魔杵（ごうましょ）　鄭倫や韋護が持つ。　**36**

蛟龍金鞭（こうりゅうきんべん）　聞仲が師から授かったもの。打神鞭で打ち壊される。　**67**

五火七禽扇（ごかしちきんせん）　清虚道徳真君の持つ宝貝。空中火、石中火、木中火、三昧火、人間火を出す。王天君を殺す。

五火七翎扇（ごかしちれいせん）　十絶陣の紅砂陣破りに使われる。

五火神焰扇（ごかしんえんせん）　清虚道徳真君から楊任に授けられる。瘟㾮傘を灰にし、李平、陳庚、呂岳を灰にする。潼関では余先、余兆兄弟を、万仙陣では多くを灰にした。　**32**

五光石（ごこうせき）　**128**

呉鉤剣（ごこうけん）　普賢真人、木吒が使う。袁天君や徹地夫人を斬った。　**29**

五股托天叉（ごこたくてんさ）　文聘の武器。金鶏嶺で高継能と戦う。

五爪爛銀抓（ごそうらんぎんそう）　蒋雄の武器。金鶏嶺で高継能と戦う。

蜈蜂袋（ごほうたい）　孔宣配下の高継能が持つ。この中の蜈蜂で玉麒麟を襲い、黄天化を殺す。天化の仇討ちに出た崇黒虎ら、及び黄飛虎らとの戦いで使うが、崇黒虎の鉄嘴神鷹に蜂が殺される。

五枚の帕（ごまいのはく）　潼関で余徳が周営に毒痘を撒く前に地面に敷く。ハンカチのよう

花翎鳥（かれいちょう）　碧霄の乗り物。　**107**

玉麒麟（ぎょくきりん）　清虚道徳真君から黄天化に与えられる。元々は真君の乗り物。　**124**

金眼駝（きんがんだ）　呂岳の乗り物。　**108**
火霊聖母の乗り物。

金睛五雲駝（きんせいごうんだ）　余元の乗り物。土行孫に盗まれそうになる。

奎牛（けいぎゅう）　**102**

鴻鵠（こうこく）　**107**

黄彪馬（こうひょうば）　崔英の乗り物。

黒麒麟（こくきりん）　墨麒麟（ぼくきりん）とも。聞仲の乗り物。西岐討伐出陣にあたって、聞仲を振り落とした。西岐討伐の折、雷震子の金棍が当たり、殺された。　**66**

五色神牛（ごしきしんぎゅう）　**123**

五点斑豹（ごてんはんひょう）　金光聖母の乗り物。

黒点虎（こくてんこ）　→白額虎

紫騂騮馬（しかりゅうば）　姜文煥の乗り物。

七香車（しちこうしゃ）　伯邑考が朝貢したもの。黄帝が蚩尤を破った時に使ったもので、行きたい場所に自動で動く。
金霊聖母が乗る。　**117**

四不像（しふぞう）　四不相（しふそう）、スープーシャンとも。元始天尊の乗り物だったが、姜子牙に下賜される。　**19**

狻猊（しゅんげい）　楊森の乗り物。　**71**

逍遥馬（しょうようば）　紂王や武王の乗り物。

青驄馬（せいそうば）　文聘、鄂順の乗り物。

青鸞（せいらん）
雲霄の乗り物。　**107**
石磯の乗り物。　**118**
女媧の乗り物。　**120**

赤煙駒（せきえんく）　羅宣の乗り物。龍吉公主の二龍剣で殺される。

猙獰（そうどう）　李興霸の乗り物。　**71**

桃花駒（とうかく）　身体に桃の花のような模様がある。姜子牙が龍吉公主の乗り物とする。

桃花馬（とうかば）　高蘭英の乗り物。　**61**

独角烏煙獣（どっかくうえんじゅう）　張奎の乗り物。　**58**

独角獣（どっかくじゅう）　金大昇の乗り物。

梅花鹿（ばいかろく）　燃灯道人の乗り物。金蛟剪で切られる。　**90**
趙天君の乗り物。

白額虎（はくがくこ）　申公豹の乗り物。　**98**

八叉鹿（はっさろく）　董天君の乗り物。

板角大青牛（ばんかくだいせいぎゅう）　**88**

狴犴（へいかん）　王魔の乗り物。　**71**

宝貝・武器・その他

あ

陰陽鏡（いんようきょう）　赤精子の持ち物。下山する殷洪に与えられる。　**64**

陰陽剣（いんようけん）　太乙真人から哪吒に与えられる。　**27**

瘟疫鐘（おんえきしょう）　**108**

瘟癀傘（おんこうさん）　九龍島に逃げ帰った呂岳が作った。　**108**

か

外旗門（がいきもん）　**126**

開天珠（かいてんじゅ）　王魔、楊森が持つ。　**70**
申公豹が持つ。　**98**

化血神刀（かけつしんとう）　**79**

花狐貂（かこちょう）　かこてん、とも。魔礼寿が持つ。空中で象と同じくらい大きくなって人を食う。間違って楊戩を食べてしまい、殺される。　**72**

火尖鎗（かせんそう）　**27**

火龍鏢（かりゅうひょう）　陳桐が持つ。黄天化が奪った後に、清虚道徳真君から黄天化に与えられる。　**125**

陥仙剣（かんせんけん）　通天教主から多宝道人に渡される。誅仙陣を布くためのもの。紅光を放つ。　**103**

菡萏陣（かんたんじん）彭遵が使う。掌心雷で震動させ、爆発を起こす。

脚踏風火（きゃくとうふうか）　→風火輪

九雲烈焔冠（きゅううんれつえんかん）　**93**

九龍神火罩（きゅうりゅうしんかとう）　石磯を神火で溶かして原形である岩の姿を現させる。太乙真人から哪吒に与えられる。　**100**

杏黄旗（きょうこうき）　元始天尊が姜子牙に与える。封神の際、姜子牙が左手に持つ。　**19**

金霞冠（きんかかん）　**116**

金丸（きんがん）　弾弓で打つもの。金毛童子が使う。呂岳の肩を打つ。楊戩が余徳を打つ。

金眼神鶯（きんがんしんおう）　**122**

を見てもらうことになる。
李仁（りじん）　殷の大夫。崇侯虎を捕らえた崇黒虎を討つという紂王を諫める。
李燧（りすい）　殷の上大夫。殷郊らが捕まったと聞き、朝歌の午門に来る。
李靖（りせい）　**28**
李通（りつう）　殷の上大夫。紂王に臨潼関へ、鄧昆、芮吉を派遣することを勧める。
李定（りてい）　殷の上大夫。紂王に西岐討伐に張山を行かせるように勧める。
李登（りとう）　殷の臣。紂王に西岐討伐に洪錦を行かせるように勧める。
李平（りへい）　呂岳の道士仲間。姜子牙の邪魔をしようとする呂岳に注意をしに行ったところ、楊任の五火神焔扇で扇がれて灰と化す。
龍安吉（りゅうあんきつ）　穿雲関の先行官。四肢酥圏という宝貝で黄飛虎、洪錦、南宮适らを捕えた。しかし、哪吒の乾坤圏で打たれて殺される。欄杯星に封じられる。
劉乾（りゅうかん）　朝歌で木を切る仕事をしていた。姜子牙の算命館で、占いが当たらなければつぶすと言うが、当たったため、姜子牙を尊敬するようになる。さらに別の男を連れてきて、姜子牙に占わせた。その占いも当たり、姜子牙の評判が上がることになった。
劉環（りゅうかん）　羅宣の道士仲間。殷郊を助けに来た。黄色い顔をし、顎には渦巻き状の鬚が生えている。哪吒と戦って乾坤圏で打たれる。その晩、西岐に火をかけるが、龍吉公主に火を消された上、二龍剣で殺された。接火天君に封じられる。
龍環（りゅうかん）　黄飛虎配下。殷郊らを暗殺から守ったり、文王を逃がしたりする。黄明らと行動を共にし、黄飛虎を助ける。紂王討伐では黄飛虎と共に青龍関を狙う。臨潼関では欧陽淳と戦う。封神され、西斗星官の正神となる。
龍吉公主（りゅうきつこうしゅ）　**126**
龍鬚虎（りゅうしゅこ）　**38**
劉甫（りゅうほ）　二龍山黄峰嶺に住む。殷洪の配下となり、共に戦ったが、鄧九公に斬られた。封神されて雷部天君正神となる。
李燁（りよう）　殷の上大夫。殷郊らが捕まったと聞いて、朝歌の午門に来る。
呂岳（りょがく）　**108**
呂岳四高弟（りょがくしこうてい）　**110**
呂公望（りょこうぼう）　周の臣。崇侯虎が陳継貞に助勢を出したのを見て、辛甲の助勢に出て、梅徳を殺した。黄天祥と張桂芳が戦った際には、南宮适らと張桂芳を取り囲んでいる。
李艮（りこん）　李良とも。東海龍王敖光の配下の巡海夜叉。水晶宮が揺れる原因が哪吒とわかり、止めに行った。その時、哪吒に失礼を働かれたので大斧を振り下ろすものの、逆に哪吒の乾坤圏で殺される。
林善（りんぜん）　諸侯と紂王が戦った際、魯仁傑に殺される。披麻星に封じられる。
霊芽仙（れいがせん）　截教の仙人。誅仙陣で通天教主を迎え、万仙陣にも参加する。万仙陣の戦いでは、両儀陣にいて普賢真人と戦って捕まえられ、原形の白象となる。普賢真人の乗り物となる。
霊法大法師（れいほうだいほうし）　崆峒山元陽洞の仙人。十絶陣を破りに西岐に行く。風吼陣を破るのに必要な定風珠が度厄真人のところにあると、他の仙人たちに伝える。誅仙陣や万仙陣を経て、殺生戒を終え、山に帰る。
老子（ろうし）　**88**
老夫人（ろうふじん）　張奎の母。楊戩の術にはめられ、張奎の手にかかって死ぬ。
魯仁傑（ろじんけつ）　**78**
魯雄（ろゆう）　殷の総兵官。蘇護討伐に疑問を抱いたり、聞仲が西岐討伐に行くのを止めたりする。張桂芳の援軍として名乗り出て、費仲、尤渾を連れて出発。張桂芳の死を知り、岐山に野営を張るが、姜子牙の術によって兵は凍りつき、魯雄自身も捕まってしまう。最後に姜子牙を一喝したが、斬られた。封神され、北斗五気水徳星君となる。

乗り物

烏騅馬（うすいば）　蔣雄の乗り物。
雲霞獣（うんかじゅう）　清虚道徳真君から楊任に授けられる。　**32**
火眼金睛獣（かがんきんせいじゅう）　崇黒虎の乗り物。　**134**
鄭倫の乗り物。
余化の乗り物。
陳奇の乗り物。
花斑豹（かはんひょう）　高友乾の乗り物。　**71**
九龍沈香輦（きゅうりゅうちんこうれん）　元始天尊の乗り物。　**86**
通天教主の乗り物。

に会う。常昊と戦って、原形を現した常昊の毒気に当たり、気を失ったところを殺される。伏吟星に封じられる。

楊森（ようしん） **70**

楊戩（ようせん） **24**

姚楚亮（ようそりょう） 西南豫州侯。孟津で武王に会い、紂王の政治の乱れを知らせる。

瑤池金母（ようちきんぼ） 龍吉公主の母。素色雲界旗を南極仙翁に貸す。

姚中（ようちゅう） 殷の大夫。武王の即位を紂王に報告しようとして、微子に止められるが、結局報告し、聞き流されて嘆く。

姚忠（ようちゅう） 遊魂関の将軍・竇栄の副将。助勢に来た道士の孫徳と徐仁を簡単には信用しないように言う。月厭星に封じられる。

姚天君（ようてんくん） **112**

楊任（ようにん） **32**

姚賓（ようひん） →姚天君

姚福（ようふく） 殷の臣。四大諸侯が明日殺されてしまうと嘆いたのを姫昌に聞きとがめられ、姜皇后の死など、事の次第を全て話すことになる。

楊文輝（ようぶんき） **110**

楊容（ようよう） 殷の東宮主管の宦官。太子たちに姜皇后の危機を知らせる。

余化（よか） **79**

余化龍（よかりゅう） 潼関の守将。五人の息子がいる。 **83**

余慶（よけい） 殷の臣。聞仲が四聖や趙公明を呼びに行っている間、留守を任された。周軍と戦い、打神鞭で打たれた聞仲を救出する。聞仲と共に敗走し、黄天化の火龍鏢を受けて死ぬ。雷部天君正神に封じられる。

余元（よげん） 蓬莱島、余化の師。楊戩が余化に化けていたため、化血神刀の毒を解く薬を与えてしまう。渡してしまってから真実を知って追うが、哮天犬に噛まれて洞に戻る。余化が死んだのを知り下山。韓栄軍に合流して楊戩を殺そうとする。懼留孫の綑仙縄で捕まるが逃げ出し、通天教主に縄を解いてもらう。懼留孫を捕らえて来るよう言われて挑むが、また捕らえられてしまう。そこへやって来た陸圧に飛刀で首を刎ねられた。水府星に封じられる。

余光（よこう） 余化龍の三男。 **83**

余成（よせい） 青龍関の副将。鄧九公に殺される。封神され、南斗星官の正神となる。

余先（よせん） 余化龍の四男。 **83**

余達（よたつ） 余化龍の長男。 **83**

余忠（よちゅう） 南伯侯鄂順の副将。孟津で梅山七怪の一人、朱子真と戦うが、黒煙に紛れて原形を現した朱子真（猪の怪）に食いちぎられて死ぬ。除殺星に封じられる。

余兆（よちょう） 余化龍の次男。 **83**

余徳（よとく） 余化龍の五男。 **83**

ら

雷開（らいかい） 殷の将。紂王の命を受け、殷破敗と共に太子らの追っ手となり、廟の中にいた殷洪を見つけ、連れ戻す。紂王の命により殷郊と殷洪を処刑しようとした時、大風が吹いて、太子たちを連れ去ってしまった。五軍都督となり、孟津へ行くが、助勢に来るのは妖怪ばかりだった。駅馬星に封じられる。

雷鵾（らいこん） 殷の将。魯仁傑の言で、袁洪らが妖怪だと知る。姜子牙らが朝歌に入ったと知り、紂王が出陣する際、雷鵬と共に左右に付き添った。紂王を守って戦うが、楊戩に斬られる。封神されて南斗星官の正神となる。

雷震子（らいしんし） **30**

雷鵬（らいほう） 殷の将。魯仁傑の言で、袁洪らが妖怪だと知る。姜子牙らが朝歌に入ったと知り、紂王が出陣する際、雷鵾と共に左右に付き添った。紂王を守って戦うが、雷震子に殺される。勾陳星に封じられる。

羅宣（らせん） 火龍島の焔中仙。申公豹に頼まれ、殷郊を助けに行く。道士仲間の劉環が来るのを待って出陣し、三面六臂の姿で戦うが、打神鞭で打たれてしまう。これに怒って、夜、万里起雲煙を西岐城に射て、城に火をつけるが、龍吉公主に消され、宝貝を次々と奪い取られてしまう。逃げる途中で李靖と会い、玲瓏塔で殺される。封神され、南方三気火徳星君正神となり、火部五人の正神を率いる。

李奇（りき） **110**

李吉（りきつ） 敗走する聞仲軍に食事をふるまう途中の村の老人。

李錦（りきん） 三山関の総兵官・張山の配下。西岐討伐軍の先行官。殷郊に会うよう張山に勧める。敗走する殷郊を守った。周軍の夜襲で南宮适に斬られる。皇恩星に封じられる。

陸圧（りくあつ） **136**

李興覇（りこうは） **70**

李氏（りし） 崇侯虎の妻。捕まった夫を娘と共に轅門で待つ。文王に許され、崇黒虎に面倒

を摘んでいたところ、哪吒の放った震天箭が当たって死ぬ。
碧雲童子（へきうんどうじ）　龍吉公主の弟子。師命によって霧露乾坤網で西岐城の火を消す。
碧雲童子（へきうんどうじ）　女媧の命によって千年狐狸精ら三妖を縛妖索で捕まえる。
碧霞童子（へきかどうじ）　紂王に怒った女媧の供をし、鸞鳥に乗って朝歌に向かう。
碧霄（へきしょう）　**106**
卞吉（べんきつ）　**85**
卞金龍（べんきんりゅう）　**85**
法戒（ほうかい）　蓬莱島の錬気士・韓昇と韓変に万刃車を授ける。弟子の彭遵が戦死したため、徐蓋を助けに来て、雷震子を捕らえる。哪吒に怪我をさせられ、腹いせに雷震子を斬ろうとするが止められる。打神鞭を取り上げるも、鄭倫の白光を食らって捕まる。処刑されようというところを準提道人に助けられ、西方に去り、舎衛国で祇陀太子となり、悟りを開く。
方義真（ほうぎしん）　徐芳の配下。黄飛虎らを朝歌に護送する途中、楊任の五火神焔扇に殺される。官符星に封じられる。
方景春（ほうけいしゅん）　殷の中大夫。蘇護の降伏を知り、紂王に報告する。
龐弘（ほうこう）　二龍山黄峰嶺に住む。殷洪配下となり、蘇護のもとへ使者として行く。哪吒と戦い、乾坤圏で打ち落とされて殺される。封神されて雷部天君正神となる。
彭遵（ほうじゅん）　界牌関の徐蓋の部下で先行官。魏賁と戦い、菡萏陣で殺すが、自らも雷震子に殺される。羅睺星に封じられる。
方相（ほうそう）　鎮殿大将軍。逃げて来た殷郊と殷洪を助けて兄の方弼と共に謀反を起こす。黄飛虎が追っ手として来るが、逆に策を授けられる。しかし万策尽きて、殷郊と殷洪、及び兄と別れ、別の方向へ去った。その後、渡し場をやっていたが、兄と共に散宜生の定風珠を奪って逃げる。しかし、黄飛虎に追いつかれ、周軍に入る。十絶陣の落魂陣で死んだ。太歳部下、日値衆星の開路神となる。
彭祖寿（ほうそじゅ）　東北兗州侯。孟津で武王に会い、紂王の無道ぶりを説明する。姚庶良が討ち取られたのを見て出陣。呉龍と戦い、妖気にまかれて落馬したところを斬られる。歳厭星に封じられる。
方天爵（ほうてんしゃく）　殷の上大夫。太子たちが捕らえられたと聞いて午門に来る。
方弼（ほうひつ）　鎮殿大将軍。逃げて来た殿下を助けて弟の方相と共に謀反を起こす。太子たちと別れ、渡し場をやっていたが、周軍に入った後、十絶陣の風吼陣で死ぬ。太歳部下、日値衆星の顕道神となる。

ま

魔家四将（まけよんしょう）　魔礼青、魔礼紅、魔礼海、魔礼寿のこと。　**72**
魔礼海（まれいかい）　**72**
魔礼紅（まれいこう）　**72**
魔礼寿（まれいじゅ）　**72**
魔礼青（まれいせい）　**72**
無当聖母（むとうせいぼ）　**116**
毛公遂（もうこうすい）　**42**
孟氏（もうし）　比干の夫人。夫に降りかかった災難を嘆く。
木吒（もくた）　**29**
文殊広法天尊（もんじゅこうほんてんそん）　**101**

や

尤渾（ゆうこん）　殷の中諫大夫。聞仲の北征中、費仲と共に紂王から寵愛を受けた。拝礼に来た諸侯のうち、蘇護だけが賄賂を贈らなかったので恨み、蘇護の娘・妲己を紂王に献上させようとする。聞仲に張桂芳の救援に行くよう命じられて出陣するが、姜子牙の術によって氷づけにされて捕まる。岐山で首を刎ねられた。巻舌星に封じられる。
楊貴妃（ようきひ）　→楊氏
楊顕（ようけん）　梅山七怪の一人。　**74**
楊氏（ようし）　**56**
楊氏（ようし）　蘇護の妻。娘、妲己の行く末を案じて泣く。朝歌に行く娘との別れを悲しみ、侍女らになだめられて、ようやく屋敷に戻る。蘇護が西岐討伐を命じられた折、西岐に投じようという夫の意見に賛成する。
楊修（ようしゅう）　殷の臣。庶民が蛇を納めるのを不審に思う（これらの蛇は蠆盆に使われるものだった）。
姚少司（ようしょうし）　峨嵋山羅浮洞、趙公明の弟子。師と共に聞仲の救援に行く。師を呪い殺そうとする姜子牙から釘頭七箭書を奪うが、楊戩の術にはめられ、取り返された上、哪吒に殺される。利市仙官に封じられる。
姚庶良（ようしょりょう）　右伯侯。孟津で武王

えられたり、蠆盆が作られたりする出来事が続き、殷の政治の乱れを身近に感じることになる。物語の後半では、諫言した箕子が処刑されそうになっているのを見て、命乞いをしている。箕子が奴隷にされてしまうと、廟内の殷28代の位牌を運び出し、他州に投じた。

微子衍（びしえん）　帝乙の次男。紂王の兄。帰郷する商容を引き留めようとする。上奏文で怒りを買い、殺されそうになっている四大諸侯の命乞いをしたり、赦されて幽閉から放たれた姫昌に会っている。箕子が奴隷にされてしまうと、廟内の殷28代の位牌を運び出して去る。

微子啓（びしけい）　帝乙の長男。紂王の兄。弟・微子衍と行動を共にする。宋の地に封じられ、公爵となる。

微子敬（びしけい）　帰郷する商容を止めようとする。

微子徳（びしとく）　比干の息子。父に降りかかった災難に嘆きつつも、姜子牙が残した策を父に思い出させる。父の死後、葬儀を行う。

費仲（ひちゅう）　殷の中諫大夫。聞仲の北征中、尤渾と共に寵愛された。讒言をして実権を握り、紂王に美女集めの策を奏上した。拝礼に来た諸侯のうち、蘇護だけが賄賂を贈らなかったので、それを恨み、蘇護の娘・妲己を紂王に献上させようとする。妲己が来てからは、姜皇后を陥れるため、部下の姜環を刺客に仕立て上げ、紂王を襲わせ、彼は皇后の命による刺客だと報告したり、諸臣の諫言を抑えるため、四大諸侯を殺して圧力をかける方法を考えたりした。聞仲に張桂芳の救援に行くよう命じられて出陣したところ、姜子牙の術によって氷づけにされて捕まり、岐山で首を刎ねられた。勾絞星に封じられる。

畢環（ひっかん）　二龍山黄峰嶺に住む。殷洪の配下となる。黄天化や楊戩と戦うが、哮天犬に噛みつかれたところを斬られた。封神されて雷部天君正神となる。

畢公（ひっこう）　周の臣。西岐から朝歌に赴く姫昌を見送る。

畢公高（ひっこうこう）　周の四賢。紂王討伐に参加する。魏に封じられ、伯爵となる。

白蓮童子（びゃくれんどうじ）　接引道人に亀霊聖母の原形の大亀を西方に連れて行くよう命じられるが、誤って蚊を放ってしまい、亀を殺してしまう。

飛龍洞の童子（ひりゅうどうのどうじ）　懼留孫の命によって澠池攻略の書を渡す。

飛廉（ひれん）　殷の中諫大夫。殷の終焉が近いことを悟り、悪来と共に玉璽を盗み出して周の武王に献上し、褒美をもらおうと考える。後に、それを実行に移して周の中大夫となるが、これは二人を引き止めておこうという姜子牙の作戦で、岐山で捕らえられて首を刎ねられる。氷消瓦解の神に封じられた。

毘蘆仙（ひろせん）　截教の仙人。誅仙陣で通天教主を迎える。万仙陣で敵を待ち、太乙真人と戦う。後に西方に帰依し、毘蘆仏となる。

風林（ふうりん）　**82**

武栄（ぶえい）　秦州の運糧官、猛虎大将。姜子牙を救おうとして、馬元に心臓を食べられてしまう。流霞星に封じられる。

武王（ぶおう）　→姫発

武吉（ぶきつ）　**34**

武吉の母（ぶきつのはは）　何日も帰ってこなかった息子から事情を聞いて嘆く。武吉が事件の発端として姜子牙の話をしたことから、その老人が助けてくれるかもしれないと思い、再び武吉を磻渓に遣る。武吉から姜子牙の言葉を伝えられ、言われた通りにし、息子を救う。

普賢真人（ふげんしんじん）　九宮山白鶴洞。木吒の師。十絶陣のうち寒氷陣を破り、袁天君を呉鉤剣で斬る。万仙陣では両儀陣で霊牙仙と戦い、その原形の白象を乗り物とする。金霊聖母とも戦う。

符元仙翁（ふげんせんおう）　月合仙翁に龍吉公主と洪錦が赤い糸で結ばれていると告げる。

武庚（ぶこう）　紂王の息子。諸侯に宮中で発見され、捕まる。処刑されるところを武王に助けられ、朝歌を守るよう言われる。

武高逵（ぶこうき）　夷門伯。孟津で武王に会い、袁洪と戦うことを提案する。

武成王（ぶせいおう）　→黄飛虎

伏羲（ふっき）　**121**

文王（ぶんおう）　→姫昌

聞仲（ぶんちゅう）　**66**

文聘〈聞聘〉（ぶんへい）　飛鳳山に住み、青騘馬に乗る。決闘の真似事をしている時、黄飛虎に会い、共に崇黒虎を迎えに行く。周軍に合流して高継能と戦う。澠池で崇黒虎と共に、張奎と戦い殺される。封神されて五岳のうち中岳嵩山中天崇聖大帝となる。

平霊王（へいれいおう）　東海で謀反を起こし、聞仲が征伐に出る。

碧雲童子（へきうんどうじ）　石磯の弟子。薬草

ていた姜子牙の一魂一魄を瓢箪に入れて守ったりと、姜子牙がらみの出番が多い。五火七翎扇で十絶陣の紅砂陣を破ったり、瑤池金母のもとに素色雲界旗を借りに行く大役も務める。万仙陣に元始天尊と共にやって来て、馬遂を止める。虬首仙、霊牙仙、金光仙の原形を現させる。

燃灯道人（ねんとうどうじん） **90**

は

梅山七怪（ばいざんしちかい） **74**

梅徳（ばいとく） 崇応彪に命じられ、士気をあげる。陳継貞の助勢に出るが、呂公望に殺される。地空星に封じられる。

梅伯（ばいはく） 殷の上大夫。寿王（後の紂王）を東宮にと上奏する。死刑を命じられた杜元銑に会い、憤りを覚えて紂王に会うが、逆に紂王の怒りを買い、炮烙によって刑死する。天徳星に封じられる。

梅武（ばいぶ） 崇侯虎の副将。冀州討伐の折、蘇全忠に討たれる。天空星に封じられる。

伯夷（はくい） 殷の臣。姫昌らの命乞いをした。武王の紂王討伐を首陽山で阻むが、殷が戦いによって滅びたことを知り、山に籠もり餓死する。

麦雲（ばくうん） 殷の臣。赦された姫昌に会う。

白雲童子（はくうんどうじ） 清虚道徳真君の弟子。師の命によって、瓢箪から二粒の仙丹を持って来たり、黄天化を呼んで来たりする。魔礼青に殺された黄天化の遺体を背負って青峰山に戻る。

白雲童子（はくうんどうじ） 広成子の弟子。獅子崖から中々戻って来ない殷郊を呼びに行く。

伯适（はくかつ） 周の八俊。張桂芳を取り囲む。紂王討伐に参加する。

柏鑑（はくかん） **138**

柏顕忠（はくけんちゅう）洪錦配下。西岐討伐の先行官。鄧九公と戦い、殺される。天敗星に封じられる。

伯達（はくたつ） 周の八俊。張桂芳を取り囲む。紂王討伐に参加する。

麦智（ばくち） 殷の臣。赦された姫昌に会う。

白天君（はくてんくん） 柏天君・百天君とも。 **112**

伯邑考（はくゆうこう） **23**

白礼（はくれい） →白天君

馬元（ばげん） 骷髏山白骨洞の一気仙。申公豹に頼まれ、殷洪を助けに来る。呪文を唱えると頭の後ろから一本の太い手が伸びる。楊戩の心臓を食うが、楊戩の罠にかかって体調を崩す。さらに姜子牙と戦うが、幻覚を見せられて疲れさせられる。陣に戻ろうとしたところで一人の女に会い、心臓を食おうとするが、心臓がない。実はこれは文殊広法天尊の罠だった。捕らえられたものの、準提道人に救われて、共に西方に去る。

馬洪（ばこう） 馬氏の父。縁談を持って来た宋異人を出迎える。

馬氏（ばし） 馬洪の娘。姜子牙の妻となる。当時68歳。姜子牙に商売をさせようとするが、ことごとく失敗。姜子牙が妖怪を退治しているのを、一人でぶつぶつ言っていると勘違いしていた。姜子牙が官を辞したと知り、離婚を迫り、離婚する。再婚した夫から、姜子牙が本当に大功をあげたことを聞き、別れたことを悔んで首を吊って死ぬ。掃箒星に封じられる。

馬遂（ばすい） 截教の仙人。万仙陣を見に来た玉虚門下の道士を威嚇し、黄龍真人の頭に金箍をはめる。だが元始天尊が来ると、慌てて陣に戻った。

馬成龍（ばせいりゅう） 楊戩を助けに行こうとして花狐貂に食べられる。陽差星に封じられる。

馬善（ばぜん） 燃灯道人の瑠璃灯。白龍山にいて、殷郊の配下となる。白い顔をし、三つ目である。鄧九公に捕まえられるが、原形が火のため、首を斬られても元に戻る。一旦自軍に帰り、楊戩と戦った折、照妖鑑で原形がばれ、燃灯道人の瑠璃に収められる。

馬忠（ばちゅう） 穿雲関の先行官、神煙将軍。黒煙を吐き出し、姿を消す。が、三面八臂となった哪吒に九龍神火罩で殺される。血光星に封じられる。

馬兆（ばちょう） 姜文煥配下、総兵官。金吒が化けた道士・孫徳の遁龍棒で捕まる。夜襲と木吒の内応によって遊魂関が破られ、助け出される。

白鶴童子（はっかくどうじ） **37**

馬徳（ばとく） 三山関、張山の部下。西岐討伐軍の輔佐官。

馬方（ばほう） 青龍関の副将。鄧九公と戦い、殺される。朱雀星に封じられる。

比干（ひかん） **76**

微子（びし） 紂王の伯父。梅伯が炮烙で死んだと知り、国の危機を感じる。太子たちが捕ら

を奪うが、楊戩に術ではめられ、取り戻された上、殺される。招財使者に封じられる。

陳継貞（ちんけいてい）　崇侯虎配下。崇応彪に命じられ、士気をあげる。

陳梧（ちんご）　穿雲関の守備。陳桐の兄。黄飛虎を謀殺しようとするが、すんでのところで逃げられる。黄明や黄飛虎と戦い、死ぬ。月刑星に封じられる。

陳光（ちんこう）　蘇護が西岐討伐する際の先発部隊の指揮官。

陳庚（ちんこう）　孔宣の配下。黄天化の火龍鏢に打たれて斬られる。歳殺星に封じられる。

陳庚（ちんこう）　呂岳の義弟。呂岳を助けるため、穿雲関に行って哪吒らと戦うが、乾坤圏を食らう。楊任の五火神焔扇によって灰と化す。封神されて、瘟部正神の勧善大師となる。

陳青（ちんせい）　殷の奉御官。比干の心臓が取られることになったと、比干に伝える。

陳桐（ちんとう）　黄飛虎の元部下で潼関の将軍。火龍鏢で黄飛虎を絶命させ、周紀の首を打ち抜く。黄天化に火龍鏢を取られ、莫邪の宝剣で斬られる。天羅星に封じられる。

通天教主（つうてんきょうしゅ）　**102**

帝乙（ていいつ）　**49**

丁建吉（ていけんきつ）　邠州伯。孟津で武王に会う。

丁策（ていさく）　殷の高明な隠士。義弟らに勝手に賢士募集に申しこまれ、神策上将軍となり出陣する。武吉と戦い、さらに哪吒と戦って乾坤圏で殺される。帝輅星に封じられる。

鄭椿（ていちん）　澠池県の先行官。黄飛虎に殺される。浮沈星に封じられる。

鄭倫（ていりん）　**48**

徹地夫人（てっちふじん）　竇栄の夫人。道士孫徳、徐仁（実は金吒と木吒）を軽々しく信じてはいけないと夫に注意する。夜襲を受けた際、木吒と共に関の守りにつく。木吒に呉鉤剣で斬られる。月魁星に封じられる。

陶栄（とうえい）　**68**

竇栄（とうえい）　遊魂関の将軍。道士の孫徳、徐仁に助けられて、東伯侯・姜文煥の将・馬兆を捕らえた。しかし、この道士は実は金吒と木吒であったため、夜襲をかけられ、金吒の遁龍椿で捕まえられ、姜文煥に斬り殺された。封神され北斗星官（武曲）となる。竇融とも。

鄧華（とうか）　玉虚宮第５番目の弟子。十絶陣の天絶陣に入り、首を打ち落とされる。木府星に封じられる。

鄧九公（とうきゅうこう）　**45**

道行天尊（どうこうてんそん）　金庭山玉屋洞。韋護、韓毒龍、薛悪虎の師。十絶陣を破りに西岐に赴いた折、趙公明と戦い、怪我を負う。誅仙陣では陣から火の手があがると同時に絶仙剣を外す役割を任う。万仙陣では元始天尊から誅仙陣で使われていた宝剣を渡される。それを万仙陣に祀り、陣を乱す。

鄧昆（とうこん）　殷の臣。臨潼関に遣わされる。欧陽淳に妻の姉の夫、黄飛虎を捕まえたと聞き、彼を助けだし、周に投降しようと考える。一緒に遣わされて来た芮吉も同じように考えているのを知り、意気投合する。幽魂白骨幡を無事に通る霊符を卞吉からもらって、周軍に渡した。卞吉、欧陽淳を殺し、周に投じる。

鄧秀（とうしゅう）　鄧九公の息子。西岐討伐先発隊の副指揮官。周軍に負け、西岐に投じる。紂王討伐に参加し、黄飛虎軍で青龍関を狙う。夜襲で丘引を包囲し、潼関では余光と戦う。五鬼星に封じられる。

董全（とうぜん）　→董天君

鄧嬋玉（とうせんぎょく）　**128**

董忠（とうちゅう）　殷の高明な隠士、丁策の義兄弟。朝歌の賢士募集に勝手に自らと丁策、郭宸の申しこみをしてしまう。出仕し威武上将軍となる。姜子牙らと戦い、姜文煥に殺される。封神され、北斗星官（招揺）となる。

鄧忠（とうちゅう）　**68**

董天君（とうてんくん）　**112**

杜元銑（とげんせん）　殷の司天台。雲中子が残していった詩を見る。天象によって宮廷に妖気が増していることを思い出し、これを不吉の兆しとして詩を残したと理解する。これを上奏し、処刑される。博士星に封じられる。

土行孫（どこうそん）　**128**

度厄真人（どやくしんじん）　李靖、鄭倫の師。九鼎鉄叉山八宝雲光洞。風吼陣を破るため、定風珠を散宜生らに渡す。

な

哪吒（なた）　**26**

南宮适（なんきゅうかつ）　**39**

南極仙翁（なんきょくせんおう）　闡教。姜子牙が封神榜を与えられた時に、帰り道で申公豹と話しているのに気づき、白鶴童子と共に封神榜を守りに行く。打神鞭を渡したり、漂っ

挨拶を受ける。武王（姫発）が紅砂陣に捕らわれたことについて、姜子牙に聞いて来させたり、武王の出陣を祝ったりした。帰国した武王に挨拶を受ける。

太上老君（たいじょうろうくん） →老子

太顛（たいてん） **44**

太妊（たいにん） 姫昌の母。周朝の国母。息子に七年の難があるという占いの結果を告げる。また、十絶陣の戦いで、武王が紅砂陣に捕らわれたことについて、姜子牙に聞いて来させる。帰国した武王に挨拶を受ける。

太鸞（たいらん） **46**

戴礼（たいれい） 梅山七怪の一人。 **74**

妲己（だっき） **52**

多宝道人（たほうどうじん） 火霊聖母の師。広成子が截教を馬鹿にしたと思って怒り、殺そうとした。通天教主から誅仙陣を布くべく、四本の宝剣と誅仙陣図を渡され、界牌関に赴く。誅仙陣の戦いでは、教主が杖で打たれたのを見て老子を襲った。しかし、風火蒲団で捕まり、玄都に送られる。

紂王（ちゅうおう） **50**

仲忽（ちゅうこつ） 周の八俊。張桂芳を取り囲む。紂王討伐に参加する。

仲突（ちゅうとつ） 周の八俊。張桂芳を取り囲む。紂王討伐に参加する。

張奎（ちょうけい） **58**

趙啓（ちょうけい） 殷の上大夫。寿王（後の紂王）を東宮に推す。太子処刑の聖旨を破り捨てるなど賢臣として国を憂えている。商容の屍を城外に捨てろという紂王を罵って怒りを買い、炮烙で殺される。天赦星に封じられる。

張奎の母（ちょうけいのはは） →老夫人

張桂芳（ちょうけいほう） **82**

張謙（ちょうけん） 殷の上大夫。鄧九公が西岐に降ったことを紂王に知らせる。

張元（ちょうげん） 胡喜媚曰く、冀州での妲己の主治医。実在かどうかは怪しい。

趙江（ちょうこう） →趙天君

趙公明（ちょうこうめい） **104**

張三（ちょうさん） 馬氏の夫。元の夫の姜子牙について聞く妻に、姜子牙が偉くなっていることを話す。それを聞き悲観して自殺した馬氏を葬る。

張山（ちょうざん） 三山関の総兵官。詔を受けて西岐討伐に出る。鄧嬋玉と戦い、五光石に打たれる。その日、羽翼仙に会い、傷を治してもらう。殷郊や羅宣を迎え入れるが、いずれも敗死。最後は夜襲に遭い、鄧九公に殺される。滕蛇星に封じられる。

長耳定光仙（ちょうじていこうせん） 截教。誅仙陣で通天教主を迎える。老子と通天教主の戦いを見て、闡教は素晴らしいと思ってしまう。万仙陣では六魂旛を持って立ち、通天教主に合図と共に旛を動かすよう言われるが、闡教の素晴らしさを思い、蘆篷に隠れていたところを老子達に見つかった。後に、西方に帰依する。

張紹（ちょうしょう） →張天君

趙昇（ちょうしょう） **46**

張節（ちょうせつ） **68**

晁田（ちょうでん） 殷の臣。姜環を連れて姜皇后と対面させるよう命じられる。対面させ、外で控えている時、宝剣を手に出て来た殷郊に会い、紂王に太子たちが命を狙っていると報告する。西岐討伐に派遣された際に、捕まった弟の晁雷が、晁田も西岐に投じるよう説得しに来た。だが、家族を朝歌に置いて来たため、すぐには従えず、自分が人質となり、弟に家族を迎えに行かせた。風吼陣を破るため借りてきた風珠を方弼らに盗まれる。歳破星に封じられる。

張天君（ちょうてんくん） **112**

趙天君（ちょうてんくん） **112**

趙丙（ちょうへい） 冀州の大将。蘇全忠の勝利に乗って崇侯虎軍を攻め、大勝する。蘇護に夜襲を勧めて取り入れられ、夜襲の右営を任される。西岐討伐軍の先発部隊の指揮官となる。西岐に帰順し、紂王討伐に参加する。王豹の劈面雷で顔面を焼かれて死ぬ。封神されて東斗星官の正神となる。

張鳳（ちょうほう） 臨潼関の総兵官。難民を通せと姜子牙に言われるが、受け入れなかった。黄飛虎に不意打ちをかけて殺そうとするが、部下に裏切られて殺される。鑽骨星に封じられる。

晁雷（ちょうらい） 殷の臣。姜環を連れて姜皇后と対面させるよう命じられる。西岐討伐に出て捕まり、西岐に帰順する。紂王討伐に参加した。封神され中斗星官の正神となる。

陳奇（ちんき） **84**

陳季貞（ちんきてい） 冀州の大将。蘇全忠の勝利に乗って崇侯虎軍を攻め、大勝する。夜襲の左営を任される。死気星に封じられる。

陳九公（ちんきゅうこう） 峨嵋山羅浮洞。趙公明の弟子。師の命を奪おうとする釘頭七箭書

とに遣わされる。周軍の素晴らしさを目の当たりにし、投降の意志を固める。一緒に来た鄧昆も同じ思いだと知り、話し合っているところを土行孫に聞かれる。周軍を苦しめていた卞吉の幽魂白骨幡の下を無事に通る霊符をもらい、周軍に渡した。卞吉と投降の意志のない欧陽淳を殺し、周に投じた。

清虚道徳真君（せいきょどうとくしんくん）　青峰山紫陽洞。黄天化と楊任の師。楊任のえぐられてしまった眼窩に仙丹を入れ、目がついている二本の手を生やす。黄天化には宝貝と玉麒麟を与え、さらに双鎚の技や、鑽心釘を与える。十絶陣では、燃灯道人に出陣を命じられて紅水陣に入り、五火七禽扇で王天君を殺し、陣を破る。誅仙陣では、元始天尊と共に出陣する。穿雲関で苦しむ子牙達を助けるため、楊任に飛電槍の術と五火神焔扇と雲霞獣を授け下山させる。万仙陣で戦い、殺生戒を終える。

成湯（せいとう）　黄帝の子孫。姓は子。伊尹を桀王に推薦したが聞き入れられなかった。後に殷王朝を開く。在位 13 年。享年 100 歳。殷は紂王（帝辛）まで 640 年続いた。

赤精子（せきせいし）　**95**

薛悪虎（せつあくこ）　金庭山玉屋洞、道行天尊の門徒。西岐に食料をもたらす。十絶陣の寒氷陣で命を落とす。太歳部下、日値衆星の損福神に封じられる。

接引道人（せついんどうじん）　**139**

石磯（せっき）　**118**

千年孤狸精（せんねんこりせい）　→蘇妲己

銭保（せんほ）　三山関の総兵官・張山の部下。西岐討伐軍の先行官。鄧九公と戦い、殺される。天医星に封じられる。

宋異人（そういじん）　姜子牙の義兄弟。訪れた姜子牙をもてなし、縁談をまとめる。姜子牙が道術を心得ていると知り、占いのための算命館を用意する。姜子牙が朝歌から去る時は姜子牙とその妻、馬氏との喧嘩を止めに来て、馬氏の要求通り、離婚するように勧める。西岐に行く姜子牙を見送る。

宋異人の息子（そういじんのむすこ）　姜子牙が斉に落ち着き、宋異人に恩返しをしようとした時には、もう宋異人たちが亡くなっていたため、姜子牙の使者から黄金などをもらい、お礼の手紙を使者に渡す。

桑元（そうげん）　三山関の総兵官・張山の部下。西岐討伐軍の輔佐官。

曹宗（そうそう）　近伯。孟津で武王に会う。

宗智明（そうちめい）　左伯。孟津で武王に会う。

曹宝（そうほう）　五夷山。蕭昇と碁を打っていて、燃灯道人と出会う。紅水陣によって命を落とす。納珍天尊に封じられる。

蘇護（そご）　**47**

蘇全忠（そぜんちゅう）　**48**

蘇妲己（そだっき）　→妲己

孫寅（そんいん）　殷の上大夫。太子たちが捕らえられたと聞き、午門にやって来る。

孫栄（そんえい）　崇侯虎の将軍。崇黒虎の手紙を崇侯虎に渡す。

孫栄（そんえい）　殷の上大夫。袁洪が出ている討伐について箕子らと話し合う。

孫焔紅（そんえんこう）　**46**

孫合（そんごう）　孔宣配下。武吉と戦い、殺される。五窮星に封じられる。

孫氏（そんし）　宋異人の妻。姜子牙と馬氏の夫婦喧嘩を止め、訳を聞く。姜子牙が占いが出来ると知り、算命館をつくってあげるよう提案する。

孫子羽（そんしう）　崇侯虎の将。蘇全忠に殺される。

孫子羽（そんしう）　蘇護が西岐討伐に行く際、指揮官として同行する。周軍で紂王討伐に参加。王豹に劈面雷で顔面を焼かれ、死ぬ。封神され西斗星官の正神となる。

孫天君（そんてんくん）　**112**

孫徳（そんとく）　東海蓬莱島の道士。実は金吒。

孫宝（そんほう）　青龍関の副将。鄧九公に殺される。封神され南斗星官の正神となる。

孫容（そんよう）　殷の大夫。聞仲が朝歌を離れている間の出来事について、黄飛虎に説明してもらうのが良いと提案する。

孫良（そんりょう）　→孫天君

た

太乙真人（たいいつしんじん）　**100**

太姜（たいきょう）　周朝の国母。占いによって文王（姫昌）が西岐に帰って来たことを知り、官と公子に迎えに行かせる。紂王討伐を終え、帰国した武王に挨拶を受ける。

太公望（たいこうぼう）　→姜子牙。文王が、「太公（父）が望んでいた人物だ」と言ったことから、こう呼ばれる。

太姒（たいじ）　太姫とも。伯邑考と姫発の母。周朝の国母。姫昌や伯邑考が朝歌に旅立つ際、

びたことを知り、首陽山で餓死する。
叔夜（しゅくや）　周の八俊。張桂芳を取り囲む。紂王討伐に参加する。
朱子真（しゅししん）　梅山七怪の一人。　**74**
朱昇（しゅしょう）　殷の宦官。紂王に、摘星楼に火をかけて自分を焼き殺すよう命じられ、再三止めるが聞き入れられず、泣く泣く火をつける。摘星楼が燃えるのを見ると、紂王への忠義を貫くため、その火の中に飛びこんだ。寡宿星に封じられる。
朱天麟（しゅてんりん）　梅山七怪の一人。　**110**
準提道人（じゅんていどうじん）　**139**
蕭銀（しょうぎん）　張鳳に黄飛虎に不意打ちをするよう命じられるが、黄飛虎に恩があったため、黄飛虎を逃がした上で張鳳を殺す。
常昊（じょうこう）　梅山七怪の一人。　**74**
召公奭（しょうこうせき）　**42**
鐘志明（しょうしめい）　東南揚州侯。孟津で武王に会う。
蕭昇（しょうしょう）　五夷山。曹宝と碁を打っていたが、逃げて来た燃灯道人の代わりに趙公明と戦い、落宝金銭で二つの宝貝を奪うが殺される。招宝天尊に封じられる。
蕭臻（しょうしん）　玉虚宮の門人。十絶陣の金光陣で命を落とす。金府星に封じられる。
常信仁（じょうしんじん）　遠伯。孟津で武王に会う。
蔣雄（しょうゆう）　飛鳳山に住む。決闘の真似事をしている時、黄飛虎に会い、文聘、崔英と共に崇黒虎を迎えに行く。高継能と戦う時、烏騅馬に乗っていた。澠池で高蘭英の太陽針で目を刺されたところを張奎に殺される。封神され、西岳華山金天願聖大帝となる。
商容（しょうよう）　**78**
徐栄（じょえい）　殷の下大夫。紂王に刃を向けた黄飛虎の過ちを聞仲に告げる。
女媧（じょか）　**120**
徐蓋（じょがい）　界牌関の将軍。援軍要請の使者を朝歌に送るが、使者が斬られたことを知り、関を守り通すのが難しいと悟り、投降しようとしていたところに法戒が助勢に来る。法戒は捕らえて来た雷震子を殺そうとするが、徐蓋は止める。法戒が捕まると、投降の意志を伝えて雷震子を放す。穿雲関を守っていた弟の徐芳を追い詰める。太陽星に封じられる。
徐急雨（じょきゅうう）　聞仲の命で府門を閉ざす。
徐慶（じょけい）　聞仲に命じられ、臨潼関、佳夢関、青龍関に黄飛虎を通さないよう伝える。
徐坤（じょこん）　佳夢関。胡昇の配下。李康と戦い、その術で現れた犬に噛まれたところを斬られる。玄武星に封じられる。
胥氏（しょし）　卞金龍の妻。
徐仁（じょじん）　東海蓬莱島の道士。実は木吒。
徐忠（じょちゅう）　韓栄配下。韓栄に棄官逃亡を勧める。咸池星に封じられる。
徐芳（じょほう）　穿雲関の主将。兄の徐蓋が周に投降し、自分にも投降を勧めに来たのを怒り、捕らえる。部下・龍安吉の四肢酥圏によって黄飛虎、洪錦、南宮适を捕らえる。また、助勢に来た呂岳の瘟癀陣に姜子牙を捕らえた。しかし陣は破られ、徐芳も捕まえられて処刑された。歳刑星に封じられる。
辛環（しんかん）　**68**
秦完（しんかん）　→秦天君
申傑（しんけつ）　文王が泊まった宿の主人。驢馬を文王に差し上げ、送って行く。
辛甲（しんこう）　**43**
沈岡（しんこう）　崇黒虎の副将。崇黒虎に命じられて、崇侯虎の家族を周営に連行する。
申公豹（しんこうひょう）　**98**
秦天君（しんてんくん）　**112**
神農（しんのう）　**119**
辛免（しんめん）　**43**
水火童子（すいかどうじ）　碧遊宮。通天教主の命により、亀霊聖母や他の門徒を呼んで来る。綑仙縄で縛られたままの余元を見つける。
水火童子（すいかどうじ）　火雲洞。楊戩が来たことを三聖大師に知らせる。
水火童子（すいかどうじ）　準提道人の命で、烏雲仙を捕まえ、西方に連れて行く。
崇応彪（すうおうひゅう）　北伯侯・崇侯虎の長男。父の留守を守っていたが、文王の軍が来たことを知り戦う。援軍にきた叔父・崇黒虎を歓迎するが、それは罠で、父を呼び出させられた上、父と共に殺される。斗部九曜星官に封じられる。
崇応鸞（すうおうらん）　崇黒虎の息子。父の留守中、曹州を任せられる。父が周軍に出掛けている間、軍の教練を任せられる。父の跡を継いで北伯侯となる。孟津で武王に会い、袁洪に夜襲をかける。朝歌では紂王と戦う。
崇侯虎（すうこうこ）　**132**
崇黒虎（すうこくこ）　**134**
青雲童女（せいうんどうじょ）　女媧の命で、梅山七怪の一人、金大昇を捕らえる。
芮吉（ぜいきつ）　殷の臣。臨潼関の欧陽淳のも

虎軍で青龍関を狙う。伏龍星に封じられる。
敖明（ごうめい）　四海の龍王。玉帝の許しを得て、李靖らを捕まえに来る。
高友乾（こうゆうけん）　四聖の一人。　**70**
閎夭（こうよう）　**44**
高蘭英（こうらんえい）　**60**
黄龍真人（こうりゅうしんじん）　二仙山麻姑洞。十絶陣を破るため西岐に来訪。趙公明と戦って縛龍索で捕まるが楊戩に助けられる。呂岳の策で姜子牙たちが伝染病にかかると下山し、楊戩らと共に呂岳と戦う。誅仙陣では、諸仙より先に下山。潼関では余徳らの撒いた毒によって病気になった周軍を助けに来た。万仙陣でも、他の仙人よりも先に現れた。
胡雲鵬（こうんほう）　佳夢関、胡昇配下。蘇全忠に殺される。封神され西斗星官の正神となる。
五岳（ごがく）　黄飛虎、崇黒虎、文聘（聞聘）、崔英、蔣雄のこと。
胡喜媚（こきび）　**54**
呉謙（ごけん）　黄飛虎配下。黄飛虎の命で黄明たちと共に太子たちを暗殺から守るために高官たちを午門に集まらせたり、龍環と共に朝歌の西門を開けて文王を脱出させたりする。黄明らと行動を共にし、紂王討伐では黄飛虎軍で青龍関を狙う。臨潼関で欧陽淳と戦った。豹尾星に封じられる。
胡昇（こしょう）　佳夢関、左軍の大将。魔家四将出陣に際して、関の守備につく。徐坤、胡雲鵬を周の洪錦軍に殺され、一旦は投降を考えるが胡雷に止められる。胡雷が戦死すると、投降しようとするが、やって来た火霊聖母に止められる。最後は周軍に投降するが、心変わりを責められ、処刑された。封神され西斗星官の正神となる。
五妖怪（ごようかい）　→五路神
胡雷（こらい）　佳夢関、左軍の大将。魔家四将出陣に際して、関の守備につく。南宮适と戦い、捕まる。身代わりの術を使って死を免れようとするが、龍吉公主に見破られ、乾坤針を頭部にある泥丸宮に打ちこまれ、首を斬られて死ぬ。封神され、南斗星官の正神となる。
呉龍（ごりゅう）　梅山七怪の一人。　**74**
五路神（ごろしん）　**138**
鯀捐（こんえん）　宮女。妲己に姜皇后を陥れる策を求められて、費仲に頼むことを提案する。

さ

彩雲仙子（さいうんせんし）　**115**
彩雲童子（さいうんどうじ）　朝歌から戻って来た女媧に命じられ、後宮にある金の瓢箪を持って行く。
彩雲童子（さいうんどうじ）　石磯の弟子。碧雲童子が殺されているのを発見し、石磯に伝える。哪吒に乾坤圏を投げられて負傷する。
崔英（さいえい）　飛鳳山に住む。決闘の真似事をしている時、黄飛虎に会い、文聘、蔣雄と共に崇黒虎を迎えに行く。周軍として高継能と戦う際、黄彪馬に乗る。澠池では高蘭英の太陽針で目を刺されたところを張奎に殺される。封神されて、北岳恒山安天玄聖大帝となる。
蔡叔度（さいしゅくど）　武王の弟。周王朝成立後、管叔鮮と共に紂王の息子・武庚を監視し朝歌を守るよう命じられる。蔡の土地に封じられる。侯爵。後に武庚をたてて反乱を起こすが鎮圧される。
散宜生（さんぎせい）　**41**
三仙姑（さんせんこ）　**106**
慈航道人（じこうどうじん）　普陀山落伽洞。後に観世音大士となる。定風珠を持って風吼陣に入り、瑠璃瓶で董天君を殺した。菡芝仙が風袋で起こした風を定風珠で静める。誅仙陣では元始天尊について出陣、万仙陣では四象陣で金光仙と戦って勝利し、その原形の金毛犼を乗り物とする。金霊聖母と戦う。
四聖（しせい）　**70**
十天君（じってんくん）　**112**
四天君（してんくん）　**68**
周紀（しゅうき）　黄飛虎配下。黄飛虎の命で、太子たちの追っ手の殷破敗らに弱い兵ばかりを出す。黄明らと行動を共にし、周に帰順する。紂王討伐に参加し、黄飛虎軍で青龍関を狙う。臨潼関で黄飛虎らが卞吉に捕まるのを見て近寄れず、姜子牙に報告する。封神され南斗星官の正神となる。
周公旦（しゅうこうたん）　**40**
周信（しゅうしん）　呂岳の弟子。　**110**
周信（しゅうしん）　孔宣配下。周軍の夜襲に備える。十悪星に封じられる。
叔夏（しゅくか）　周の八俊。張桂芳を取り囲む。紂王討伐に参加する。
叔斉（しゅくせい）　殷の臣。太子たちが捕らえられたと聞いて午門にやって来る。武王の紂王討伐を首陽山で阻んだ。殷が戦によって滅

しめられている姜子牙に指地成鋼術の符を与えた。

瓊霄（けいしょう） **106**

桂天禄（けいてんろく） 欧陽淳の配下で、臨潼関の副将。李靖に殺される。

桀王（けつおう） 夏王朝の最後の王。

月合仙翁（げつごうせんおう） 月合老人とも。婚姻の相手が記された文書を持つ。洪錦が処刑されるところへかけつけ、龍吉公主と縁があると言い結婚させる。

偈諦神（げていしん） 四人いる。真言と偈を唱える神。元始天尊の命により西岐城を羽翼仙から守る。また、元始天尊が誅仙陣に入る際、九龍沈香輦を跳ね上げる。

元始天尊（げんしてんそん） **86**

玄都大法師（げんとだいほうし） 大羅宮玄都洞の仙人。赤精子の来訪を老子に報告したり、広成子に離地焔光旗を渡したり、老子の乗り物、板角大青牛の手綱を引いたりしている。

高覚（こうかく） 棋盤山の柳鬼。周を討つため戦いたいと飛廉に申し出る。孟津で姜子牙の策略を千里眼で見抜き、失敗させる。しかし、楊戩が師から授けられた策で目くらましをされた上、本体の柳を掘り起こされ、千里眼という土像を壊された。打神鞭で打たれて死ぬ。門神である鬱塁となる。

膠鬲（こうかく） 殷の上大夫。紂王を諫めるが聞き入れられず、摘星楼から飛び降りて死ぬ。奏書星に封じられる。

高貴（こうき） 青龍関の副将。黄天祥と戦い、殺される。封神され、南斗星官の正神となる。

敖吉（ごうきつ） 四海の龍王。李靖を捕まえに来る。

黄貴妃（こうきひ） →黄氏

洪錦（こうきん） **126**

鴻鈞道人（こうきんどうじん） 紫霄宮。老子、元始天尊、通天教主の師。通天教主が万仙陣を布いたことを怒る。喧嘩の仲裁をし、老子たちに仙丹を飲ませ二度と戦わないように誓わせて通天教主を連れ立ち去る。

黄金力士（こうきんりきし） →宝貝・武器・その他 **143**

黄家（こうけ） **131**

高継能（こうけいのう） 孔宣配下。黄天化を殺す。仇討ちに来た崇黒虎、文聘、崔英、蒋雄、黄飛虎らと戦い、殺される。黒殺星となる。

黄元済（こうげんさい） 崇侯虎配下の大将。冀州軍との戦いで、敗北に落ち込む主人を慰め、姫昌に援軍を頼むように言う。崇侯虎征伐の際、姫昌に攻めこまれ、南宮适に殺される。蚕畜星に封じられる。

敖光（ごうこう） 東海龍王。水晶宮に住む。哪吒の混天綾によって宮を揺らされ、李良や息子敖丙を殺されたことを怒る。玉帝に訴えようとするが、南天門で待っている時に哪吒の乾坤圏で打たれ、鱗をはがされる。一旦、哪吒の言うことを聞くふりをして、結局、玉帝にたのみ、李靖らを捕らえた。

黄滾（こうこん） →黄家

黄氏（こうし） **56**

敖順（ごうじゅん） 四海の龍王。玉帝の許しを得て、李靖らを捕まえに来る。

苟章（こうしょう） 二龍山黄峰嶺に住む。殷洪の配下となるが、夜襲で黄天祥に殺される。封神されて雷部天君正神となる。

広成子（こうせいし） **94**

孔宣（こうせん） **79**

公孫鐸（こうそんたく） 臨潼関の副将。南宮适を斬ろうとする欧陽淳を止める。刃殺星に封じられる。

高定（こうてい） 崇黒虎の副将。崇侯虎征伐の折、崇城の門に潜む。

黄天化（こうてんか） **124**

黄天爵（こうてんしゃく） →黄家

黄天祥（こうてんしょう） **130**

昊天上帝（こうてんじょうてい） 仙人のかしらとなる十二名を臣に任命する。龍吉公主の父。

黄天禄（こうてんろく） →黄家

黄飛虎（こうひこ） **122**

黄飛彪（こうひひゅう） →黄家

黄飛豹（こうひひょう） →黄家

敖丙（ごうへい） 東海龍王敖光の三男。哪吒を捕らえようとするが、逆に殺され、筋を抜かれてしまう。華蓋星に封じられる。

高明（こうめい） 棋盤山の桃の精。周を討つため戦いたいと飛廉に申し出、孟津で姜子牙の策略を順風耳で聞き、失敗させる。しかし、耳を聞こえにくくされた上で本体の桃を掘り起こされ、順風耳という土像を壊された。高覚と共に打神鞭で打たれて死ぬ。門神である神荼となる。

黄明（こうめい） 黄飛虎配下。賈氏と黄貴妃の死を知り、黄飛虎に反乱を促す。界牌関で黄滾を騙して西岐に投じざるを得ない状況に追いこむ。汜水関で余化に捕まったが、哪吒に助けられ、汜水関を出た。紂王討伐では黄飛

姫叔廉（きしゅくれん）　文王の子。紂王討伐に参加。

姫昌（きしょう）　**20**

季随（きずい）　周の八俊。張桂芳を包囲する。紂王討伐に参加。

吉立（きつりつ）　殷の臣で、聞仲の弟子。たびたび聞仲に道士仲間の力を借りるよう勧める。聞仲が留守の際には国を任された。戦いにも参加し、聞仲が姜子牙と戦って打神鞭で打たれたところを救出した。聞仲と共に敗走する際、哪吒に火尖鎗で突き殺される。雷部天君正神に封神される。

姫発（きはつ）　**22**

魏賁（ぎほん）　**41**

丘引（きゅういん）　**84**

虯首仙（きゅうしゅせん）　截教門下。誅仙陣で通天教主を迎え、万仙陣で敵を待つ。太極陣にいたところ、文殊広法天尊に捕まり、南極仙翁の術で原形の青毛の獅子に戻され、文殊広法天尊の乗り物となる。

九頭雉鶏精（きゅうとうちけいせい）　→胡喜媚

姜環（きょうかん）　費仲の家来。屈強な男で、姜皇后を陥れるため、刺客となり紂王を襲う。捕まると、姜皇后に命じられたと主張し、皇后と引き合わされる。決して真実を語らず、計略をまっとうし、太子殷郊に斬られる。

姜桓楚（きょうかんそ）　東伯侯。四大諸侯を殺してしまおうという費仲の計によって朝歌に呼び出され、姚福の言葉で娘の姜皇后の死を知り、慟哭する。上奏文をしたためるが、紂王は見もせず死刑を言い渡す。比干や黄飛虎の命乞いも空しく、釘で手足を打ち抜かれ斬り刻まれ、その肉は塩漬けにされた。帝車星に封じられる。

姜皇后（きょうこうごう）　**56**

喬坤（きょうこん）　五夷山白雲洞の散人。十絶陣の化血陣で命を落とす。太歳部下、日値衆星、夜遊神に封じられる。

姜氏（きょうし）→姜皇后

姜子牙（きょうしが）　**18**

姜尚（きょうしょう）→姜子牙

姜文煥（きょうぶんかん）　東伯侯・姜桓楚の息子。姜皇后の弟。父が朝歌で殺されたことを知り反乱を起こす。殷軍と戦い、朝歌に入城。紂王と戦い、一鞭を浴びせる。制圧後、武王が天子になることを勧める。

玉鼎真人（ぎょくていしんじん）　**96**

玉石琵琶精（ぎょくせきびわせい）→王貴人

亀霊聖母（きれいせいぼ）　截教門下。広成子の行動に怒り、碧遊宮で戦いをしかけるが、番天印で打たれそうになり、原形を現して大きな亀となる。そのことで通天教主の怒りを買い、碧遊宮を追い出される。白蓮童子が誤って放った蚊によって血を吸われて死亡。

金牙仙（きんがせん）　截教門下。広成子が亀霊聖母に対して原形を現させるような状況に追いやったことに怒る。

金霞童子（きんかどうじ）　雲中子の弟子。

金霞童子（きんかどうじ）　太乙真人の弟子。化血神刀で負傷した哪吒を金光洞に連れて帰る。

金霞童子（きんかどうじ）　清虚道徳真君の弟子。

金葵（きんき）　崇侯虎配下。冀州城で戦う。

金光聖母（きんこうせいぼ）　**112**

金光仙（きんこうせん）　截教門下。広成子が亀霊聖母が原形を現すような状況に追いやったことに怒る。誅仙陣で通天教主を迎え、万仙陣で敵を待つ。四象陣で慈航道人に敗れ、金毛犼となり、慈航道人の乗り物となる。

金箍仙（きんこせん）　截教門下。誅仙陣で通天教主を迎え、万仙陣で敵を待つ。懼留孫と戦う。

金勝（きんしょう）　殷の上大夫。聞仲の死を聞き、次の西岐討伐は鄧九公にさせるよう紂王に奏上する。

金成（きんせい）　文王が攻めて来たため、崇応彪に命じられ、士気を上げる。陳継貞に助勢するが、辛免に倒される。陰錯星に封じられる。

金吒（きんた）　**29**

金大昇（きんたいしょう）　梅山七怪の一人。**74**

金毛童子（きんもうどうじ）　二人いる。楊戩が夾龍山に行く途中で会い、弟子となる。楊戩の命により、先に西岐に行き、姜子牙に会う。呂岳が西岐を攻めた折、楊戩の命により金丸を打つ。

金霊聖母（きんれいせいぼ）　**116**

孔雀明王（くじゃくみょうおう）　誅仙陣で準提道人に呼ばれて現れる。万仙陣で大いに戦う。

懼留孫（くりゅうそん）　夾龍山飛龍洞。土行孫の師。綑仙縄が土行孫に盗まれたことに気づき下山し、土行孫を捕まえて西岐に投降させたところ、土行孫が鄧嬋玉と縁があることがわかり、結婚させようとする。佳夢関の戦いで、申公豹に襲われていた姜子牙を助けて申公豹を捕まえたり、氾水関の戦いで綑仙縄で余元を捕らえたりする。万仙陣の戦いで殺生戒を終えて山に帰った。その後、澠池で張奎に苦

って朝歌に呼び出される。紂王を諫めるため、姫昌、崇侯虎と連名で上奏文を書くが、紂王の勘気をこうむり、死刑となった。天馬星に封じられる。

賈氏（かし）　黄飛虎の夫人。妲己の策により死亡。幽霊となり夫に危険が迫っていることを知らせる。貌端星に封じられる。

夏招（かしょう）　宦官。比干を紂王が殺したことを怒り、鹿台で紂王暗殺を謀るが失敗。月徳星に封じられる。

賀申（がしん）　陳梧配下の将軍。黄飛虎を捕らえる策を進言する。

火霊聖母（かれいせいぼ）　**116**

韓栄（かんえい）　**80**

菡芝仙（かんしせん）　**114**

管叔鮮（かんしゅくせん）　武王の弟。周王朝成立の後、蔡叔度と共に紂王の息子・武庚を監視し朝歌を守るよう命じられる。侯爵として管の地に封じられるが、後に武庚をたてて反乱を起こし鎮圧される。

韓昇（かんしょう）　**81**

韓毒龍（かんどくりゅう）　金庭山玉屋洞の道行天尊の門徒。西岐に食糧をもたらす。燃灯道人の命によって十絶陣の地烈陣に入り、殺される。太歳部下、日値衆星増福神となる。

韓変（かんへん）　**81**

季騧（きか）　周の八俊。周の四賢や他の八俊たちと張桂芳を取り囲む。紂王討伐に参加。

祁恭（ききょう）　祁公とも。伯邑考が殺されたと知り、南宮适の言う通り反乱しようとする。紂王討伐に参加し、佳夢関の守備を任される。潼関の戦いでは、蘇全忠を救った。

季康（きこう）　洪錦配下。西岐討伐軍先行官として南宮适と戦う。龍吉公主と結婚した洪錦に説得されて投降し、紂王討伐に参加。周の洪錦の軍の先行官となる。呪文を唱えて犬を出すことができる。天狗星に封じられる。

箕子（きし）　殷の亜相で紂王の叔父。梅伯の刑死や、太子が処刑されそうになったことなどから、殷の行く末を憂える。紂王を諫めようとするが、かなわず逆に奴隷にされる。周王朝成立の後、高麗に封じられる。武王に洪範九疇を紹介し、遼東に去る。

姫叔安（きしゅくあん）　文王の子。紂王討伐に参加。

姫叔乾（きしゅくかん）　文王の子。風林と戦い、妖術によって討ち取られる。天貴星に封じられる。

姫叔乾（きしゅくかん）　文王の子。紂王討伐に参加。

姫叔奇（きしゅくき）　文王の子。紂王討伐に参加。

姫叔啓（きしゅくけい）　文王の子。紂王討伐に参加。

姫叔敬（きしゅくけい）　文王の子。紂王討伐に参加。

姫叔元（きしゅくげん）　文王の子。紂王討伐に参加。

姫叔広（きしゅくこう）　文王の子。紂王討伐に参加。

姫叔康（きしゅくこう）　文王の子。紂王討伐に参加。

姫叔坤（きしゅくこん）　文王の子。紂王討伐に参加。飛廉星に封じられる。

姫叔順（きしゅくじゅん）　文王の子。紂王討伐に参加。

姫叔昇（きしゅくしょう）　文王の子。澠池で張奎に殺される。封神され中斗星官の正神となる。

姫叔崇（きしゅくすう）　文王の子。紂王討伐に参加。

姫叔正（きしゅくせい）　文王の子。紂王討伐に参加。

姫叔智（きしゅくち）　文王の子。紂王討伐に参加。

姫叔忠（きしゅくちゅう）　文王の子。紂王討伐に参加。

姫叔度（きしゅくど）　文王の子。武将として訓練されている。伯邑考が殺された時、南宮适の言う通り、反乱を起こそうと言う。

姫叔徳（きしゅくとく）　文王の子。紂王討伐に参加。宅龍星に封じられる。

姫叔伯（きしゅくはく）　文王の子。紂王討伐に参加。

姫叔美（きしゅくび）　文王の子。紂王討伐に参加。

姫叔平（きしゅくへい）　文王の子。紂王討伐に参加。

姫叔明（きしゅくめい）　文王の第七十二子。洪錦と戦い、斬られる。〈封神され、東斗星官の正神となる。〉

姫叔明（きしゅくめい）　文王の子。洪錦と戦い、敗死した人物と同一だと思われるが、生き返っている。澠池で張奎に殺される。〈封神され、東斗星官の正神となる。〉

姫叔勇（きしゅくゆう）　文王の子。紂王討伐に参加。

人　物

あ

悪来（あくらい）　殷の中大夫。紂王にも近かったが、飛廉とともに周に寝返る。後に首を刎ねられて氷消瓦解の神に封じられた。

伊尹（いいん）　後に殷（商）を創始した成湯に推薦され、夏の桀王に仕えようとするが用いられず、後に成湯を助けて桀王を討った。

韋護（いご）　**36**

殷郊（いんこう）　**62**

殷洪（いんこう）　**64**

殷氏（いんし）　李靖の妻。金吒、木吒、哪吒の母。哪吒が自害した時には、亡骸を棺に納めて埋葬した。その後、夢で哪吒に会い、求められるままに行宮を作る。このことは李靖に黙っていたが、半年後に露見し、行宮は李靖に破壊された。

殷成秀（いんせいしゅう）　殷破敗の息子。孟津で姜子牙らと戦い、朝歌郊外で父の敵、姜文煥と戦って殺された。封神され、白虎星となる。

尹積（いんせき）　周の臣。伯邑考が殺されたため、南宮适の提案した反乱に賛成する。

尹籍（いんせき）　周の臣。夜戦の折、聞仲軍の兵に投降を勧める。紂王討伐に参加し、洪錦軍に配属され、佳夢関を狙った。

殷破敗（いんぱばい）　殷の臣。殷郊や姫昌の追っ手となる。朝歌に迫った姜子牙らのもとに使者として赴き、姜文煥に斬られる。遺体は姜子牙に手厚く葬られた。小耗星に封じられる。

烏雲仙（ううんせん）　截教門下。誅仙陣で通天教主を迎える。準提道人と戦うが、捕まって原形である金の亀となり西方に送られる。

鄔文化（うぶんか）　陸で船を漕ぎ、一食で牛一頭を食うという。周討伐のため殷軍に従軍を願い出、袁洪のもとに送られた。姜子牙に蟠龍嶺におびき出され、火を放たれて足元に敷かれていた地雷などで爆殺される。力士星に封じられる。

羽翼仙（うよくせん）　蓬莱島の大鵬金翅鵰。張山の助勢に来るが逆に破れる。夜に原形を現し、西岐を扇いで壊そうとするが元始天尊の三光神水に守られていたため失敗する。

雲霄（うんしょう）　**106**

雲中子（うんちゅうし）　**92**

栄公（えいこう）　周臣。西岐から朝歌へ赴く姫昌を見送る。

袁角（えんかく）　→袁天君

袁洪（えんこう）　梅山七怪の一人。　**74**

袁天君（えんてんくん）　**112**

袁福通（えんふくつう）　北海で謀反を起こす。聞仲が征伐に出る。

王貴人（おうきじん）　**54**

王虎（おうこ）　韓栄配下の先行官。汜水関で哪吒と戦い、殺される。月破星に封じられる。

王佐（おうさ）　澠池県の先行官。南宮适によって殺される。病符星に封じられる。

王信（おうしん）　佳夢関、胡昇配下。姜子牙のもとに胡昇の投降文を届ける。

王相（おうそう）　西岐の城門の守護兵。武吉が天秤棒を誤って当ててしまったため即死する。

王貞（おうてい）　殷の使者。鄧九公の所に西岐討伐の詔を届ける。

王天君（おうてんくん）　**112**

王豹（おうひょう）　界牌関の将軍・徐蓋の部下で先行官。蘇護らと戦い、趙丙、孫子羽を劈面雷（火薬玉）で殺す。その二日後、勝手に兵を出すが、乾坤圏で打ち落とされて殺される。計都星に封じられる。

王変（おうへん）　→王天君

王変（おうへん）　殷の大夫。黒麒麟が聞仲を振り落としたのを見て、不吉だから他の将軍を西岐征伐に出すようにと勧める。

王魔（おうま）　四聖の一人。　**70**

欧陽淳（おうようじゅん）　**85**

温良（おんりょう）　白龍山に住む。青い顔をし、赤い髪を生やし、額に第三の目を持つ。黄金の鎧を身につけ、武器として二本の狼牙棒や白玉環を持っている。殷郊配下となり、太歳部下、日値衆星日遊神に封じられる。

か

鄂順（がくじゅん）　鄂崇禹の息子で、跡を継いで南伯侯となる。父の死を知って反乱を起こすが、鄧九公に負けた。朝歌郊外で殷軍と戦うが、紂王に殺される。封神されて北斗星官（貪狼）となる。

郭宸（かくしん）　殷の高明な隠士、丁策の義兄弟。義兄に紂王のために戦うことを勧め、自らも出仕し、威武上大将軍となる。三尖刀で斬られて封神され、北斗星官（巨門）となる。

鄂崇禹（がくすうう）　南伯侯。費仲の計によ

参考文献

二階堂善弘 監訳、山下一夫・中塚亮・二ノ宮聡 訳『全訳　封神演義１』（勉誠出版株式会社、2017年）

二階堂善弘 監訳、山下一夫・中塚亮・二ノ宮聡 訳『全訳　封神演義２』（勉誠出版株式会社、2017年）

二階堂善弘 監訳、山下一夫・中塚亮・二ノ宮聡 訳『全訳　封神演義３』（勉誠出版株式会社、2018年）

許仲琳 編『完訳　封神演義　上』（株式会社光栄、1995年＜初版＞、1996年＜5版＞）

許仲琳 編『完訳　封神演義　中』（株式会社光栄、1995年）

許仲琳 編『完訳　封神演義　下』（株式会社光栄、1995年）

安能務 訳『封神演義　（上）』（株式会社講談社、1988年）

安能務 訳『封神演義　（中）』（株式会社講談社、1988年）

安能務 訳『封神演義　（下）』（株式会社講談社、1989年）

许仲琳 编『封神演义』（人民文学出版社、1973年）

吉田賢抗 著『新釈漢文大系　第38巻　史記（一）』（株式会社明治書院、1973年）

司馬遷 著、小竹文夫・小竹武夫 訳『史記１　本紀』（株式会社筑摩書房、1995年）

司馬遷 著、小竹文夫・小竹武夫 訳『史記３　世家上』（株式会社筑摩書房、1995年）

二階堂善弘 著『封神演義の世界――中国の戦う神々』（株式会社大修館書店、1998年）

窪徳忠 著『道教の神々』（株式会社講談社、1996年）

シブサワ・コウ 編『歴史人物笑史　爆笑封神演義人物辞典』（株式会社光栄、1997年）

シブサワ・コウ 編『歴史人物笑史　爆笑封神演義』（株式会社光栄、1995年）

シブサワ・コウ 編『歴史人物笑史　爆笑封神演義２』（株式会社光栄、1997年）

シブサワ・コウ 編『歴史人物笑史　爆笑封神演義３』（株式会社光栄、1997年）

Da Gama編集部 編『封神演義大図鑑』（株式会社光栄、1997年）

安能務 監『「封神演義」完全ガイドブック』（株式会社講談社、2002年）

遙遠志著『封神演義～英雄・仙人・妖怪たちのプロフィール～』（株式会社新紀元社、1997年）

李云中 绘『《封神演义》人物百图』（天津杨柳青画社、2015年）

高格 著『细说中国服饰』（光明日報出版社、2005年）

谭其骧 主编『中国历史地图集　第二册（秦 西汉 东汉时期）』（中国地图出版社、1982年）

谭其骧 主编『中国历史地图集　第六册（宋 辽 金时期）』（中国地图出版社、1982年）

李兰芳 著、姜鹏・刘经学 地图制作『图说中国历史・夏 商 西周』（中国地图出版社、2014年）

STAFF

企画・編集　福ヶ迫昌信（株式会社エディット）
組　　版　株式会社千里

封神演義《ほうしんえんぎ》の基礎知識《きそちしき》

発行日　2018年4月13日　第1刷

著　者　冨士本昌恵
イラスト　七原しえ
発行人　井上 肇
編　集　堀江由美
発行所　株式会社パルコ
エンタテインメント事業部
東京都渋谷区宇田川町 15-1
03-3477-5755
http://www.parco-publishing.jp
印刷・製本　株式会社 加藤文明社

ISBN978-4-86506-260-1 C0098
Printed in Japan

落丁本・乱丁本は購入書店を明記のうえ、小社編集部あてにお送りください。
送料小社負担にてお取り替えいたします。
〒150-0045 東京都渋谷区神泉町 8-16　渋谷ファーストプレイス
パルコ出版　編集部